DIE TOTE LAU

Matthias Ernst wurde 1980 in Ulm/Donau geboren. Nach dem Studium der Psychologie arbeitete er in mehreren psychiatrischen Kliniken in Oberschwaben. In seinen Kriminalromanen verbindet er seine beiden größten Leidenschaften miteinander: die Psychologie und das Schreiben.

MATTHIAS ERNST

DIE TOTE LAU

Schwaben Krimi

emons:

Bibliografische Information der Deutschen Nationalbibliothek
Die Deutsche Nationalbibliothek verzeichnet diese Publikation
in der Deutschen Nationalbibliografie; detaillierte bibliografische
Daten sind im Internet über http://dnb.d-nb.de abrufbar.

© Emons Verlag GmbH
Alle Rechte vorbehalten
Umschlagmotiv: shutterstock.com/Carmen Hauser
Umschlaggestaltung: Nina Schäfer, nach einem Konzept
von Leonardo Magrelli und Nina Schäfer
Umsetzung: Tobias Doetsch
Gestaltung Innenteil: DÜDE Satz und Grafik, Odenthal
Lektorat: Christiane Geldmacher, Textsyndikat Bremberg
Druck und Bindung: CPI – Clausen & Bosse, Leck
Printed in Germany 2023
ISBN 978-3-7408-1717-6
Schwaben Krimi
Originalausgabe

Unser Newsletter informiert Sie
regelmäßig über Neues von emons:
Kostenlos bestellen unter
www.emons-verlag.de

's leit a Klötzle Blei glei bei Blaubeura,
glei bei Blaubeura leit a Klötzle Blei.

Eduard Mörike,
»Die Historie von der schönen Lau«

Fronleichnam

»Papa, beeil dich!«

Lisa Wellmann zerrte an der Hand ihres Vaters, der leise stöhnend sein Tempo erhöhte.

»Wir werden schon nicht zu spät kommen«, sagte er.

Lisa rollte mit den Augen. Er kapierte es einfach nicht. Als ob es nur darum ginge, pünktlich zu sein. Seit Monaten hatte sie sich auf diesen Moment gefreut, darauf hingefiebert, voller Ungeduld die Tage in ihrem Kalender durchgestrichen. Und nun, da sie noch ein paar Minuten von der Erfüllung ihres lang gehegten Traumes trennten, war es wohl nicht zu viel verlangt, dass Papa sich ein wenig beeilte.

Immerhin mussten sie Opa und ihren kleinen Bruder Dominik nicht mitschleppen, die hatten sich an der Kasse des Laupheimer Parkbads verabschiedet und waren in Richtung Liegewiese abgezogen. Lisa war das recht. Sosehr sie Dominik mochte, er konnte manchmal ganz schön nervig sein. Und heute wollte sie sich das nicht antun. Es reichte, dass ihr Vater sie begleitete. Hoffentlich war er nicht so peinlich wie sonst immer.

»Ich zieh mich dann mal um«, sagte sie und verschwand in der Umkleidekabine.

Mit zitternden Händen zog sie sich das T-Shirt über den Kopf. Den blaugrünen Bikini mit den Seepferdchen und den goldenen Korallen hatte sie zu Weihnachten bekommen. Und heute durfte sie ihn zum ersten Mal tragen.

Lisa stopfte ihre Straßenklamotten in den Rucksack und trat aus der Kabine. Vor sich sah sie eine lange Reihe von Spinden. Sie packte ihre Sachen in eine der Boxen, schloss die Tür und zog den an einem Stoffarmband hängenden Schlüssel ab.

»Lass mich in Ruhe!«, hörte sie eine Frauenstimme hinter sich rufen.

Lisa drehte sich um und erstarrte. Auch ohne Fischflosse hätte sie ihr Idol sofort erkannt. Es war Sylvia Mayr, die unter dem Pseudonym @DieSchoeneLau ihre über zweihunderttausend Follower auf Instagram jeden Tag mit traumhaften Meerjungfrauenfotos beglückte. In der einen Hand hielt sie einen Thermosbecher. Mit der anderen zeigte sie einem Mann den Stinkefinger. Der Kerl trug ein AC/DC-T-Shirt, auf seinem Kopf saß eine windschiefe Schirmmütze. Er hob die Hände zu einer flehenden Geste und sah Sylvia mit weit aufgerissenen Augen an.

Ehe Lisa sich aus ihrer Erstarrung lösen konnte, war ihr Idol an ihr vorbeigerauscht. Der Typ ließ die Arme sinken und den Kopf hängen. Dann schlug er mit der Faust gegen eine Kabinenwand, dass es schepperte. Lisa zuckte zusammen. Was war denn das für ein Aggro? Rasch schlüpfte sie in ihre Flipflops und eilte zur Dusche.

Vor dem Nichtschwimmerbecken traf sie ihren Vater wieder. Er hatte sich nicht umgezogen, stand da, die Hände in den Taschen seiner Shorts vergraben. Sie spürte, wie ihre Wangen sich vor Scham röteten. Warum hatte er ausgerechnet das grellbunte Hawaiihemd anziehen müssen? Hoffentlich blieb er so weit im Hintergrund, dass keines der anderen Mädchen mitbekam, dass er zu ihr gehörte.

»Na, aufgeregt?«, fragte er und ging neben ihr her, als sie sich auf den Weg zum Schwimmbecken machte.

Sie nickte nur, denn ein großer Frosch schnürte ihr den Hals zu. Zwei Jungs stürmten an ihr vorbei und rannten sie dabei beinahe über den Haufen.

»Das sind meine zehn Euro!«, rief der eine.

»Nein«, entgegnete der andere, der einen Geldschein in der Hand hatte. »Die gehören uns beiden.«

Die Jungs liefen in Richtung Café davon, wahrscheinlich würden sie das Geld in Süßigkeiten anlegen. Schon bei dem Gedanken daran krampfte sich Lisas Magen zusammen.

Als sie um die Ecke bogen, blieb ihr fast das Herz stehen.

Waren das viele Mädchen! Mindestens dreißig. Der Fotograf hatte seine Sachen am anderen Ende der Halle aufgebaut. An zwei aus dem Wasser ragenden Stangen waren runde Dinger festgeschraubt, die aussahen wie Lampen. Die hintere Wand des Beckens war mit weißem Stoff verhängt. Auf dem Boden daneben lagen sechs oder sieben Monoflossen. An einem Kleiderständer hingen blaugrüne Spandex-Fischhäute. Dahinter standen zwei Tische, auf denen große, aufrechte Spiegel angebracht waren. Ob das der Arbeitsplatz der Stylistinnen war?

Sie sah einen Berg von Tüchern in allen Farben des Regenbogens. Eines der Mädchen hielt eine Kugel, die bunt schimmerte. Es ging zu wie in einem Bienenstock. Lisa blieb kurz stehen.

»Alles okay?«, fragte Papa und drückte ihre Hand.

»Alles gut«, sagte sie und entzog sich ihm. »Ich geh mal zu den anderen. Bis später.«

Aus den Augenwinkeln erkannte sie, dass er ihr nicht mehr folgte. Er hatte ihren Wink mit dem Zaunpfahl also verstanden.

Scheu ging sie zu den übrigen Teilnehmerinnen, die die Accessoires für das Shooting begutachteten.

»Das dunkelgrüne Tuch und die Haut mit den silbernen Schuppen machen sich gut zusammen«, sagte ein Mädchen mit Kennermiene.

Ihre Nachbarin schüttelte den Kopf: »Nie im Leben. Das rote passt viel besser.«

Da erblickte sie Sylvia Mayr wieder. Sie nahm gerade einen tiefen Schluck aus ihrem Kaffeebecher, verzog das Gesicht und stellte ihn auf einer der Bänke am Fenster ab. Dann trat sie zu einem besonders prächtigen Fischschwanz, auf dem die glitzernden und funkelnden Schuppen plastisch hervortraten. Der war sicher aus Silikon oder Latex gefertigt. Sie rieb sich die Oberschenkel mit einem weißen Zeug ein. Ob das Kokosnussöl war? Lisa hatte gelesen, dass man damit besser in Profischwänze hineinkam. Sylvia Mayr setzte sich auf den

Boden und schlüpfte in den Schwanz. Ein Typ in einem Neoprenanzug eilte zu ihr, griff unter ihre Achseln und Knie, hob sie hoch und trug sie zum Beckenrand.

Inzwischen waren alle Augen auf den Star der Veranstaltung gerichtet. Es gab hier wohl kein Mädchen, das nicht ein glühender Fan von ihr gewesen wäre. Sylvia glitt mit einer eleganten Bewegung ins Becken. Das Publikum applaudierte. Auch Lisa stimmte begeistert mit ein.

»So, jetzt mal alle zu mir herschauen!«, rief der Mann in dem Neoprenanzug. »Ich bin euer Fotograf. Und bevor wir mit dem Styling und der Mermaid-Schule anfangen, machen wir erst noch ein Gruppenfoto. Stellt euch mal alle neben das Fenster da drüben!«

Die Mädchen liefen gackernd durcheinander. Lisa versuchte, sich eher am Rand zu platzieren. Sie ließ den Blick noch einmal über das Becken schweifen. Sylvia Mayrs Schwanzflosse tauchte auf und verschwand wieder in den sich kräuselnden Wellen.

»Hierherschauen!«, hörte sie den Fotografen sagen. Sie wandte sich ihm zu. Es dauerte einige Minuten, bis er alle Teilnehmerinnen so aufgestellt hatte, wie es ihm passte. Er begann, komische Witzchen zu reißen und Fotos zu schießen. Lisa rollte mit den Augen, als er die Mädchen zum fünften Mal dazu aufforderte, laut »Ameisenscheiße« zu rufen. Das hasste sie schon bei den jährlichen Klassenfototerminen.

Als der Fotograf auf das Display seiner Kamera schaute, nutzte sie den Moment, um noch einmal nach Sylvia Mayr zu suchen. Da war sie. Mitten im Becken. Sie bewegte sich nicht. Lag still da, das Gesicht dem Boden zugewandt, sodass man nur ihren Rücken sehen konnte. Ihre hüftlangen Haare fächerten sich um ihren Kopf herum im Wasser auf wie ein goldener Algenteppich. Ein schönes Bild. Und doch auch irgendwie gruselig.

Lisa hoffte, dass Sylvia sich gleich wieder bewegen würde. Dass sie eine Runde im Becken drehen und danach endlich mit den Coachings beginnen würde. Doch das geschah nicht. Die Meerjungfrau lag weiter reglos im Wasser.

Wie lange sie die Luft anhalten konnte! Wow. Lisa zählte mit. Der Fotograf war weiterhin mit seiner Kamera beschäftigt. Zehn Sekunden. Zwanzig. Dreißig. Noch immer keine Bewegung. Da stimmte etwas nicht. Lisa hob den Arm, um den Mann auf sich aufmerksam zu machen. Doch der schaute nicht zu ihr.

»Hallo!«, rief sie. Inzwischen war sie bei vierzig Sekunden angekommen.

Der Fotograf sah auf und suchte irritiert nach der Stimme.

»Was ist los?«, fragte er, als er sie entdeckt hatte.

»Sylvia Mayr«, sagte Lisa. »Sie bewegt sich nicht.«

Er lachte.

»Das ist die hohe Kunst, im Wasser zu schweben. Aber keine Sorge.«

Er drehte sich um.

»Sylvia!«

Die Meerjungfrau regte sich nicht.

»Sylvia!«, rief er noch einmal.

Der Körper trieb still im Wasser dahin.

»Verdammt!«, knurrte der Mann. Nun schien auch den anderen Mädchen aufzugehen, dass etwas nicht stimmte. Ein summendes Getuschel hob an. Der Fotograf legte seine Kamera auf den Boden und sprang ins Becken. Nach wenigen Schwimmzügen hatte er Sylvia erreicht. Er drehte sie auf den Rücken. Ihre Augen waren weit aufgerissen und doch leer. Die Lippen blau, das Gesicht bleich. Und Lisa begann zu schreien.

1

»Komm schon!«

Wellmann drückte mit ineinander verschränkten Händen auf das Brustbein der jungen Frau. In seinem Kopf sang er sich die Melodie von »Stayin' Alive« vor, so wie es der Kollege in der letzten Erste-Hilfe-Fortbildung empfohlen hatte. Im Rhythmus des alten Hits der Bee Gees fuhr er dreißigmal mit der Herzmassage fort, ehe er innehielt und zwei Atemzüge in den Mund von Sylvia Mayr blies.

Ihre Lippen waren kalt, und die offenen Augen starrten leer an die Decke der Halle. Doch Wellmann gab nicht auf. Er legte erneut seine Hände auf den Brustkorb und presste. Es knirschte und knackte, und der Kommissar hielt einen Moment inne.

»Egal«, rief der Fotograf, der neben ihm kniete. »Wenn sie wieder zu sich kommt, wird sie ein oder zwei gebrochene Rippen verschmerzen können.«

Wellmann setzte erneut mit der Reanimation ein, vollkommen in seine Aufgabe versunken. Der Schweiß lief ihm über die Stirn, tropfte auf den Bauch der reglosen Gestalt.

»Der Notarzt kommt gleich«, hörte er den Bademeister sagen.

Die dreißig Wiederholungen waren vorüber, und er setzte erneut zu zwei Atemspenden an.

»Wollen wir uns abwechseln?«, fragte der Fotograf.

Etwas in Wellmann sträubte sich dagegen, sich von dem Körper der jungen Frau zu lösen. Er wollte weitermachen, so lange pressen und beatmen, bis sie wieder aufwachte.

Doch dann erinnerte er sich an die Empfehlungen aus dem Erste-Hilfe-Kurs. Es war besser, sich abzuwechseln, denn sie wussten nicht, wie weit ihre Kräfte noch reichen würden. Wellmann zog sich zurück und ließ den Fotografen fortfahren, der sich neben Sylvia Mayrs Kopf kniete, ihr die Nase zuhielt und seinen Mund über ihre Lippen legte.

Der Kommissar schaute sich um. Überall standen Grüppchen von schlohweißen Mädchen. Manche weinten, andere schauten den drei Männern zu, die um das Leben ihres Idols kämpften, einige wurden bereits von ihren Eltern hinausgeführt.

Sein Blick suchte Lisa. Er fand sie auf einer Bank sitzend, das Gesicht in den Händen vergraben.

»Ich muss kurz zu meiner Tochter«, sagte er zu dem Bademeister. Er würde die nächste Reanimationsrunde übernehmen, was dem Kommissar ein paar Minuten verschaffte, um sich um Lisa zu kümmern.

Wellmann eilte zu ihr, setzte sich neben sie und legte ihr vorsichtig den Arm um die Schultern. Sie zuckte zusammen und blickte auf.

»Ist sie … tot?«, fragte sie mit bebenden Lippen.

»Wir geben unser Bestes, um sie am Leben zu halten«, sagte er. »Der Notarzt muss jeden Moment eintreffen.«

»Es ist so furchtbar!« Lisa vergrub das Gesicht in den Händen.

Der Kommissar sah zu der leblosen Gestalt, die wenige Meter entfernt auf dem Boden lag. Sie trug noch den Fischschwanz, ihre Haare waren unter ihrem Kopf aufgefächert. Ein grausiges Bild.

»Ich muss wieder helfen«, sagte er. »Gehst du bitte raus zu Opa und Dominik? Ich komme nach.«

»Okay«, flüsterte sie. Ihre Knie schlotterten, als sie sich langsam in Richtung Außenbereich entfernte. Wie jung sie war. Und wie verletzlich.

Wellmann gesellte sich wieder zu den beiden Männern, die um das Leben von Sylvia Mayr kämpften. Er bat den Bademeister, die übrigen Mädchen vom Ort des Geschehens wegzuführen. Als er sich neben den Fotografen kniete, bemerkte er einen weiß gekleideten Mann mit einer Arzttasche, der auf sie zuspurtete. Es war Dr. Kugelmann, ein Allgemeinmediziner aus Ummendorf, mit dem Wellmann schon häufiger zu tun gehabt hatte.

Der Kommissar machte dem Arzt Platz und beschrieb in aller Kürze, was geschehen war, während der Fotograf unbeirrt mit der Reanimation fortfuhr. Dr. Kugelmann drückte zwei Finger seiner rechten Hand in den Hals der Frau, um den Puls zu fühlen. Fluchend griff er in seine Arzttasche und holte ein Gerät heraus, in dem Wellmann einen Defibrillator erkannte. Mit geübten Handgriffen brachte der Arzt die Elektroden an und schaltete den Apparat ein. Auf dem Display erschien eine durchgehende flache Linie.

Er schüttelte den Kopf. »Die Frau ist tot.«

Wellmanns Mund wurde staubtrocken. Das konnte doch nicht sein. Offenbar bemerkte der Arzt seine Bestürzung, denn er sagte: »Sie haben alles getan, was möglich war. Ich habe gesehen, wie Sie sie reanimiert haben. Der Rhythmus hat gepasst. Ihr Kopf ist sogar leicht überstreckt. Das war vorbildlich. Aber so wie es aussieht, ist sie schon länger tot. Der Defibrillator zeigt nicht einmal ein Kammerflimmern an. Wahrscheinlich war sie bereits nicht mehr am Leben, als Sie sie aus dem Wasser gezogen haben. Das muss die Autopsie klären.«

»Autopsie?«, fragte der Bademeister, der die restlichen Mädchen ins Freigelände geführt hatte und nun wieder zu ihnen zurückgekehrt war.

Der Arzt nickte. »Ich sehe auf den ersten Blick keinen Anhalt für Fremdverschulden. Vielleicht war ihr Tod die Folge eines chronischen Leidens. Oder ihr Herz hat versagt, weil sie sich nicht gut genug abgekühlt hat, ehe sie ins Wasser gegangen ist. Diese abartige Hitze in den letzten Tagen ist eine enorme Belastung für den Kreislauf. Aber wenn ein so junger Mensch plötzlich stirbt, müssen wir immer auch die Möglichkeit einer unnatürlichen Ursache in Betracht ziehen.«

»Ja, da haben Sie recht«, sagte Wellmann. »Ich werde die Ermittlungen aufnehmen.«

Der Bademeister sah ihn irritiert an.

»Ich bin leitender Kriminalkommissar bei der Kripo in Biberach«, erklärte Wellmann.

»Fühlen Sie sich in der Lage, hier zu ermitteln?«, fragte Dr. Kugelmann.

»Es ist mein Job«, erwiderte der Kommissar.

»Gut, wenn Sie meinen. Ich werde mich um den Transport in die Gerichtsmedizin kümmern und den Totenschein ausstellen.«

Wellmann zog das Handy aus der Tasche und wählte die Nummer des Dezernats. Seine diensthabende Kollegin Linda Keller meldete sich nach dem ersten Klingeln.

»Tobias, was ist los? Hast du Sehnsucht? Du sollst doch deinen Urlaub genießen.«

Er erklärte ihr, was vorgefallen war, und ihr Ton wurde sofort sachlich.

»Okay«, sagte sie. »Soll ich nach Laupheim kommen?«

»Nein, das übernehme ich.«

»Bist du dir sicher?«, fragte sie. »Deine Tochter –«

»Die ist bei meinem Vater in guten Händen. Ich lasse mir von dem Fotografen die Kontaktdaten aller Teilnehmerinnen geben und sichere die Hinterlassenschaften der Toten. Wenn das Ergebnis der Autopsie auf einen natürlichen Todesfall lautet, können wir die Ermittlungen einstellen.«

»Und wenn nicht, müssen wir Dutzende von Teenagern befragen«, knurrte Linda.

»Ja, das könnte uns blühen. Also, ich werde mich mit dem Bademeister kurzschließen, vielleicht hat der auch noch etwas beobachtet. Und dann nehme ich die Habseligkeiten der Toten in Verwahrung. Ich bringe sie später im Dezernat vorbei. Wir sehen uns Montag.«

»Und was, wenn die Ergebnisse der Autopsie schon früher vorliegen?«, fragte Linda. »Soll ich mich dann bei dir melden?«

»Ich denke, wir werden bis Anfang nächster Woche warten müssen. Heute ist Feiertag, und der Fall hat nicht die oberste

Priorität für die Gerichtsmediziner. Wenn es etwas Neues geben sollte, meldest du dich bitte. Als kommissarischer Dezernatsleiter bin ich natürlich auch im Urlaub erreichbar.«

Wellmann legte auf und trat zu dem Arzt. »Ich weiß, dass es schwierig ist, das festzustellen, aber gibt es irgendwelche Hinweise auf eine Todesursache?«

Dr. Kugelmann zuckte mit den Achseln. »Ich kann keine seriöse Aussage dazu treffen. Am ehesten würde ich auf einen plötzlichen Herztod tippen. Bei einer einschlägigen Vorerkrankung ist das auch bei jungen Menschen möglich. Oder vielleicht ein Zuckerschock, wenn sie Diabetikerin war. Aber das wird die Autopsie ergeben. Ein Jammer.«

Wellmann nickte. Er sah zu der Gestalt, die leblos vor ihm lag, und sein Mund wurde noch eine Spur trockener.

2

Ein schriller Klingelton riss Korbinian Mächle aus dem Schlaf. Er schaute auf die Uhr an der Wand. Ein grauer Streifen Dämmerlicht lag quer über dem Zifferblatt. Seine Augen hatten sich noch nicht scharf gestellt, und so dauerte es eine Weile, bis er sah, dass es kurz nach sieben war. Währenddessen nervte das Klingeln weiter. Korbinians übermüdetes Gehirn konnte keinen rechten Sinn darin erkennen. Der Pflegedienst musste doch seit über einer halben Stunde bei seiner Mutter sein. Warum läutete sie dann schon wieder bei ihm?

Die Nacht war schlimm gewesen. Dreimal hatte sie ihn geweckt, weil sie Angst gehabt hatte zu ersticken. Wie üblich hatte er vorgegeben, die Sauerstoffversorgung zu verbessern, indem er die Regler an der Flasche hin- und hergedreht und die Position des Schlauchs verändert hatte. Wenn er danach die Hand seiner Mutter hielt, beruhigte sie sich rasch. Gelobt sei der Placeboeffekt! Trotzdem kostete ihn jede dieser Episoden wertvollen Schlaf. In dieser Nacht waren es insgesamt dreieinhalb Stunden gewesen.

Korbinian sah sich um. Sein Handy vibrierte. Und das Display war erleuchtet. Der Anruf kam aus der Dienststelle. Na super.

Ob er das Klingeln einfach ignorieren sollte? Doch schließlich siegte die Neugier, und er tippte auf das grüne Hörersymbol. Es war Linda.

»Was ist los?«, brummte er.

»Wir haben einen Fall.« Offenbar hatte sie sich dazu entschieden, ebenfalls auf die Höflichkeitsfloskeln zu verzichten.

Korbinian richtete sich auf. »Was ist passiert?«

»Auf der B 30 zwischen Biberach-Süd und Biberach-Nord gab es einen Verkehrsunfall. Ein Auto ist von der Straße abgekommen und gegen die Böschung geprallt. Der Fahrer ist dabei ums Leben gekommen.«

Korbinian runzelte die Stirn. »Sein Pech. Seit wann ermitteln wir in Verkehrsdelikten?«

Er hörte Linda schnauben. »Es sieht nicht aus wie ein normaler Unfall«, sagte sie. »Die Windschutzscheibe ist mit grüner Farbe verklebt. Die Kollegen von der Schupo gehen davon aus, dass jemand das Auto gezielt mit Farbbeuteln oder so etwas beworfen hat.«

»Hast du Wellmann auch wach geklingelt?«

Ihr Schweigen war ihm Antwort genug.

»Na, das war ja klar. Der darf wieder auf der faulen Haut liegen bleiben.«

»Tobias hat Urlaub. Ich werde ihn anrufen, sobald wir uns ein Bild von der Situation gemacht haben«, erwiderte sie, klang dabei aber ungewohnt defensiv.

»Hättest du das bei Martin auch so gehandhabt?«

»Ja, hätte ich. Urlaub schlägt Frei. Mir ist bewusst, wie sehr du in die Pflege deiner Mutter eingespannt bist. Tobias und ich kommen dir entgegen, soweit es uns möglich ist. Aber manchmal geht es einfach nicht anders.«

»Ach, vergiss es«, sagte Korbinian und wuchtete sich aus dem Bett. »In einer halben Stunde treffen wir uns am Unfallort.«

Er tippte auf das rote Hörersymbol und ging ins Bad, um sich die Zähne zu putzen und zu duschen, und schaute noch kurz bei seiner Mutter vorbei, die friedlich schlief. Einen Augenblick lang beneidete er sie darum, dann sah er die Schläuche unter ihrer Nase, und das Gefühl verflog. Die Pflegekraft neben dem Bett gab ihm ein Zeichen, dass alles in Ordnung sei, und er nickte ihr zum Abschied zu.

Der morgendliche Verkehr an diesem Brückentag war noch ziemlich spärlich, und so brauchte er mit seinem SUV nur eine Viertelstunde bis zur Unfallstelle. Die Feuerwehr und der

Rettungswagen blockierten die rechte Spur. Korbinian stellte sich hinter den Sanka und schaltete die Warnblinkanlage ein.

Lindas Pferdeschwanz schwang hin und her, während sie mit dem Einsatzleiter der Feuerwehr sprach.

»Also, was haben wir?«, fragte er hinzutretend.

»Unfall mit Personenschaden«, sagte der Kommandant. »Das Auto ist von der Straße abgekommen und muss mit hoher Geschwindigkeit gegen die Böschung geprallt sein. Da bleibt auch von einem SUV nicht mehr allzu viel übrig. Aber sehen Sie selbst.«

Er deutete mit dem Finger auf eine graue Masse, die im Straßengraben lag. Korbinian schluckte, als er registrierte, welche Zerstörungen der Aufprall angerichtet hatte.

Der vordere Teil des Wagens war auf ein Viertel seiner ursprünglichen Länge zusammengestaucht worden. Der Motorblock lag rauchend vor dem Wrack. Die Frontscheibe war gesplittert, auf der Fahrerseite konnte man deutlich einen großen grünen Fleck erkennen.

Neben dem Wagen waren die Bestatter damit beschäftigt, den Leichnam des Fahrers in einen mobilen Transportsarg zu heben.

»Haben wir die Personalien?«, fragte Korbinian.

Linda nickte. »Es handelt sich um einen gewissen Dr. Walter Kugelmann. Siebenundfünfzig Jahre alt und wohnhaft in Ummendorf. Die Kollegen von der Schupo sind bereits unterwegs und informieren die Angehörigen.«

Korbinian glaubte, Erleichterung in ihrem Tonfall zu hören. Das war nicht verwunderlich. Im Überbringen von Todesnachrichten war Linda eine ziemliche Niete.

Er trat näher an das zerstörte Auto heran. Der Farbbeutel, oder was immer die Frontscheibe getroffen hatte, war etwa in Kopfhöhe des Fahrers aufgeprallt. Durch die plötzliche Einschränkung seines Sichtfeldes musste Kugelmann erschrocken sein und das Steuer verrissen haben. Er hatte keine Chance gehabt.

Korbinian stellte sich neben das Auto und stutzte, als er sich die rechte Seite ansah. »Ist das ein Wagen des ärztlichen Bereitschaftsdienstes?«

»Ja, Dr. Kugelmann ist … war der diensthabende Bereitschaftsarzt. Wahrscheinlich war er gerade unterwegs zu einem Einsatz.«

»Haben die Kollegen von der Feuerwehr Spuren des Farbbeutels entdeckt?«

»Nein«, sagte der Einsatzleiter. »Und wenn Sie mich fragen, werden wir da auch keine mehr finden. Das sieht mir eher nach einer Paintball-Kugel aus.«

»Wie kommen Sie darauf?«, fragte Linda.

»Schauen Sie sich doch mal die Frontscheibe an. Der Kern des Flecks, der den Punkt markiert, an dem das Geschoss das Glas getroffen hat, ist relativ klein. Dafür läuft das Spritzmuster in alle Richtungen. So was kenne ich von Paintball-Munition.«

Korbinian zog die linke Augenbraue nach oben und neigte den Kopf.

»Und da sind Sie Experte?«

»Na ja, wir gehen jedes Jahr von der Feuerwehr aus einmal zum Paintball-Spielen in den Burrenwald. Ein Team-Event, wie man das heute nennt. Die Anzüge, die wir da überziehen, sehen hinterher genauso aus wie die Scheibe hier.«

»Das könnte auch die Präzision erklären, mit der die Fahrerseite getroffen wurde.«

»Ich denke, wir sollten der KT ein Urteil in der Sache überlassen, ehe wir hier wild drauflosspekulieren«, sagte Korbinian. »War denn schon jemand oben auf der Brücke?«

Der Feuerwehrmann verneinte.

Korbinian stapfte an dem Wrack vorbei auf die Böschung am Rande der Fahrbahn zu. Linda folgte ihm. Sie kletterten den Grashang hinauf und gelangten auf die schmale Landstraße, die hier die B 30 überquerte. Ein paar Augenblicke später sahen sie von der Brücke hinab auf die Unfallstelle.

»Er muss auf der anderen Seite gestanden haben«, sagte Linda.

Korbinian nickte. Er ging bis zur Mitte der Straße, wo er seinen Blick aufmerksam umherschweifen ließ. Doch da war nichts. Was hatte er erwartet? Dass der Schütze, wenn es denn einer gewesen war, am Geländer hängen geblieben war und einen Stofffetzen mit seiner DNA zurückgelassen hatte? Oder ausgeworfene Patronenhülsen? Oder grüne Fußspuren?

»Wir sollten auch hier die KT ihren Job machen lassen«, sagte Linda. Sie lief zum Ende der Brücke und brachte die Absperrbänder an. Dann zog sie ihr Handy aus der Tasche und wählte eine Nummer.

Korbinian warf ihr einen auffordernden Blick zu, und sie stellte das Gerät auf laut.

»Hallo, Tobias, ich muss dich leider schon wieder nerven«, begann Linda, und Korbinian verdrehte die Augen. Bei ihm hatte sie keine derartigen Skrupel. Sie berichtete Wellmann von dem Fall, und als sie den Namen des Arztes nannte, sog der Kollege hörbar die Luft ein.

»Dr. Kugelmann? Der war gestern im Parkbad im Einsatz«, sagte er.

Korbinian sah Linda fragend an, doch sie schüttelte den Kopf und formte mit den Lippen ein »Später«.

»Bist du alleine?«, fragte Wellmann.

»Nein, Korbinian ist bei mir.«

»Guten Morgen, Korbinian.«

»Morgen«, brummte er.

»Danke, dass du Linda unterstützt.«

»Ehrensache«, sagte er, meinte dabei aber etwas ganz anderes.

»Ich fürchte, ich muss dich bitten, auch weiterhin an dem Fall dranzubleiben«, fuhr Wellmann fort.

»Aber ich habe ein freies Wochenende.«

»Ich weiß. Und ich weiß auch, wie aufwendig es für dich ist, das Einspringen mit der Pflege deiner Mutter unter einen

Hut zu bringen. Ich würde mich andernfalls einklinken, aber ich kann aus familiären Gründen nicht. Wenn ich wieder im Dienst bin, können wir gerne über einen Zeitausgleich reden.«

Korbinian lag es auf der Zunge, dass die Pflege seiner Mutter sicher aufwendiger sei als ein entspannter Urlaub mit den Kindern. Aber hier waren weder die Zeit noch der Ort, eine Grundsatzdiskussion zu führen. Zudem wäre es ohnehin sinnlos. Rein formal war Wellmann sein Vorgesetzter, so lange, bis Martin Waibel wieder fit genug war, um an seinen Posten zurückzukehren. Und als kommissarischer Dezernatsleiter hatte er das letzte Wort.

»Okay. Aber übernächstes Wochenende will ich dafür freihaben.«

»Das besprechen wir wie gesagt am Montag. Haltet mich bitte über alles auf dem Laufenden, was sich bezüglich dieser Ermittlung oder der Sache im Parkbad ergibt.«

Korbinians Neugier wuchs. Was war in Laupheim vorgefallen? Und warum wusste Linda Bescheid, er aber nicht?

»Und nun?«, fragte er, als sie aufgelegt hatte.

»Jetzt lassen wir die Kollegen von der Kriminaltechnik ihre Arbeit tun und fahren in die Dienststelle. Ich brauche dringend einen Kaffee.«

3

Wellmann nahm das Handy vom Ohr, schob es in die Hosentasche, kehrte zurück in die Küche und setzte sich zu seinem Vater an den Tisch. Er musste gegen den Impuls ankämpfen, Linda anzurufen und ihr mitzuteilen, dass er am Nachmittag in die Dienststelle kommen würde, um sie bei den Ermittlungen zu unterstützen. Er wusste, wie viel er Korbinian zumutete, wenn er ihn darum bat, an einem freien Wochenende einzuspringen, und das nagte an ihm.

Doch er musste standhaft bleiben. Das schlechte Gewissen war ihm nie ein guter Ratgeber gewesen. Es hatte ihn in die Selbstüberforderung getrieben, damals in Stuttgart, als er mit seiner Karriere beim LKA, seiner Ehe und dem Leben mit zwei kleinen Kindern jongliert hatte. Natürlich hatte das nicht funktioniert. Er hatte Alkohol und Kokain missbraucht und war nur haarscharf an einem Rauswurf vorbeigeschrammt.

In den letzten beiden Jahren hatte er gelernt, besser auf sich achtzugeben. Er war ausgeglichener und hatte nur noch selten das Bedürfnis, sich zu betäuben. Das hatte sich auch auf sein Verhältnis zu den Kindern übertragen. Gut, Lisa war zwar in letzter Zeit pubertätsbedingt ein wenig kühl. Aber Dominik hing sehr an ihm. Das war schön. Andererseits fühlte Wellmann sich dadurch unter Druck gesetzt, ein noch besserer Vater zu sein. Das schlechte Gewissen war allgegenwärtig, und das ging ihm auf die Nerven.

Dominik trat in die Küche. Er gähnte und rieb sich die Augen. »Guten Morgen«, sagte er. »Gehen wir jetzt das Auto für Opa kaufen?«

Arnold Wellmann strich seinem Enkel zärtlich durch die Wuschelfrisur. »Jetzt nimmscht dir erscht amol an Kaba, ond dann sehet mir weiter.«

Eine halbe Stunde später waren sie auf dem Weg nach Biberach. Wellmann hatte bei Lisa vorbeigeschaut, doch sie hatte tief und fest geschlafen. Es war ihr nicht zu verdenken. Er hatte noch bis Mitternacht an ihrem Bett gesessen, ehe der Schlaf die Tränen getrocknet hatte, die sie über Sylvia Mayrs Tod vergossen hatte.

Wellmann hatte ihr eine Nachricht hinterlassen und war mit Vater und Sohn aufgebrochen, um einen Ersatz für den altersschwachen Subaru zu suchen.

Arnold mied die B 30 und fuhr direkt über Rißegg. Am Kreisverkehr bei der Tankstelle bog er links ab, und nach knapp einhundert Metern hatten sie ihr Ziel erreicht.

»Und du bist dir sicher, dass du ausgerechnet hier einen Wagen kaufen willst?«, fragte Wellmann. Er ließ seinen Blick über die langen Reihen von blank geputzten Autos schweifen. »Der Hellberger hat nicht den besten Ruf.«

Sein Vater winkte ab. »Des ischt eine alteingesessene Werkstatt. Die hot's scho gebe, als du no mit de Mugge gfloge bischt.«

»Ich weiß«, erwiderte Wellmann. »Aber damals hat den Betrieb auch noch der Vater des jetzigen Inhabers geführt, wenn ich mich nicht irre. Ich habe gehört, dass Hellberger junior nicht immer die fairsten Preise macht.«

»Des ka i beurteile, i hon scho Autos kauft, da …«

»Ja, ich weiß, da bin ich mit den Mücken geflogen«, vervollständigte Wellmann.

Eine ziemlich große Frau in einem grauen Kostüm trat auf sie zu. Ihre dunkelbraunen Haare waren zu einem strengen Pferdeschwanz zusammengebunden.

»Mir wollet uns erscht amol umschaue«, brummte Arnold sofort und zog seinen Sohn und seinen Enkel mit sich.

»Wir melden uns, wenn wir eine Frage haben«, sagte Wellmann in entschuldigendem Ton zu der Verkäuferin, die eine grimmige Miene aufsetzte und wieder abdrehte.

»Des ischt die Schweschter vom Hellberger. Die ischt no griesgrämiger, als i se in Erinnerung ghabt hon. Des war scho immer a alte Beißzang«, sagte Arnold, während sie an einer Reihe ziemlich teurer Sportwagen entlanggingen.

»Arbeitet sie in dem Betrieb mit?«, fragte Wellmann.

»Ohne die würd ihr Bruder ganz schee alt aussehe. Die schmeißt ihm de Lade. No hot er no mehr Zeit, an irgendwelche Oldtimer rumzuschraube.«

»Was für ein Auto willst du denn kaufen, Opa?«, fragte Dominik, den der Klatsch und Tratsch über den Inhaber des Autohauses sichtbar langweilte.

»Am liebschte en Kombi. Da passt viel nei, und die sind meischtens au sparsam.«

Wellmann schaute sich um. Nirgends war ein Auto zu sehen, das auf die Beschreibung gepasst hätte. Er sah eine ganze Reihe von Klein- und Kleinstwagen, ein paar aufgemotzte Sportlimousinen und SUVs. Haufenweise SUVs.

»So was kommt für dich nicht in Frage?« Er deutete auf ein besonders bulliges Modell.

Arnold verdrehte die Augen.

»Hör mir bloß auf mit dene Spritschleudre. Do findsch doch koin Parkplatz.«

Wellmann trat zu einem der SUVs, und zu seiner Überraschung entdeckte er Spuren von grüner Farbe an der Seite der Windschutzscheibe.

Frau Hellberger, die ihre herumstreunende Kundschaft nicht aus den Augen gelassen hatte, kam auf ihn zu.

»Sollten Sie sich für dieses Modell entscheiden, werden wir es natürlich noch ausgiebig reinigen lassen«, sagte sie.

»Was ist hier passiert?«, fragte der Kommissar, dem aufgefallen war, dass auch an den SUVs daneben Spuren von grüner Farbe zu sehen waren.

»Ein kleines Missgeschick mit der Lackierpistole. Unserem Azubi ist ein Schlauch geplatzt«, sagte sie. »Aber was für ein Auto interessiert Sie denn?«

»Hont Se au en stinknormale Kombi?«, fragte Wellmann senior.

»Hm, lassen Sie mich mal überlegen. Nein, Kombi haben wir zurzeit keinen im Angebot. Die laufen gar nicht mehr. Aber warum probieren Sie es nicht mal mit einem von denen hier?«

Sie zeigte auf die Reihe von SUVs, deren blank polierte Lackierungen in der Sonne glänzten und funkelten.

»Mit denen können Sie viel transportieren, sie sind bequem, und zudem haben Sie eine bessere Sitzposition im Vergleich zu einem Kombi.«

»SUVs sind schädlich für die Umwelt«, sagte Dominik.

Frau Hellbergers Mund verzog sich zu einer Schnute. »Na, na«, sagte sie barsch. »So kann man das aber jetzt auch nicht sagen.«

»Doch, kann man«, erwiderte Dominik. »Sie verbrauchen viel Benzin und stoßen mehr CO_2 aus als ein kleineres Auto.«

Arnold nickte.

»Genau, ond viel teurer im Unterhalt send se au. Ond verratet Se mir doch amol, wie i mit so em Boliden do in der Biberacher Altstadt en Parkplatz finde soll.«

Wellmann registrierte anerkennend, wie rasch die Verkäuferin einsah, dass hier kein Blumentopf zu gewinnen war.

»Ich verstehe schon, das hier ist nichts für Sie«, sagte sie, sichtlich darum bemüht, freundlich zu bleiben, obwohl eine Ader an ihrer Stirn bedenklich anschwoll. »Aber ich habe vielleicht einen Wagen, der Ihnen mehr zusagt.«

Sie deutete auf den Teil des Verkaufsgeländes, der sich hinter dem Werkstattgebäude fortsetzte. Sie folgten ihr dorthin. Wellmann sah auf den ersten Blick, dass hier die Modelle ausgestellt waren, die älter, abgenutzter und deutlich weniger präsentabel waren.

Frau Hellberger blieb vor einem Minivan stehen. »Der bietet Ihnen viel Platz, ist dabei aber ein gutes Stück schmaler als ein SUV. Damit können Sie überall einparken.«

Arnold schien nicht so recht überzeugt zu sein. Als er dann erfuhr, dass das Auto zwölf Jahre auf dem Buckel hatte, trotzdem aber fünftausend Euro kosten sollte, winkte er ab. »I glaub, mir stehlet ons bloß gegeseitig die Zeit. Hier gibt's nix. Danke schön.«

Er zog Dominik mit sich zurück in Richtung des Subaru.

Wellmann warf der Verkäuferin einen halb mitleidigen, halb entschuldigenden Blick zu. »Okay, dann danke ich Ihnen mal für die Beratung, auch wenn wir uns leider nicht einig geworden sind.«

Sie verabschiedeten sich, und der Kommissar kehrte zum Subaru zurück.

»Du hascht doch jetzt net etwa heimlich so en Panzer kauft, oder was?«, sagte Arnold, als Wellmann einstieg.

Der schüttelte den Kopf. »So, und was jetzt? Zum nächsten Händler? Der Keil in Rißegg soll gute Gebrauchte haben.«

Arnold schnaubte. »Oins ka i dir sage, Bua. I hon gnuag von dene Gebrauchtwage. Mir fahret jetzt zur Subaru-Werkstatt und froget, was der mir für a Angebot mache ka.«

4

Korbinian parkte seinen SUV direkt vor der Praxis von Dr. Kugelmann in der Fischbacher Straße in Ummendorf. Linda war schon einige Male an dem unauffälligen Zweifamilienhaus aus den Siebzigern vorbeigefahren, hatte jedoch nie Notiz von dem Gebäude genommen. Dass sich darin eine Arztpraxis befand, hatte sie zwar gewusst, aber mit dem verstorbenen Bereitschaftsarzt hatte sie bislang noch nicht zu tun gehabt.

An der Eingangstür war ein Schild angebracht worden: »Bis auf Weiteres geschlossen. In dringenden Notfällen wenden Sie sich bitte an die Praxis von Dr. Gabriel.«

Korbinian klingelte.

Das Türschloss surrte, und Linda drückte den Knauf aus abgeschabtem Messing. Es klackte, und sie fand sich in einem modern eingerichteten Empfangsbereich wieder.

Hinter einem weiß getünchten Tresen stand eine junge Frau. In ihren langen schwarzen Wimpern hingen Tränen, und ihr Gesicht war vom Weinen gerötet.

»Guten Morgen«, sagte Linda. »Sind Sie Frau Hoffmann, die Sprechstundenhilfe von Dr. Kugelmann?«

Die Frau nickte.

Linda streckte ihr die Hand entgegen, die sie zaghaft drückte. »Wir haben telefoniert. Mein Name ist Linda Keller, ich bin von der Kriminalpolizei. Und das hier ist mein Kollege Korbinian Mächle.«

Er schüttelte der Arzthelferin ebenfalls die Hand und sagte: »Mein herzliches Beileid.«

Linda biss sich auf die Unterlippe. Verdammt, das hätte sie nicht vergessen dürfen. »Von mir natürlich auch«, schob sie nach und grub ihre Zähne gleich noch einmal in die Lippe. Wie bescheuert klang das denn?

»Das muss ein großer Schock für Sie gewesen sein«, sagte

Korbinian in einem einfühlsamen Ton, den ihm wohl niemand zugetraut hätte, der ihn näher kannte.

Frau Hoffmann schluchzte.

»Wir möchten Sie bitten, uns einige Fragen zu beantworten«, fuhr er fort, was die Sprechstundenhilfe wiederum mit einem Nicken quittierte.

Sie holte ein zerknülltes, gelbfleckiges Taschentuch aus ihrer Hose und schnäuzte sich lautstark.

Linda beschloss, das Heft der Befragung wieder in die Hand zu nehmen: »Sie waren die letzten vierundzwanzig Stunden im Dienst? Ist das richtig?«

»Es sind jetzt schon sechsundzwanzig Stunden«, erwiderte sie leise. »Ich wusste ja nicht, ob ich einfach heimgehen darf, als ich gehört habe, dass Dr. Kugelmann …«

»Wie haben Sie von seinem Tod erfahren?«, fragte Linda.

»Ihre Kollegen sind vorbeigekommen. Dr. Kugelmann war ja alleinstehend, und deshalb haben sie niemand bei ihm zu Hause angetroffen.«

»Wann haben Sie Ihren Chef das letzte Mal gesehen?«

»Gleich nachdem der Anruf kam. Dr. Kugelmann hatte sich hingelegt. Der Dienst war relativ ruhig. Um zwei heute Nacht musste er zu einer alten Frau, der das Asthmaspray ausgegangen war. Danach konnte er ein bisschen schlafen. Ich hatte schon gehofft, dass es das war. Aber dann kam der Anruf aus Barabein.« Sie schluckte schwer.

»Haben Sie dieses Telefonat entgegengenommen?«, fragte Korbinian.

»Es war ein Mann. Er klang relativ jung, soweit ich das beurteilen kann. Er hat gesagt, dass er Schmerzen in der Brust hat, so ein Engegefühl. Ich habe Dr. Kugelmann geweckt und ihm gleich den Apparat weitergereicht. Er hat kurz mit dem Patienten telefoniert und ist dann aufgebrochen. Das war das letzte Mal, dass ich ihn lebend gesehen habe.«

Sie schlug sich die Hände vor das Gesicht. Zwischen ihren Fingern quollen dicke Tränen hervor.

Linda wollte etwas fragen, doch Korbinian schüttelte den Kopf. Sie warteten eine Weile, bis die Frau sich so weit beruhigt hatte, dass sie nicht mehr laut schluchzte.

»Warum ist Dr. Kugelmann selbst gefahren?«, fragte sie schließlich, als sie es nicht länger aushielt. »Gibt es nicht Fahrer für die Ärzte vom Bereitschaftsdienst?«

»Ja, der war auch bis gestern Abend mit Dr. Kugelmann unterwegs. Aber er hatte sich irgendwie den Magen verdorben, und dann hat der Chef ihn heimgeschickt.«

»Haben Sie den Namen und die Adresse des Anrufers notiert?«, fragte Korbinian.

Die Arzthelferin leckte sich über die Lippen. »Ich weiß nicht, ob ich Ihnen das sagen darf. Das fällt doch sicher unter die Schweigepflicht.«

»Das dürfte in diesem Fall unbedenklich sein«, log Korbinian.

Linda warf ihm einen empörten Blick zu und wollte einschreiten, doch da hatte ihm Frau Hoffmann schon einen Zettel in die Hand gedrückt.

»›Christian Wieland. Barabein 58. Warthausen‹«, las er vor.

»Haben Sie auch die Telefonnummer?«

»Ich schreibe sie Ihnen schnell ab. Sie ist im Mobilteil abgespeichert«, sagte sie.

Während sie die Handynummer notierte, fragte Linda: »Hat sich der Patient später noch einmal bei Ihnen gemeldet? Als Dr. Kugelmann unterwegs war zum Beispiel?«

Die Sprechstundenhilfe verneinte und reichte Linda das Blatt mit der Nummer.

»Wissen Sie, ob Ihr Chef bedroht wurde? Gab es unzufriedene Patienten? Oder hatte er finanzielle Probleme?«

»Nein, ganz bestimmt nicht. Dr. Kugelmann war sehr beliebt. Ich habe nie mitbekommen, dass jemand sich beschwert hätte. Und die Praxis lief super. Erst letzten Monat hat er unsere Gehälter erhöht.«

Sie verabschiedeten sich und gingen zum Auto zurück.

»Sollen wir gleich nach Barabein fahren?«, fragte Korbinian.

»Klar, warum nicht?«

Er setzte den SUV in Bewegung.

»Warum hast du die Frau wegen der Schweigepflicht belogen?«, fragte Linda.

Korbinian zuckte mit den Achseln. »Wer sollte ihr denn deswegen Probleme machen? Je schneller wir die Info haben, desto besser. Oder wolltest du erst einen Richter bemühen? Für einen Namen und eine Adresse?«

Linda seufzte. Er hatte ja recht. Trotzdem war es nicht korrekt gewesen. »Und eine Telefonnummer«, sagte sie. »Ich versuche mal mein Glück.«

Sie tippte die Nummer in ihr Handy ein und drückte auf das grüne Hörersymbol. Es tutete nicht, stattdessen wurde sie sofort auf eine Mailbox weitergeleitet. Anstelle eines persönlich aufgesprochenen Textes oder eines Namens begrüßte sie die elektronische Ansagestimme mit der Nummer, die sie eben gewählt hatte, und bat sie, eine Nachricht nach dem Signalton zu hinterlassen.

»Mailbox«, brummte sie.

»Wenn wir Glück haben, können wir gleich persönlich mit diesem Herrn Wieland sprechen. Sofern er noch am Leben ist.«

Korbinian grinste breit, doch Linda verzog angesichts seines geschmacklosen Scherzes keine Miene.

»Warst du schon mal in Barabein?«, fragte sie stattdessen.

Er nickte. »Als ich für meinen letzten Marathon trainiert habe, bin ich da ab und an durchgelaufen. Ein typisches oberschwäbisches Bauerndorf mit einer Kapelle und durchnummerierten Häusern.«

»Ich habe die Dächer immer nur von der B 30 aus gesehen. Der Ort sieht ein bisschen so aus, als ob sich Fuchs und Hase dort Gute Nacht sagen würden.«

»Ja, aber das muss ja nicht das Schlechteste sein, oder?«

Ein paar Minuten später fuhren sie durch Barabein. Die meisten Häuser hatten eindeutig bessere Zeiten hinter sich. Linda hielt Ausschau nach der Nummer 58. Sie überquerten die Schienen der Öchsle-Bahn und wurden ganz am Ende des Dorfes fündig.

»Immerhin gibt es die Adresse«, sagte Korbinian. »Ich hatte schon befürchtet, dass es sich um einen Fake handeln würde.«

Es war brütend heiß, und die Hitze traf sie wie eine Wand, als sie aus dem voll klimatisierten SUV stiegen. Sie gingen zur Tür des Hauses, und Linda versuchte, das abgenutzte Emailschild mit dem Namen der Bewohner zu entziffern. Täuschte sie sich, oder stand da tatsächlich »Wieland«?

Sie klingelte. Ein altmodischer Ton, der an die Glocken von Big Ben erinnerte, ertönte aus den Tiefen des Gebäudes. Sie hörte schlurfende Schritte. Eine alte Frau öffnete die Tür.

»Was wollet Se?«, fragte sie in barschem Ton.

Linda war an Begrüßungen wie diese gewöhnt und hielt ihr den Dienstausweis unter die Nase. Die Frau schob den Kopf etwas zurück, weniger vor Schreck als vielmehr aufgrund einer wohl ziemlich ausgeprägten Altersweitsichtigkeit.

»So, von der Kripo send Se also? Des beantwortet mir immer no net, was Se von mir wollet.«

»Sind Sie Frau Wieland?«, fragte Korbinian, der versuchte, mit seinem Schwiegersohncharme zu punkten.

»Ja, des steht doch auf meim Klingelschild. Oder nit?«

»Wir möchten gerne mit Herrn Christian Wieland sprechen.«

Sie kniff die Augen zusammen und musterte die beiden Beamten einen Moment lang, ehe sie in ein polterndes Gelächter ausbrach. »Da kommet Se siebzehn Jahr zu spät. Der Christian war mei Ma. Der liegt em Friedhof in Warthause, Gott hon en selig!«

5

»Los, Papa, aufstehen!«

Wellmann spürte, wie ihn jemand am Arm zog. Er öffnete die Augen und sah das Gesicht seines Sohnes nur Zentimeter von seinem eigenen entfernt.

»Komm, wir müssen aufbauen«, drängte Dominik und zerrte noch einmal an ihm.

»Gleich«, sagte er und gähnte herzhaft. »Sag bitte dem Opa, dass er einen starken Kaffee machen soll.«

Dominik schüttelte den Lockenkopf.

»Ich soll dir sagen, dass er das schon gemacht hat. Und dass du runterkommen sollst, weil er die Platte nicht alleine heben kann.«

Wellmann wischte sich den Schlaf aus den Augen und erhob sich, während er Dominik die Treppe hinunterstürmen hörte. Er sah auf die Uhr. Viertel nach fünf. Wie konnte man so früh schon so fit sein?

Er ging ins Bad, putzte sich die Zähne, unterzog sich einer Katzenwäsche und begab sich in die Küche. Ein himmlischer Kaffeeduft stieg ihm in die Nase. Er griff sich eine der dampfenden Tassen vom Tisch und trank einen Schluck.

»So, Bua, komm«, hörte er seinen Vater hinter sich sagen. »Mir müsset aufbaue.«

Der alte Wellmann ging voran durch den Flur, und sein Sohn folgte ihm. Dominik stand schon draußen im Hof und hüpfte aufgeregt hin und her.

»Die zwoi Böck hon i scho aufgschtellt«, sagte Arnold und deutete auf die beiden Gestelle, die am Rand des Gehsteigs standen. »Aber die Platte ischt sauschwer.«

Der Kommissar folgte ihm in die Scheune. Sein Vater zeigte auf eine alte Tür, die an der Wand lehnte.

»Komm, pack mit a«, sagte er und nahm sich seine Ecke vor.

Wellmann ging zur anderen Seite und hob die Platte an. Arnold tat es ihm ächzend nach.

»Soll ich den Nachbarn fragen, ob er uns hilft?«, schlug der Kommissar vor.

»I wo, des schaff i scho«, stieß sein Vater hervor und verzog das Gesicht.

Sie trugen die Tür gemeinsam über den Hof. Arnold stöhnte und schnaufte wie eine alte Dampflok, und zweimal mussten sie pausieren und die Platte kurz abstellen. Ein kritischer Moment ergab sich noch einmal, als sie die Tür mit Schwung auf die beiden Böcke wuchteten, aber als sie schließlich mit einem Knall zum Liegen kam, entspannte sich Wellmann.

Sein Vater stand vornübergebeugt da, die Hände auf den Oberschenkeln, schwer atmend.

»Alles okay, Opa?«, fragte Dominik.

»Passt scho«, ächzte Arnold.

»Prima, dann hol ich mal das Tischtuch.«

Wellmann sah seinem Sohn nach, der wie ein Derwisch in Richtung Wohngebäude raste und im Hauseingang verschwand.

»So, und jetzt müsset mir die Sache naustrage, die mir verkaufe wollet«, stieß Arnold hervor.

Wellmann klopfte seinem Vater auf die Schulter. »Das können doch Dominik und ich machen. Setz du dich in die Stube und verschnauf ein bisschen. Ich komm auch dazu, und dann trinken wir erst einmal unseren Kaffee fertig.«

»Aber die erschte Leut werdet scho bald komme.«

»Keine Sorge, Vater, ich glaube, dass wir genügend Kundschaft haben werden. Der Hochdorfer Flohmarkt wird von Jahr zu Jahr voller. Und nachdem er die letzten Male wegen Corona ausgefallen ist, werden heute wahrscheinlich noch mehr Besucher auftauchen als sonst.«

Sie gingen in die Stube zurück und setzten sich an den Küchentisch. Dominik kam herein. Er hatte ein weißes Tischtuch in der Hand.

»Was ist denn los?«, fragte er. »Ich kann das doch nicht allein ausbreiten. Da muss mir wer helfen.«

»Gleich, Dominik«, sagte Wellmann und strich seinem Sohn über die Haare. Im Gegensatz zu seiner großen Schwester, bei der zärtliche Gesten schon seit zwei Jahren verpönt waren, tolerierte er das noch.

»Und ich darf wirklich alles Geld behalten, was wir einnehmen?«, fragte Dominik.

»Versproche«, erwiderte Opa Wellmann. »Aber i befürcht, dass du davo net reich wirscht.«

Sie tranken den Kaffee aus und gingen hinaus, um den Verkaufstisch zu bestücken. Arnold hatte eine alte Vase aus den fünfziger Jahren gefunden, die seiner Mutter gehört hatte. Außerdem hatte er ein halbes Dutzend rostige Hufeisen und einen antiken Lockenstab beigesteuert. Wellmann hatte seine CD-Sammlung ausgemistet, und Dominik bot Kinderbücher an, die er schon lange nicht mehr vorgelesen bekommen wollte.

Die ersten Interessenten erschienen bereits gegen sechs Uhr. Trotz der morgendlichen Stunde war es schwül.

Nach einer Viertelstunde hatte Dominik zwei CDs und ein Kinderbuch verkauft.

Stolz deutete er auf die Kasse, die zwölf Euro enthielt. »Wenn das so weitergeht, kann ich mir bald eine Playstation leisten.«

Gegen halb neun beschloss Wellmann, einen Spaziergang über den Markt zu unternehmen. In der Ortsmitte herrschte reges Treiben. Zwar war der Schwerpunkt des Flohmarktes aufgrund von Bauarbeiten in den letzten Jahren eher an den nordwestlichen Ortsrand gerückt, wo es einen großen Parkplatz gab. Aber auch in den Nebengassen und den Ausläufern des Dorfes hatten die Anbieter ihre Stände aufgebaut.

Einmal mehr staunte der Kommissar darüber, was alles feilgeboten wurde. Von der verstaubten E-Gitarre über Hirschgeweihe bis hin zu Schaukelpferden konnte man jeden möglichen Krempel kaufen.

Ab und zu begegnete er einem bekannten Gesicht, die meisten Leute hatte er jedoch noch nie gesehen. Inzwischen kamen auch viele Fremde nach Hochdorf. Der jährliche Flohmarkt an dem auf Fronleichnam folgenden Samstag war der zweitgrößte in der Gegend nach dem in Riedlingen.

Wellmann bog in den großen Parkplatz ein, auf dem die meisten Stände eng aneinandergedrängt aufgebaut worden waren. Die Mitglieder der Freiwilligen Feuerwehr waren dabei, Gasgrills anzuschließen. Bald würden hier die unvermeidlichen Würstchen im Fett brutzeln.

Eben wollte er weitergehen, als er einen markerschütternden Schrei hörte. Er drehte sich um. Auch die anderen Passanten schauten in die Richtung, aus der der Laut gekommen war. Vor einem Stand fuchtelte eine Frau mittleren Alters wild mit den Armen herum. Ein junger Kerl neben ihr versuchte, sie mit Gesten zu beschwichtigen. Hinter dem Tresen verfolgte ein grauhaariger Mann in einem AC/DC-Shirt die Szene mit ausdrucksloser Miene.

Wellmann ging auf die Streitenden zu. In der Auslage des Standes sah er mehrere Figuren. Eine davon war groß und vergoldet. Er konnte nicht genau erkennen, was sie darstellte. Die Frau zeigte mit dem Finger darauf. Inzwischen war er nah genug herangekommen, dass er verstehen konnte, was sie schrie.

»… hast sie auf dem Gewissen. Meine Tochter. Und jetzt verscherbelst du auch noch ihre Trophäen!«

Der jüngere Mann sagte in einem halb verzweifelten, halb flehenden Ton: »Mutter, bitte beruhig dich. Das lässt sich alles klären.«

Doch die Frau war so außer sich, dass sie ihn nur wild anfunkelte. »Klären? Was klären? Dass dein Vater meine Tochter auf dem Gewissen hat?«

Der Mann in dem AC/DC-Shirt hustete. Er verzog das Gesicht zu einer Grimasse des Schmerzes. Seine Haut sah ungesund gräulich aus.

Wellmann musterte die Trophäen, um die der Streit sich drehte, und erkannte, dass es sich um Nachbildungen von Meerjungfrauen und Nixen handelte.

»Die Sylvia ischt scho ganz alloi dafür verantwortlich, dass se versoffe ischt. Des mit dene Fotos war von Anfang an a bescheuerte Idee. Ond jetzt hot se da Salat«, sagte der Mann.

»Du Schwein!«, schrie die Frau. »Du hast sie auf dem Gewissen!«

»Halt dei Maul!«

»Mutter, Vater«, sagte der jüngere Mann in einem noch verzweifelteren Tonfall als eben. »Das bringt doch nichts. Bitte beruhigt euch! Die Leute schauen schon her.«

»Es kann jeder wissen, was für ein widerlicher Mensch dein Vater ist.« Sie drehte sich um und rief den Umstehenden zu: »Hey, alle mal herhören! Ich habe euch was zu sagen.«

Plötzlich wurde es still. Auch die letzten Köpfe wandten sich der Frau zu.

»Meine Tochter, die Sylvia Mayr, ist vorgestern ertrunken. Das war kein Unfall. Sie ist ermordet worden. Und zwar von ihrem eigenen Vater.« Sie drehte sich um und deutete auf den Mann. »In der Hölle sollst du schmoren!«

Dann wandte sie sich ab und bahnte sich einen Weg durch die Menge.

6

Linda unterdrückte ein Gähnen. Sie war eindeutig eine Eule. Es machte ihr nichts aus, bis spät in die Nacht zu arbeiten, solange sie am nächsten Morgen ausschlafen konnte. Aber früh aufzustehen hatte noch nie funktioniert. Alles, was vor neun Uhr stattfand, war eine Quälerei.

Sie ging zur Kaffeemaschine und schenkte sich eine weitere Tasse ein in der Hoffnung, dass das zusätzliche Koffein ihr einen Schub verpassen würde.

»Das ist schlecht für den Blutdruck«, sagte Korbinian.

Sie zuckte mit den Achseln. »Mein Blutdruck ist gerade so tief im Keller, dass ich wahrscheinlich zehn Tassen trinken könnte, ohne meine Gesundheit zu gefährden«, erwiderte sie und nahm einen Schluck. »Also, was steht heute an?«

Korbinian klickte mit der Maus auf seinem Bildschirm herum. »Winter von der KT hat mir eine Mail geschrieben. Sie haben erste Ergebnisse vom Unfallort.«

»Prima. Dann lass uns doch gleich bei ihm vorbeischauen, er hat ohnehin Wochenenddienst.«

»Guten Morgen«, sagte Manfred Winter und lächelte Linda freundlich und Korbinian verbindlich zu.

»Also, dann schießen Sie mal los!«, sagte Korbinian und rieb sich die Hände. »Was haben Sie für uns?«

»Der Feuerwehrmann lag mit seiner Vermutung richtig«, sagte Winter.

Er schaltete einen Beamer an und tippte so lange auf seiner Laptoptastatur herum, bis ein großformatiges Foto der zerstörten Windschutzscheibe auf der weißen Wand gegenüber erschien. Er vergrößerte den Bereich, auf dem der Farbfleck zu sehen war.

»Wenn Sie sich das Spritzmuster genau ansehen, werden Sie

bemerken, dass das Zentrum sehr klein ist. Das Objekt, das die Farbe enthalten hat, kann maximal einen Durchmesser von zwei Zentimetern gehabt haben. Es kann sich demnach nicht um einen Beutel oder einen gefüllten Ballon gehandelt haben. Wir gehen stattdessen von einer Paintball-Patrone aus.«

»Welches Kaliber haben die?«, fragte Linda.

»Ein bis zwei Zentimeter.«

»Eine oder mehrere Patronen?«, fragte Korbinian.

»Eine. Die Bremsspuren sagen, dass der Wagen mit den erlaubten hundertzwanzig Kilometern pro Stunde unterwegs war. In Anbetracht der schlechten Beleuchtungssituation und der Tatsache, dass es sich bei einem Paintball-Gewehr nicht um eine Schnellfeuerwaffe handelt, konnte der Täter nicht mehr als einen Schuss abgeben. Vielleicht hat er noch eine zweite Patrone abgefeuert, aber wir haben keine weiteren Farbspuren in der Umgebung gefunden.«

»Dann muss er ein ziemlich guter Schütze sein«, sagte Linda.

Winter nickte. »Ich bin kein Experte für Paintball-Waffen, aber ich vermute, dass sie maximal fünfzig Meter von ihrem Ziel entfernt sein sollten, um einen sicheren Treffer zu landen.«

»Das werden wir bei einem Fachmann nachfragen«, sagte Korbinian. »Wie sieht es denn mit der Position des Schützen aus?«

»Wir sind uns ziemlich sicher, dass sich der Attentäter auf der Brücke befunden hat. Das Spritzmuster ist regelmäßig, beinahe symmetrisch. Die Patrone muss frontal auf die Scheibe getroffen sein. An der Stelle, von der aus der Täter die geeignetste Schussposition hatte, haben wir einen Kratzer am Geländer entdeckt, der möglicherweise davon herrührt, dass das Paintball-Gewehr aufgelegt wurde. Wir konnten dort eine Lackspur sichern. Direkt daneben fanden wir Baumwollfasern, die mit hoher Wahrscheinlichkeit von einem T-Shirt stammen.«

»Was ist mit Fingerabdrücken? DNA-Spuren?«, wollte Korbinian wissen.

Winter schüttelte den Kopf. »An der Böschung haben wir den Teilabdruck einer Schuhsohle gefunden. Wanderstiefel, wahrscheinlich Größe 43. Wir arbeiten noch daran, die Marke abzugleichen.«

Linda nickte. »Prima, das ist ja schon einmal eine ganze Menge.«

Winter strahlte. »Ich melde mich bei Ihnen, wenn es etwas Neues gibt.«

Sie gingen wieder in ihr Büro zurück.

Linda griff nach dem Telefon, wählte Wellmanns Nummer und stellte den Lautsprecher an.

»Was gibt es Neues?«, fragte er. Offenbar kaute er gerade, denn seine Worte wurden von schmatzenden Geräuschen unterbrochen.

Korbinian berichtete ihm von den Ergebnissen der kriminaltechnischen Untersuchung.

»Okay, das ist interessant«, erwiderte Wellmann. »Ich habe gestern bei einem Gebrauchtwagenhändler in Biberach grüne Farbspritzer auf den Windschutzscheiben mehrerer SUVs entdeckt.«

»Du hast was?«, fragte Linda.

»Ja, bei Hellberger. Die Verkäuferin hat behauptet, dass es sich um einen Unfall mit einer Lackierpistole gehandelt hat.«

»Klingt für mich ziemlich plausibel«, sagte Korbinian.

»Ja, wahrscheinlich ist es ein seltsamer Zufall. Fragt doch einmal beim Dezernat 3 nach, ob in letzter Zeit einschlägige Sachbeschädigungen mit grüner Farbe angezeigt wurden.«

»Okay, machen wir«, sagte Linda.

Sie wünschte ihm ein schönes Wochenende und legte auf.

Auch im Dezernat 3, das in Fällen objektbezogener Gewalt ermittelte, wirkte sich der Brückentag aus. In dem geräumigen Büro hielt nur POM Heylmaier die Stellung.

»Ui, die hohen Herren und Damen vom Kapitalverbrechen«, begrüßte er sie »Wie komme ich zu der Ehre?«

Korbinian berichtete ihm von dem Anschlag auf den SUV, und sofort war aller Spott vom Gesicht des Kollegen gewischt.

»Krass«, sagte er. »Das scheint immer mehr zu eskalieren. Ich hätte nicht gedacht, dass diese Typen Menschenleben aufs Spiel setzen würden.«

Lindas Puls legte einen Zahn zu. »Von wem sprichst du?«

»Na, von diesen Bombenlegern, die in den letzten Wochen Farbanschläge auf SUVs im Landkreis verübt haben. Habt ihr das gar nicht mitbekommen? Das stand doch in der Zeitung.«

»Ich habe keine abonniert«, sagte Linda.

»Und ich habe keine Zeit, sie zu lesen«, knurrte Korbinian. »Kannst du uns auf Stand bringen?«

Heylmaier nickte. »Begonnen hat es vor ziemlich genau drei Wochen. Da wurden spätnachts die Frontscheiben von zwei SUVs mit grüner Farbe beschmiert. Mitten in der Biberacher Altstadt.«

»Wie wurde die Farbe aufgetragen?«, fragte Korbinian. Heylmaier sah ihn irritiert an, dann schien ihm jedoch zu dämmern, worauf der Kollege hinauswollte.

»Die KT geht davon aus, dass jeweils ein fünf Liter fassender Farbeimer über der Scheibe ausgeleert wurde. Die Farbe war ganz rein, sie sah aus wie frisch aus der Originalverpackung.«

»Wie ging es weiter?«, wollte Linda wissen.

»Das hat sich noch zweimal wiederholt, an unterschiedlichen Stellen in der Altstadt. Immer das gleiche Muster. Spätnachts, grüne Farbe, keine Zeugen.«

»Gibt es Hinweise auf den oder die Täter?«, fragte Korbinian.

Heylmaier verneinte.

»Die KT hat keine verwertbaren Spuren sichern können. Keine DNA, keine Abdrücke irgendwelcher Art.«

»Schickst du uns trotzdem bitte alles, was ihr bislang an Material gesammelt habt?«, bat ihn Linda.

Sie lächelte ihm zu, und Heylmaier wurde ein kleines bisschen rot.

»Klar. Auch wenn ich befürchte, dass wir bislang wenig Ergiebiges anzubieten haben.«

»Das werden wir sehen«, sagte sie.

»So, und jetzt?«, fragte Linda im Büro.

»Den Spruch solltest du dir auf ein T-Shirt drucken lassen«, erwiderte Korbinian.

Wahrscheinlich wusste er genauso wenig wie sie, was sie als Nächstes tun sollten. Aber das würde er nie zugeben. Es war manchmal ganz schön kompliziert mit Korbinian.

»Vielleicht sollten wir uns wegen der Paintball-Geschichte schlaumachen«, schlug sie vor.

Ein Brummen von der anderen Seite des Schreibtischs interpretierte sie als Zustimmung. Sie fuhr den PC hoch und googelte die Begriffe »Paintball« und »Biberach«. Schon der erste Treffer erwies sich als interessant.

»Ich habe die Website des Paintball-Platzes im Burrenwald gefunden, den der Feuerwehrmann erwähnt hat.«

Sie suchte nach den Öffnungszeiten. »Heute hat er aus familiären Gründen geschlossen. Aber morgen ist er von zehn bis achtzehn Uhr geöffnet.«

»Dann sollten wir da mal vorbeischauen.«

7

»Hoscht au alles dabei?«, fragte Arnold Wellmann seine Enkelin, ehe er ihren Rucksack in den Kofferraum des Subaru
wuchtete.

Sie zuckte mit den Achseln. »Ich hab die Meerjungfrauen-
Figur, die du mir geschenkt hast, mein Handy und das Lade-
gerät dazu. Alles andere ist nicht so wichtig.«

Er schüttelte den Kopf und murmelte: »D' Jugend von
heit.«

»Tschüss, Opa!«

Dominik lächelte Arnold zu und verschwand im Innern des
Autos. Lisa stieg auf den Beifahrersitz und holte ihr Handy
aus der Hosentasche. Wellmann stellte die Reisetasche, in der
sich die Kleidung seines Sohnes befand, in den Kofferraum
und schloss ihn.

»Schad«, sagte Arnold. »'s war scho schee mit de Kindr.«

Wellmann nickte. Er hatte einen Kloß im Hals. Die Woche,
die er zusammen mit Lisa, Dominik und seinem Vater verbracht hatte, war herrlich gewesen. Zumindest bis der Tod
von Sylvia Mayr am Donnerstag einen Schatten auf ihr Zu-
sammensein geworfen hatte. Sie hatten so viel miteinander
unternommen wie schon lange nicht mehr. Und selbst Lisa,
die ansonsten pubertätsbedingt eher auf Abstand zu ihrem
Vater ging, hatte Spaß an ihren Ausflügen gehabt.

Doch seit dem missratenen Fotoshooting hatte sie sich zurückgezogen. Er hatte sie entweder lesend in der Hängematte
im Obstgarten hinter dem Haus oder in ihr Handy vertieft
angetroffen. Immer wieder hatte er versucht, mit ihr ins Gespräch zu kommen, doch wenn überhaupt, hatte sie nur einsilbige Antworten von sich gegeben. Dominik dagegen war
fröhlich und lebendig wie stets gewesen.

»Papa, erinnerst du mich daran, dass ich Mama die fünfunddreißig Euro gebe, die ich bei dem Flohmarkt verdient habe?«, rief sein Sohn durch die offen stehende Scheibe.

Arnold holte seinen Geldbeutel aus der Tasche und entnahm ihm zwei Scheine, die er seinem Enkel ins Auto reichte. »So sind's fuffzig«, sagte er.

Dominik schaute das Geld mit großen Augen an, dann rief er: »Danke, Opa, jetzt hab ich bald alles für meine Playstation zusammen!«

»Playstation«, brummte Arnold. »So a Glumpp. Kauf dr lieber a paar spannende Bücher.«

Dominik ignorierte den Einwand und ordnete den Fünfer und den Zehner sorgfältig in seinen Geldbeutel ein.

»So, jetzt winkt dem Opa noch einmal zu«, sagte Wellmann. Er setzte sich hinter das Steuer, ließ den Subaru an und fuhr los.

»Können wir das Hörspiel?«, fragte Dominik.

Lisa verdrehte die Augen und steckte sich Kopfhörer in die Ohren.

Wellmann schaltete den CD-Spieler ein, in dem sich die neueste Folge »Petronella Apfelmus« befand. Er konnte der Geschichte nicht allzu viel abgewinnen, musste aber anerkennen, dass Dominik ihr bei einer ihrer Ausflugsfahrten so gebannt gelauscht hatte, dass er zwei Stunden lang keinen Mucks von sich gegeben hatte.

Er steuerte den Wagen durch Hochdorf. Das Wetter war herrlich, und er bedauerte, dass er morgen wieder zur Arbeit musste. Nicht weil er seinen Job nicht mochte – Wellmann war Polizist mit Leib und Seele –, sondern weil er seine Kinder jetzt schon vermisste.

Zehn Minuten später hielt er vor dem Passivhaus im Wohngebiet Rißegger Steige. Dominik rannte gleich auf die Haustür zu. Lisa bewegte sich langsam und bedächtig, um nicht den Blickkontakt zum Display zu verlieren.

Er folgte den beiden zum Hauseingang. Evelyn öffnete.

Wellmann zwang sich, nicht auf ihren Bauch zu starren. Die Schwangerschaft war inzwischen deutlich sichtbar. Er konnte sich gut daran erinnern, wie sie aussah, wenn sie ein Kind erwartete. Nur dieses Mal fühlte es sich seltsam an, denn er war nicht der Vater.

»Hallo, ihr beiden!«, sagte sie.

Dominik stürmte auf sie zu, und sie schloss ihn in ihre Arme. Lisa ging wortlos an ihrer Mutter vorbei und schaute unverwandt auf ihr Handydisplay. In der freien Hand hielt sie eine goldene Statue, die dem Kommissar bekannt vorkam.

»Lisa?«, rief seine Ex-Frau ihr hinterher.

Ihre Tochter stieg die Treppe hinauf, ohne sich umzudrehen. Evelyns Stirn legte sich in tiefe Falten.

»Hattet ihr Stress? Oder was ist los?«

Er seufzte. »Das Mermaid-Shooting war leider eine Riesenkatastrophe. Hast du das nicht mitbekommen? Es stand doch in der Zeitung.«

Evelyn schüttelte den Kopf. »Wir haben keine Zeitung mehr. Was ist passiert?«

Er berichtete ihr von Sylvia Mayrs Tod.

»Und Lisa musste zusehen? Die ganze Zeit über, als du diese Frau reanimiert hast?«, rief sie und sah ihn dabei mit weit aufgerissenen Augen an.

Er spürte, wie der Ärger in ihm aufstieg, den er normalerweise im Griff hatte, wenn er seiner Ex gegenübertreten musste. »Was hätte ich tun sollen? Mit dem Reanimieren warten und Lisa erst einmal aus dem Raum führen? Herrgott, es ging um Leben und Tod!«

Dominik wand sich aus Evelyns Armen und stürmte die Treppe hinauf. Sie funkelte Wellmann wütend an.

»Na super, jetzt habe ich zwei traumatisierte Kinder daheim. Warum musst du auch immer gleich so gereizt reagieren?«

»Warum musst du immer alles als Vorwurf formulieren? Traumatisiert. Mit solchen Begriffen sollte man nicht so einfach um sich werfen. Ich habe getan, was ich konnte. Es war verdammt noch mal nicht meine Schuld, dass die Frau ertrunken ist. Ich habe mit Lisa geredet und dafür gesorgt, dass sie in den letzten Tagen Ruhe und Zeit für sich hatte, so wie sie es wollte.«

Evelyn verschränkte die Arme über ihrem Schwangerschaftsbauch. »Warum hast du mich nicht informiert? Vielleicht hätte Lisa mich gebraucht.«

Wellmann atmete tief durch. »Das hätte sie dir doch schreiben können, oder? Sie hängt die ganze Zeit an ihrem Handy. Da wäre es ein Leichtes gewesen, dir eine Nachricht zu schicken oder dich kurz anzurufen. Hat sie das nicht getan?«

Evelyn kniff die Lippen zusammen.

»Manchmal ist es einfach nur wichtig, da zu sein«, fuhr Wellmann fort. »Und das waren wir, mein Vater und ich. Und jetzt bist du da, und wenn Lisa das Gespräch sucht, kannst du mit ihr reden. Aber von dem Gedanken, immer alles unter Kontrolle haben zu müssen, solltest du dich endlich einmal lösen.«

Evelyn schnappte nach Luft, und er bereute umgehend seinen letzten Satz.

»Was ist hier los?«

Wellmann seufzte. Auch das noch. Max, Evelyns Mann, erschien hinter ihr und warf dem Kommissar einen misstrauischen Blick zu.

»Nichts, wofür wir dich brauchen würden«, sagte Wellmann.

Max machte Anstalten, einen Schritt auf ihn zuzutreten, doch Evelyn hielt ihn zurück.

»Es mag sein, dass ich manchmal zu sehr darum bemüht bin, alles unter Kontrolle zu haben. Aber nur, weil mir die Kinder wichtig sind«, sagte sie.

Wellmann wollte etwas erwidern, doch Evelyn hob eine Hand.

»Ich weiß, dass dir die Kinder auch wichtig sind. Und deshalb sollte uns beiden daran gelegen sein, Konflikte wie diesen friedlich zu lösen. Und ohne dass Lisa oder Dominik darunter leiden.«

»Das wäre prima.« Er schluckte eine Bemerkung darüber herunter, dass er den Streit heute nicht angefangen hatte, und sagte stattdessen: »Ich hatte den beiden versprochen, mit ihnen einen Ausflug zum Blautopf zu machen. Das haben wir aber nicht mehr geschafft. Kann ich das nächstes Wochenende nachholen?«

Evelyn nickte.

»Gut, dann hole ich sie am Samstag ab.«

Er wandte sich um, um zu seinem Auto zu gehen, doch da hörte er Schritte auf der Treppe. Dominik und Lisa erschienen hinter ihrer Mutter. Sein Sohn wirkte bedrückt, er war ein sensibler Junge, und Streit zwischen seinen Eltern ging ihm nahe. Er lief auf seinen Vater zu, und Wellmann drückte ihn fest an sich.

»Dann fahren wir nächstes Wochenende zum Blautopf?«, sagte er.

»Oh, super!«, rief Dominik. »Da freu ich mich drauf.«

Wellmanns Blick suchte Lisa. Sie schob sich an Max vorbei und trat auf ihn zu. Ihr Gesicht war bleich, und die Augen waren ein wenig gerötet. Aber sie hielt ihr Handy nicht in der Hand, und in ihren Ohren steckten auch keine Stöpsel.

»Mir ist noch was eingefallen«, sagte sie mit leiser Stimme. »Vielleicht ist es wichtig.«

Wellmann legte den Kopf schief. »Was denn?«

»Als ich aus der Umkleide gekommen bin. Am Donnerstag. Vor dem Shooting. Da habe ich einen Streit mitbekommen. Sylvia hat sich mit einem Mann gezofft. Der hatte so ein Heavy-Metal-T-Shirt an und eine Baseball-Cap auf dem Kopf. Sie hat gesagt, dass er sie in Ruhe lassen soll. Und dann hat sie ihm den Stinkefinger gezeigt und ist abgezogen. Sie hat mich aus Versehen angerempelt und dabei ein bisschen Kaffee verschüttet. Und dann …« Sie schluchzte, die Tränen traten ihr in die Augen.

Wellmann nahm sie in die Arme. Sie ließ es geschehen, und obwohl er es nur schwer ertrug, seine Tochter so unglücklich zu sehen, fühlte er sich so ruhig und zufrieden wie schon lange nicht mehr.

8

Korbinian schluckte den letzten Bissen seines Döners hinunter und trank seinen Ayran aus. Mit der Papierserviette wischte er sich den Mund ab, warf sie in den Mülleimer und nickte Mehmet zu, der mit dem großen Messer winkte.

Korbinian war Stammgast in dem Laden, und vor allem wenn es schnell gehen musste, griff er gern auf Mehmets Grillkünste zurück. Er hatte noch drei Stunden, bis der Pflegedienst Feierabend machte. Dieses Zeitfenster musste er für seine Ermittlungen nutzen. Ab morgen würde er mehr Luft haben. Da wollte seine Tante aus Freudenstadt für zwei Wochen zu Besuch kommen, um ihn bei der Pflege seiner Mutter zu entlasten.

Korbinian stieg in seinen SUV und fuhr auf den Hindenburgring. Im Wohngebiet Fünf Linden hielt er vor Lindas Wohnung. Er überlegte, ob er hupen sollte, doch sie hatte ihn schon gesehen und trat heraus. Sie begrüßten sich kurz und knapp, Linda nahm neben ihm Platz, und er fuhr weiter.

Nachdem er Mettenberg durchquert hatte, lenkte er seinen Wagen in Richtung Burrenwald. Endlose Wanderwege durchzogen das weitläufige Naherholungsgebiet, aber auch ein Kletterparcours und eine Paintball-Anlage hatten sich dort inzwischen angesiedelt.

Mit beidem hatte Korbinian noch keine Erfahrung. Leider. Im vergangenen Jahr hatte er den Kollegen vorgeschlagen, dass sie ein Team-Event veranstalten könnten, war jedoch auf taube Ohren gestoßen. Martin Waibel war zu faul gewesen, und Linda hatte seine Idee mit einer Bemerkung über »sinnlose Ballerei« abgetan. Nur Wellmann hatte sich aufgeschlossen gezeigt, was aber nicht ausgereicht hatte, um die anderen beiden zu überzeugen.

Er bog in den Parkplatz der Anlage ein, die von einem

hohen Zaun umgeben war, und stellte seinen Wagen ab. Am Kassenhäuschen erkundigte Linda sich nach einem leitenden Angestellten. Die noch ziemlich junge Kassiererin musterte sie neugierig und fragte, warum sie den Chef sprechen wolle.

Korbinian zog seinen Dienstausweis heraus und hielt ihn ihr vor die Nase.

Ihre Augen weiteten sich. »Dr Moritz weist grad a Gruppe ei. Da müsset Se kurz warte.« Sie deutete auf einen Kiosk, vor dem eine Bierbankgarnitur stand.

Sie nahmen Platz, und Korbinian ließ seinen Blick über die Anlage schweifen. Auf einer Freifläche waren einige Holzhütten errichtet worden, die komplett mit Farbe beschmiert waren. Offenbar dienten sie als Unterstände. Eine Gruppe von zehn Leuten in dunkelblauen Overalls hatte sich im Halbkreis um einen Mann herum formiert, der mit einem unförmigen Gewehr hantierte. Das musste dieser Moritz sein, von dem die Frau an der Kasse gesprochen hatte.

Der Mann zielte mit der Waffe auf eine der Hütten, sie gab ein ploppendes Geräusch von sich, und an der Bretterwand erschien ein rosa Farbfleck. Das Spritzmuster ähnelte dem auf der Windschutzscheibe des toten SUV-Fahrers.

Die Leute, die um den Einweiser herumstanden, bildeten zwei Gruppen zu je fünf Personen und verteilten sich in dem an die Freifläche angrenzenden Waldstück. Der Chef holte eine silberne Trillerpfeife aus der Brusttasche seines Hemdes und blies hinein. Offenbar war das das Signal zum Loslegen, denn nach und nach setzten nun ploppende Geräusche ein, teils gedämpft durch die Bäume, teils so laut, als ob jemand direkt neben Korbinian den Abzug durchgezogen hätte.

Der Einweiser nahm raschen Schrittes Kurs auf das Kassenhäuschen, wo ihn die aufgeregt gestikulierende Mitarbeiterin schon erwartete. Sie deutete mit dem Finger auf die Polizisten, und er trat auf sie zu. Moritz war um die dreißig Jahre alt. Er hatte lange dunkelblonde Haare, die hinter seinem Kopf zu einem Dutt zusammengebunden waren. Unter dem unförmigen Schutzanzug zeichnete sich ein athletischer Körper ab.

»Moritz Weißenberger«, stellte er sich vor, und sein schraubstockartiger Händedruck bestätigte Korbinian, dass der Mann viel Zeit auf seinen Muskelaufbau verwendete.

Er zeigte ihm seinen Dienstausweis und sagte: »Wir ermitteln im Fall des Anschlags auf den Pkw auf der B 30. Vielleicht haben Sie davon gehört?«

Weißenberger nickte. »Üble Sache. Da ist doch jemand zu Tode gekommen, weil ein Farbbeutel seine Windschutzscheibe getroffen hat, oder? Das habe ich in der Zeitung gelesen.«

»Wir gehen davon aus, dass es sich um eine Farbpatrone gehandelt hat, die von einem Paintball-Gewehr verschossen wurde«, sagte Linda.

Weißenbergers Augenbrauen zuckten nach oben. »Ich ... Wir ... haben nichts damit zu tun«, beteuerte er. Auf seiner Stirn erschienen Schweißtropfen, und sein rechtes Lid begann, unkontrolliert zu beben.

Korbinian hob die Hände zu einer beschwichtigenden Geste. »Das haben wir doch auch gar nicht behauptet«, sagte er. »Wir sind aus zwei Gründen hier. Zum einen möchten wir etwas über Paintball-Gewehre und ihre Handhabung erfahren, zum anderen möchten wir von Ihnen wissen, ob Sie bei Ihren Gästen in letzter Zeit irgendwelche auffälligen Beobachtungen gemacht haben.«

»Was meinen Sie denn mit ›auffälligen Beobachtungen‹?«

»Vielleicht Gruppen, die immer wieder kommen und denen es eher darum geht, ihre Fähigkeiten mit der Waffe zu schulen, als einfach nur Spaß zu haben?«, schlug Linda vor.

Weißenberger schüttelte den Kopf. »Ich fürchte, da muss ich Sie enttäuschen. Keine Ahnung, was für ein Bild meiner Kundschaft Sie vor Augen haben, aber wir haben es nicht mit irgendwelchen Paramilitärs zu tun, die für den Weltuntergang oder eine Zombie-Invasion proben. Die meisten Gäste veranstalten hier Junggesellenabschiede oder Team-Events.

Wir hatten auch schon katholische Ministrantengruppen und evangelische Landfrauen hier.«

»Das heißt, die meisten Ihrer Gäste sehen Sie nur ein Mal?«, fragte Linda.

»Ja. Es gibt schon auch Gruppen, die häufiger vorbeischauen. Ein paar Jungs aus Biberach haben einen Verein gegründet, die sind jeden Freitag hier. Und aus einer Rehaklinik in Buchau besucht uns einmal pro Woche eine Therapiegruppe. Vogelschützer vom Federsee waren auch schon mehrfach da.«

Korbinian wurde hellhörig.

»Vogelschützer?«

»Ein Verein. So Greenpeace-Typen in alternativen Klamotten. Wenn Sie mich fragen, kiffen die auch ziemlich viel. Dafür treffen sie aber ganz gut.«

»Wann waren diese Umweltschützer denn zuletzt bei Ihnen?«, fragte Korbinian.

»Letzte oder vorletzte Woche. Ich weiß es nicht mehr genau. Die kommen nicht in festen Abständen. Aber fünfmal waren die mindestens schon da.«

»Haben Sie deren Kontaktdaten?«

»Wir erheben keine personenbezogenen Daten. Aber wahrscheinlich finden Sie die im Internet. Die bieten irgendwelche geführten Touren in das Federseeried an. Das hat mir eine von denen mal erzählt.«

Korbinian notierte sich die Infos auf seinem Block.

»Okay, können Sie uns dann mal erklären, wie das mit dem Paintball-Gewehr so funktioniert?«, bat ihn Linda.

Weißenberger zwinkerte ihnen zu.

»Das probieren Sie am besten selbst aus.«

Zehn Minuten später standen Korbinian und Linda in blaue Overalls gekleidet mitten auf der Freifläche. Auf dem Kopf trugen sie Helme, vor den Augen Schutzbrillen. In der Hand hielten sie Gewehre.

»Es gibt mehrere Variationen, wie man das Spiel aufziehen

kann. Die bekannteste und von unseren Gästen am meisten genutzte ist ›Capture the Flag‹«, sagte Weißenberger.

»Die Fahne erobern?«, fragte Linda.

»Genau. Jedes Team bekommt eine Flagge zugeordnet. Das ist ein einfacher Stofffetzen. Eines der Teammitglieder muss diesen beschützen, und die anderen müssen wiederum sie oder ihn beschützen.«

»Wovor?«, fragte Korbinian.

»Davor, getroffen zu werden. Letztendlich geht es darum, seine Gegner zu markieren, also mit einer Paintball-Kugel an Bauch, Brust oder Rücken zu treffen. Der Markierte ist dauerhaft aus dem Spiel. Anders als beispielsweise beim Lasertag, wo man nur für ein paar Sekunden aussetzen muss. Das bietet deutlich mehr Nervenkitzel.«

»Und die Patronen, die sie verschießen?«

Weißenberger reichte ihm eine Kugel von zwei Zentimetern Durchmesser.

»Die sind mit Farben gefüllt und platzen beim Aufprall sofort auf. Die einhüllende Membran ist sehr dünn, sodass es nicht schmerzt. Das Gewehr ist mit Druckluftkartuschen geladen. Das reicht für zwölf Schuss. Die Teilnehmer müssen also auch mit ihrer Munition haushalten.«

»Wie groß ist die Reichweite?«

»Etwa fünfzig Meter. Aber für einen gezielten Treffer sollten Sie näher dran sein. Das sind keine Präzisionswaffen.«

»Wo kann man so etwas kaufen?«

»Es gibt Händler. In Stuttgart zum Beispiel, da habe ich meine Ausrüstung her. Aber Sie können das ganze Zeug natürlich auch problemlos über das Internet beziehen. Es fällt nicht unter das Waffengesetz.«

Korbinian wollte noch eine Frage stellen, als etwas mit großer Wucht seitlich gegen seinen Kopf prallte. Der Helm fing den Stoß ab. Eine klebrige Flüssigkeit tropfte auf seine Schulter.

»Kopfschuss«, sagte Weißenberger. »Die Frau Kommissarin hat offenbar den Dreh raus.«

Er schmunzelte und nickte Linda anerkennend zu, die fünf Meter von ihrem Kollegen entfernt stand und die Waffe auf ihn gerichtet hatte.

Korbinian spürte, wie die Wut in ihm hochkochte. Na, die würde ihr blaues Wunder erleben! Er packte sein Gewehr, zielte und gab in rascher Folge drei Schüsse ab. Linda stieß einen Wutschrei aus und verschwand aus seinem Sichtfeld.

Jemand klopfte ihm auf die Schulter.

»Alle Achtung«, sagte Weißenberger. »Sie scheinen ein Naturtalent zu sein.«

Korbinian senkte die Waffe und wandte sich ihm zu.

»Na, für irgendwas muss das jahrelange Schießtraining sich schließlich bezahlt machen«, sagte er breit grinsend und ließ seinen Blick auf der Suche nach Linda schweifen. Mit ihr war er noch lange nicht fertig.

9

»Magst du vielleicht noch ein wenig Deo nachlegen?«, fragte Korbinian, als Wellmann sich neben ihn setzte. Nach dem Aufwachen war der Kommissar nur schwer in die Gänge gekommen. Selbst eine kalte Dusche hatte seine Lebensgeister nicht hervorlocken können. Das hatte dann jedoch die Fahrt zur Dienststelle geschafft. Er hatte sein Rennrad bearbeitet wie ein Tour-de-France-Fahrer, der sich den Anstieg auf den Mont Ventoux hinaufkämpft. Der Schweiß war ihm in Strömen über Gesicht und Rücken gelaufen, aber es hatte sich herrlich angefühlt.

»Das hältst du schon aus«, erwiderte er. »Also, bringt mich mal auf Stand.«

Korbinian räusperte sich.

»Wir haben den Fall vom Freitag, den Anschlag auf den Wagen von Dr. Kugelmann.«

Der Kollege berichtete ausführlich über die Auffindesituation und die Ergebnisse der kriminaltechnischen Untersuchung.

»Paintball-Patronen? Gibt es da nicht ein entsprechendes Gelände im Burrenwald?«, fragte Wellmann.

Linda nickte.

»Korbinian und ich waren am Sonntag da und haben eine praktische Einführung bekommen.«

»Wer hat gewonnen?«, wollte Wellmann wissen.

Sie lachte.

»Ich hab ihm einen Headshot verpasst.«

»Sie hat mir aus nächster Nähe eine Farbpatrone gegen den Helm geschossen«, sagte Korbinian mit sauertöpfischer Miene. »Das ist keine große Kunst. Dafür habe ich sie gleich dreimal markiert.«

»Habt ihr auch etwas dabei herausgefunden oder euch nur auf Kosten des Steuerzahlers vergnügt?«

Korbinian schüttelte den Kopf.

»Eine Umweltschutzgruppe aus Bad Buchau trifft sich regelmäßig dort, um ›Capture the Flag‹ zu spielen. Ich denke, das ist eine vielversprechende Spur.«

»Inwiefern?«

»Meine Theorie ist, dass diese Vogelschützer genug davon hatten, Nistkästen zu bauen. Die wollten es den bösen SUV-Fahrern endlich einmal heimzahlen. Deshalb haben sie damit begonnen, Anschläge auf Fahrzeuge zu verüben. In den letzten Wochen wurden mehrere SUVs in der Biberacher Altstadt mit grüner Farbe übergossen. Das riecht doch nach militanten Ökos. Die sind übermütig geworden. Und am Freitag musste Dr. Kugelmann mit dem Leben dafür bezahlen.«

»Hast du Indizien oder Beweise für deine Theorie?«, fragte Wellmann.

Korbinian sah ihn mit einem herablassenden Blick an.

»Noch nichts Handfestes. Aber lass mich nur mal machen.«

Wellmann dachte einen Moment darüber nach, dann fragte er: »War den Kollegen vom Dezernat 3 irgendetwas über einen Anschlag auf die SUVs im Autohaus Hellberger bekannt?«

Linda verneinte.

»Da liegt keine Anzeige vor.«

»Seltsam«, sagte Wellmann. »Da sollten wir vielleicht doch noch einmal nachhaken. Ich kann nur schwer glauben, dass die grüne Farbe zufällig auf die Windschutzscheiben der Autos gekommen ist.«

»Du hast noch gar nichts zu meiner Theorie gesagt.« Korbinian klang ein wenig verschnupft.

»Wenn ich dich recht verstehe, war der Notarzt ein Zufallsopfer.«

Korbinian nickte.

»Was ist dann aus dem Patienten geworden, zu dem er fahren wollte?«

»Ein weiteres Rätsel«, sagte Linda. Sie berichtete Wellmann von ihren Ermittlungen in Barabein.

»Der einzige Christian Wieland, der jemals dort gelebt hat, ist vor siebzehn Jahren verstorben. Wer immer Dr. Kugelmann nach Barabein beordert hat, er kann es nicht gewesen sein.«

»Vielleicht hat sich da jemand auch nur einen schlechten Scherz erlaubt. Ich finde, dass wir vorrangig diesen Vogelschutzverein unter die Lupe nehmen sollten«, sagte Korbinian.

»Wenn ich der Anwalt eines der Umweltschützer wäre, würde ich deine Argumentation angreifen, indem ich nachweise, dass der Notarzt und nicht der SUV das Ziel war. Deshalb ist es wichtig zu wissen, ob der Schütze wusste, dass der Wagen des Bereitschaftsdienstes zu dieser Zeit an diesem Ort sein würde. Möglicherweise wurde Dr. Kugelmann gezielt in eine Falle gelockt, und der Schütze und der Anrufer sind dieselbe Person«, erwiderte Wellmann.

»Und wie willst du den Schützen aufspüren?«, fragte Korbinian. Er klang gereizt.

»Ich habe nicht die leiseste Ahnung«, sagte Wellmann.

»Eben«, sagte Korbinian. »Wir sollten mit konkreten Anhaltspunkten beginnen. Und da sind die Paintball-Patronen unsere heißeste Spur. Ich recherchiere mal zu diesen Vogelschützern.«

Er erhob sich, doch Wellmann sagte: »Ich bin noch nicht fertig. Möglicherweise müssen wir in einem weiteren Todesfall ermitteln.«

Korbinian setzte sich wieder.

»Wer ist gestorben?«, fragte Linda.

Wellmann holte tief Luft.

»Sylvia Mayr.«

»Die tote Nixe aus dem Parkbad?«, fragte Korbinian.

»Meerjungfrau«, sagte Wellmann. »Keine Nixe.«

Korbinian verdrehte die Augen. Linda wirkte irritiert.

»Wo liegt denn da der Unterschied?«, fragte sie.

»Nixen sind einheimische Wassergöttinnen, meistens sind sie böse und locken Männer ins Verderben. Meerjungfrauen dagegen sind positive, verspielte Wesen. Das hat mir meine Tochter lang und breit erklärt.«

»Wie kommst du darauf, dass diese Sylvia Mayr eines unnatürlichen Todes gestorben sein könnte?«, fragte Korbinian.

»Sie war jung, gesund und eine ausgezeichnete Schwimmerin.«

Korbinian zuckte mit den Achseln.

»Auch junge und gesunde Schwimmerinnen können ertrinken.«

»Ja, da hast du natürlich recht. Aber ich habe am Samstag auf dem Hochdorfer Flohmarkt eine unschöne Szene miterlebt. Da hat die Mutter der Toten dem Vater vorgeworfen, die Tochter auf dem Gewissen zu haben. Und Lisa hat mitbekommen, wie Sylvia Mayr sich kurz vor ihrem Tod mit einem Mann gestritten hat.«

Korbinian verzog das Gesicht.

»Dass Angehörige nach dem Tod ihrer Lieben wüste Anschuldigungen von sich geben, ist doch nichts Neues. Du hast keine Indizien dafür, dass es wirklich ein unnatürlicher Todesfall war. Dann ist deine Theorie noch schwächer als meine zu den Vogelschützern und dem Anschlag auf Dr. Kugelmann. Da wissen wir immerhin, dass es einen Täter gab.«

Wellmann nickte. Er hatte keinen Beweis, nichts Handfestes. Nur sein Bauchgefühl. Und das reichte nicht aus.

»Da hast du recht, aber –«

Es klopfte an die Tür, und Frau Wohlleben, die Sekretärin des Dienststellenleiters, steckte den Kopf herein.

»Das kam gerade aus der Gerichtsmedizin«, sagte sie und reichte Wellmann ein Blatt. Während seine Augen über die Zeilen huschten, vertieften sich die Falten auf seiner Stirn. Schließlich legte er das Dokument auf den Tisch.

»Die Diskussion darüber, ob wir es hier mit einem Unfall oder einem vorsätzlich herbeigeführten Todesfall zu tun haben, erübrigt sich. Die Gerichtsmedizin hat eine Obduktion bei Sylvia Mayr durchgeführt. Offenbar wurde sie vergiftet.«

»Vergiftet?«, fragte Linda.

»Mehr weiß ich auch nicht«, erwiderte Wellmann. »Wir sollten schnellstmöglich nach Ulm fahren und das vor Ort klären.«

»Und was ist mit dem Anschlag auf den Arzt?«, fragte Korbinian.

»Wir müssen sicherstellen, dass wir an beiden Fällen dranbleiben«, sagte Wellmann. »Ich fahre in die Gerichtsmedizin. Und dann schaue ich mir Sylvia Mayrs Wohnung näher an. Korbinian, du nimmst dir bitte Hellberger vor. Ich will wissen, was es mit diesen grünen Spuren an den SUVs wirklich auf sich hat.«

»Und der Vogelschutzverein?«

Wellmann seufzte.

»Kümmere dich bitte erst um Hellberger. Wenn dann noch Zeit bleibt, recherchiere von mir aus zu diesem Verein.«

»Und ich?«, fragte Linda. Wellmann sah ihr die Enttäuschung an, übergangen worden zu sein.

»Du arbeitest bitte da mit, wo du am dringendsten gebraucht wirst. Als Springerin.«

Sie schluckte. Korbinian winkte ab.

»Fahr mit nach Ulm. Ich bekomme das auch alleine hin.«

»Gut.« Wellmann erhob sich. »Dann legen wir mal los. Es gibt viel zu tun!«

10

Linda fuhr auf die B 30 und gab Gas. Ihr Twingo hatte mit der Steigung am Jordanberg zu kämpfen, doch sie schaffte es, den Lkw hinter sich zu lassen, der aus Richtung Süden angerauscht kam. Zwei Minuten später passierten sie die Unfallstelle, an der Dr. Kugelmann gestorben war. Wellmann machte eine Bemerkung dazu, doch Linda gab nur eine einsilbige Antwort.

»Alles okay?«, fragte er.

Sie schnaubte. Gut, wenn er die Wahrheit hören wollte, würde sie nicht damit hinter dem Berg halten.

»Ich bin sauer«, sagte sie. »Weil du mich zur Springerin degradierst.«

Er seufzte und brummte: »Das ist genau der Grund, warum ich die Leitung nicht übernehmen wollte.«

»Wäre es dir lieber, Korbinian hätte sie bekommen?«

Er zuckte mit den Achseln, was Linda nur noch wütender machte.

»Ich kann verstehen, dass du nicht mit ihm zusammenarbeiten willst. So angespannt, wie die Situation zwischen euch beiden ist. Aber lass mich da raus. Ich werde nicht jedes Mal die Wogen glätten«, sagte sie.

»Das war gar nicht meine Absicht«, erwiderte Wellmann. »Korbinian hatte sich schon intensiver mit dem Farbbeutelfall beschäftigt, und ich … ich bin ja quasi Zeuge im Fall Sylvia Mayr. Da hat sich das doch angeboten.«

Linda schnaubte noch einmal. Ihre Wut verflog langsam. »Wenn du meinst.«

»Ich sehe es übrigens nicht als Degradierung, dich zur Springerin zu machen. Das erfordert Flexibilität und geistige Frische. Und über beides verfügst du in hohem Maße.«

»Schmierst du mir da gerade Honig ums Maul?«

»Ich sage nur die Wahrheit.«

Linda konnte nicht anders, sie musste lachen. »Okay, dann nehme ich es eben als Kompliment. Hast du eigentlich inzwischen etwas von Martin gehört? Wie geht es ihm?«

»Ich habe letzte Woche mit ihm telefoniert. Er hat noch immer diese Erschöpfungsattacken, die manchmal tagelang andauern. Wann er wieder einsatzbereit sein wird, kann er nicht absehen.«

»Dieses verdammte COVID«, knurrte Linda.

»Das kannst du laut sagen. Ich bin froh, dass es meinen Vater verschont hat. Und mich und meine Kinder.«

Linda nickte. Martin Waibel, den bisherigen Dezernatsleiter, hatte es in der zweiten Welle erwischt. Er hatte wochenlang auf der Intensivstation des Biberacher Krankenhauses gelegen und kämpfte noch immer mit den Spätfolgen der Erkrankung.

Sie wechselten das Thema und unterhielten sich über Wellmanns Urlaub. Linda nahm die Umfahrung durch das Donautal und Söflingen. Sie parkte den Twingo direkt vor dem gerichtsmedizinischen Institut und legte ihre Polizeiparkberechtigung hinter die Windschutzscheibe.

»Für irgendwas muss das ja gut sein«, sagte sie.

Sie wurden bereits erwartet. Dr. Hanna Sperling, eine Ärztin mit schwarzen Locken und einer ziemlich großen Brille, führte sie in den Sektionssaal. Auf zwei Tischen lagen verhüllte Gestalten. Die Gerichtsmedizinerin trat zum ersten Körper, zog den oberen Teil der Plane zurück und legte das Gesicht von Sylvia Mayr frei.

Die Haut war bleich, ihre Lippen waren leicht bläulich verfärbt. Die braunen Haare waren hinter ihrem Kopf zusammengebunden worden.

Linda warf Wellmann einen Blick zu. Was sie sah, erstaunte und erschreckte sie zugleich. Ihr Kollege war beinahe so schlohweiß wie die Tote. Seine Lippen bebten. Was war nur mit ihm los? Er konnte doch sonst so viel besser mit dem Anblick von Leichen umgehen als sie.

»Ich habe in Ihrer Dienststelle angerufen, weil wir bei der

Obduktion der Verstorbenen eine deutlich erhöhte Konzentration eines Opiats entdeckt haben«, sagte die Ärztin.

Linda war froh um die Unterbrechung.

»Um welches Medikament handelt es sich?«, fragte Wellmann mit leiser Stimme.

»Morphin«, sagte Dr. Sperling. »Das ist ein stark wirkendes Schmerzmittel, das aus Opium gewonnen wird.«

»Wie rasch wirkt es?«

»Je nach Dosis schon nach zehn bis fünfzehn Minuten, wenn es in Tropfenform verabreicht wird.«

»Konnten Sie feststellen, ob Frau Mayr das Medikament regelmäßig eingenommen hat?«

Die Ärztin verneinte.

»Wir haben keinen Hinweis auf schwere Erkrankungen gefunden, die die Einnahme eines derart starken Schmerzmittels rechtfertigen würden.«

»Welche Folgen hat es, wenn einem gesunden Menschen Morphin verabreicht wird?«, fragte Linda.

»Das kommt auf die Menge an. In niedriger Dosierung wirkt es euphorisierend. Wir haben jedoch eine sehr hohe Konzentration des Stoffs im Blut der Toten nachweisen können, sodass wir davon ausgehen, dass sie mindestens zweihundert Milligramm zu sich genommen haben muss. Das führt innerhalb kürzester Zeit zu einer Atemdepression und zur Bewusstlosigkeit.«

»Ist Morphin eine häufig vorkommende Vergiftungsart?«

»Morphin wird relativ oft für Suizide genutzt, weil es ein gängiges Medikament ist. Aber es ist keine verbreitete Mordmethode.«

»Warum?«

»Zum einen ist es lange im Körper nachweisbar. In der Gerichtsmedizin wird routinemäßig darauf getestet. Zum anderen ist es bitter. Zweihundert Milligramm entsprechen zwanzig Millilitern, das lässt sich nicht durch andere Geschmacksstoffe überdecken.«

»War sie … war sie bei Bewusstsein, als sie ertrunken ist?«, fragte Wellmann mit leiser Stimme.

Die Ärztin schüttelte den Kopf.

»Wahrscheinlich nicht. Sie muss sehr rasch ohnmächtig geworden sein.«

»Haben Sie die Autopsie von Dr. Kugelmann auch schon durchgeführt?«, fragte Wellmann.

Die Gerichtsmedizinerin nickte und führte sie zu dem zweiten Sektionstisch. Sie schlug die Plane zurück. Linda lief ein eiskalter Schauer über den Rücken. Das Gesicht des Arztes war mit Blutergüssen übersät. Die Nase stand in einem seltsamen Winkel ab.

»Genickbruch«, sagte die Ärztin. »Die Verletzung wurde aller Wahrscheinlichkeit nach durch den Unfall verursacht.«

Sie dankten Dr. Sperling und gingen wieder zurück zu Lindas Auto.

Sie startete den Motor nicht sofort. Stattdessen wandte sie sich Wellmann zu. »Was ist los?«, fragte sie.

»Was soll sein?«

»Lass das«, sagte sie, schärfer als beabsichtigt. »Das da drin hat dich mehr mitgenommen als sonst. Warum?«

Er seufzte. »Du hast recht. Es war ein Schock, Sylvia Mayr und Dr. Kugelmann so zu sehen. Ich kenne das nicht an mir. Leichenschauen gehören sicher nicht zu meinen Lieblingsbeschäftigungen. Aber es fällt mir auch nicht schwer. Heute war es anders.«

»Und woran lag das?«

Er zuckte mit den Achseln. »Ich weiß es nicht. Möglicherweise komme ich nicht damit klar, dass ich bei Sylvia Mayrs Reanimation beteiligt war. Sie war so jung. Nur ein paar Jahre älter als Lisa. Ich habe das Gefühl, versagt zu haben. Vielleicht wäre sie noch am Leben, wenn wir ein paar Sekunden früher mit der Herzmassage begonnen hätten.«

»So ein Quatsch. Du hast doch nicht versagt. Sie wurde vergiftet und ist ertrunken. Du hättest nichts für sie tun können.«

Er sah sie lange und eindringlich an. »Ich weiß. Meinem Verstand ist das vollkommen klar. Aber dieser fiesen kleinen Stimme in mir, die sich ständig meldet und mir vorwirft, dass ich mich nur mehr hätte anstrengen sollen, hat das noch keiner verklickert.«

11

Sie hatten die Ausfahrt Laupheim-Nord passiert, als Wellmann eine Idee hatte. »Lass uns doch beim Parkbad vorbeifahren. Vielleicht finden wir Hinweise darauf, wie Sylvia Mayr das Morphin verabreicht wurde.«

»Sie könnte es auch selbst genommen haben«, gab Linda zu bedenken.

Wellmann nickte. »Ja, da hast du recht. Einen Suizid können wir nicht ausschließen.«

Das Parkbad lag im Süden der Stadt, ganz in der Nähe der Abfahrt von der B 30. Linda hatte Schwierigkeiten, einen Parkplatz zu bekommen. Offenbar waren bei dem heißen Wetter Schwärme von Sonnenanbetern in den Außenbereich der Anlage gepilgert.

Wellmann zeigte der Dame an der Kasse seinen Dienstausweis und bat darum, den Geschäftsführer sprechen zu dürfen. Die Frau telefonierte kurz und teilte ihm mit, dass sie doch bitte in der Cafeteria warten sollten, der Chef komme gleich.

Sie ließ Wellmann und Linda durch eine Nebentür herein. Die beiden umrundeten den Nichtschwimmerbereich und gelangten zu einer gästeleeren Cafeteria. Der Kommissar wagte einen Seitenblick in Richtung des Beckens, in dem Sylvia Mayr ertrunken war, und sofort schnürte sich seine Kehle zusammen.

Zwei Mitarbeiterinnen in Poloshirts mit »Parkbad Laupheim«-Aufdruck standen hinter dem Tresen und schauten sie mit bedröppelten Mienen an.

Linda zeigte den Frauen ihren Ausweis und fragte nach dem Bademeister.

»Der ischt krankgmeldet«, sagte eine der beiden Servicekräfte. »Ischt am Wochenende besoffen vom Rad gfalle ond hot sich da Fuaß brocha.« Sie grinste breit.

Wellmann fragte sich, ob er sich tatsächlich den Fuß oder nicht vielmehr das Bein gebrochen hatte. Das Schwäbische war eher großzügig, was die Anatomie von Gliedmaßen anging. »Haben Sie etwas von dem Todesfall letzten Donnerstag mitbekommen?«

»Mir hont die ganze Zeit hier gschafft. Erscht als die Mädle zom Schreie angfange hont, hon i gmerkt, dass ebbes it stimmt.«

»Ich auch«, ergänzte die andere Servicekraft.

»Scho schlimm«, sagte die eine wieder. »I hon der junge Frau no en Kaffee eigschenkt. Ond a paar Minute später ischt se tot.«

Wellmann merkte auf. »Einen Kaffee?«, fragte er.

Sie nickte. »Sie hot en eigene Becher dabeighabt. Da stand ›Die schöne Lau‹ drauf. I glaub, des war ihr Künschtlername. An schwarze Kaffee hon i ihr gmacht. Extrastark. Ond nochher hot se no fünf Päckle Zucker neigschüttet.«

»Wissen Sie, was mit dem Becher passiert ist?«

Die Frau hob die Schultern. Auch ihre Kollegin wusste nichts darüber.

Ein Mann mittleren Alters, hochgewachsen mit grau melierten Schläfen, trat aus einer Glastür.

»Werner Schmucker«, sagte er. »Ich bin hier der Geschäftsführer. Frau Stengele hat mich informiert, dass Sie mit mir sprechen wollen.« Er musterte Wellmann. »Sie waren einer der Ersthelfer am Donnerstag, nicht wahr?«

Der Kommissar schluckte. »Leider konnten wir Frau Mayr nicht reanimieren.«

»Ja. Furchtbare Sache.« Schmucker deutete auf einen der Tische in der Cafeteria, und sie nahmen Platz.

»Gut«, begann Linda. »Zuerst einmal würde mich interessieren, um was für eine Veranstaltung es sich gehandelt hat, bei der Frau Mayr zu Tode kam.«

Ein schmales Lächeln zuckte über Herrn Schmuckers Mund. »Wir haben letzten Donnerstag zum ersten Mal eine Mermaid-School beherbergt.«

»Noch nie davon gehört«, gab Linda zu.

Wellmann verzichtete darauf, dem Geschäftsführer zu erklären, dass er eine gute Vorstellung davon hatte, was da ablief, da seine Tochter in ihrer Vorfreude das letzte halbe Jahr über nichts anderes geredet hatte.

»Nicht weiter tragisch. Ich würde mal schätzen, dass Sie mindestens zehn Jahre zu alt für so etwas sind.«

Aus den Augenwinkeln sah Wellmann, dass Lindas Kaumuskulatur hervortrat.

Schmucker fuhr fort. »Das ist ein Trend, der vor einigen Jahren aus den USA zu uns herübergeschwappt ist. Teenagermädchen verkleiden sich als Meerjungfrauen. Die Szene in Deutschland wächst und wächst. Inzwischen gibt es sogar ein paar, die ganz gut davon leben können. So wie Sylvia Mayr.«

»Die vergangenen Donnerstag in Ihrem Hallenbad ertrunken ist«, schaltete Wellmann sich ein.

Schmucker lehnte sich zurück.

»Wo war denn eigentlich der Bademeister zu diesem Zeitpunkt?«, fragte Linda.

»Der hat einen Streit zwischen zwei Jungs bei den Rutschen geschlichtet. Er ist aber sofort herbeigeeilt, als er das Geschrei gehört hat, und hat bei der Reanimation geholfen.«

»Haben Sie den Bereich nicht extra durch eine Ihrer Kräfte überwachen lassen? Es waren immerhin dreißig Teenager.«

»Der Fotograf ist ausgebildeter Rettungsschwimmer. Wir hatten zuvor vereinbart, dass immer nur die Mädchen im Wasser sein sollten, die er fotografiert. Da hätte er sofort reagieren können, wenn eine in Schwierigkeiten geraten wäre. Und wer hätte ahnen können, dass jemand wie Sylvia Mayr in einem unbesehenen Moment ertrinkt. Das war eine Verkettung unglücklicher Umstände.«

Wellmann beschloss, den Fokus der Befragung ein wenig zu verschieben. Es war ihm unangenehm, so konkret über die Vorgänge am Donnerstag zu sprechen. »Haben Sie diese Veranstaltung organisiert?«

»Nein, das hat Fabian Weiß übernommen, der Fotograf. Ähnlich wie Frau Mayr ist er eine echte Nummer in der Szene. Er kommt hier aus der Gegend, veranstaltet aber in ganz Deutschland Events wie dieses hier. Der zieht das richtig groß auf. Erst werden die Mädchen gestylt, danach bekommen sie ein Schwimmtraining, und dann geht's vor die Linse. Sie gehen aber schon davon aus, dass es ein Unfall war?«

»Inzwischen gibt es Hinweise, dass es sich nicht um einen Unfall gehandelt hat. Wir müssen möglicherweise noch die Kriminaltechnik zu Ihnen schicken.«

Schmucker stöhnte. »Wir werden doch nicht das Wasser ablassen müssen? Wenn das Wetter schlechter wird, wollen die Leute drinnen schwimmen. Und das Becken neu zu füllen, ist ein Kostenfaktor. Wir haben uns gerade ein wenig von den Einbußen durch die Coronazeit erholt.«

»Die Kollegen von der KT werden sich mit Ihnen in Verbindung setzen. Wurde bei Ihnen zufällig ein Becher gefunden, auf den der Schriftzug ›Die schöne Lau‹ gedruckt ist?«

Er schüttelte den Kopf. »Nein, nicht dass ich wüsste. Aber warten Sie mal kurz, ich frage am Empfang nach.« Er erhob sich und trat zu einem Telefon, das auf dem Tresen stand. »Nein, da wurde kein Becher abgegeben«, verkündete er.

Der Kommissar seufzte, als ihm klar wurde, was das bedeutete. Irgendjemand hatte ihn mitgenommen. Möglicherweise steckte eine der Teilnehmerinnen dahinter? Vielleicht hatte eines der Mädchen sich ein Andenken an sein großes Idol sichern wollen? Wie auch immer, das hieß, dass sie alle dreißig durchtelefonieren mussten.

»Haben Sie die Aufnahmen der Überwachungskameras vom vergangenen Donnerstag noch?«, fragte er.

»Ja, wir speichern sie eine Woche lang.«

Wellmann beschloss, alles auf eine Karte zu setzen, und sagte in möglichst lockerem Ton: »Brauchen Sie einen Gerichtsbeschluss dafür, dass Sie mir die aushändigen, oder kann ich sie gleich mitnehmen?«

Der Geschäftsführer neigte den Kopf. »Sie ahnen nicht, wie viel Ärger wir in den letzten Jahren wegen diesen Datenschutzgeschichten hatten. Legen Sie mir einen entsprechenden Beschluss vor. Dann bekommen Sie die Aufnahmen.«

»Glaubst du, dass Sylvia Mayrs Kaffee vergiftet wurde?«, fragte Linda am Auto. »Wenn sie den stark und mit viel Zucker mochte, hat sie das Morphin vielleicht nicht rausgeschmeckt.«

Wellmann zuckte mit den Achseln. »Das werden wir erst wissen, wenn wir den Becher gefunden haben.«

Linda verdrehte die Augen. »So ein Mist, dann müssen wir alle dreißig Mädchen abtelefonieren.«

»Neunundzwanzig«, sagte Wellmann und zwinkerte ihr zu. »Meine Tochter hat den Becher nicht, da bin ich mir ziemlich sicher, sie hat etwas Besseres. Mein Vater hat ihr eine Meerjungfrauen-Statue geschenkt, die Sylvia Mayr gehört hat. Er hat sie heimlich auf dem Hochdorfer Flohmarkt dem alten Mayr abgekauft und Lisa die Figur neben das Bett gestellt, als sie noch geschlafen hat.«

»Na, dann eben neunundzwanzig«, brummte Linda. »Lass uns zur Wohnung der Toten fahren, vielleicht finden wir da einen Hinweis, der uns die Telefoniererei erspart.«

12

Korbinian war stinksauer. Wieder einmal hatte Wellmann einen seiner Galaauftritte hingelegt. Da kam er aus dem Urlaub zurück und schüttelte einen neuen Fall aus dem Ärmel. Jetzt hatten sie die doppelte Arbeit. Na super.

Was ihn noch mehr ärgerte, war die Tatsache, dass der Kollege seine schlüssige Theorie zu den Vogelschützern so einfach abgetan hatte. Typisch Wellmann. Der konnte keine Idee stehen lassen, die nicht von ihm selbst stammte.

Nachdem die anderen aufgebrochen waren, saß Korbinian eine Zeit lang still an seinem Schreibtisch und versuchte, seinen Zorn mit einer Atemübung unter Kontrolle zu bekommen. Seitdem er diese Achtsamkeitsapp auf sein Handy geladen und täglich zehn Minuten damit geübt hatte, klappte es immer besser, sich zu beruhigen. Er wusste, dass er sich von Wellmann nicht auf die Palme bringen lassen durfte. Das nutzte nämlich nur einem – und dieser eine war nicht Korbinian.

Als sich sein Puls wieder normalisiert hatte, öffnete er die Augen und erwog die nächsten Schritte. Wellmann hatte ihn damit beauftragt, bei diesem Autohändler wegen der mit Farbe beschmierten SUVs nachzuhaken. Korbinian hatte große Lust, das aufzuschieben. Er konnte sich ohnehin nicht vorstellen, dass die Farbspritzer etwas mit dem Anschlag auf den Arzt zu tun hatten. Wenn tatsächlich jemand die Autos dieses Hellberger als Zielscheiben verwendet hätte, hätte der doch Anzeige erstattet. Nein, das war mit hoher Wahrscheinlichkeit eine Niete. Ganz im Gegensatz zu dem Vogelschutzverein. Da war er auf eine vielversprechende Fährte gestoßen, das hatte er im Gefühl.

Was sollte er tun? Dem Bauchgefühl nachgehen und einen Konflikt mit seinem Vorgesetzten riskieren? Oder Dienst nach Vorschrift leisten? Wellmann würde ganz klar die erste Option ziehen. Sollte Korbinian es ihm aber nachtun, würde er ihm sicher vorwerfen, dass er seine Anweisung missachtet hatte. Nein, das wollte er sich ersparen.

Fünf Minuten später fuhr er auf den Hof des Autohändlers und stieg aus. Ein hochgewachsener Mann mit schulterlangen, von grauen Strähnen durchzogenen schwarzen Haaren kam ihm entgegen.

»Sie haben ein schönes Auto«, sagte er. »Wollen Sie das verkaufen? Ich könnte Ihnen ein gutes Angebot machen.«

Korbinian verneinte und zückte seinen Dienstausweis. »Ich bin aus einem anderen Grund hier. Mächle ist mein Name, Kripo Biberach. Sind Sie Werner Hellberger?«

»Der einzig wahre«, entgegnete der Autohändler, ohne sich im Geringsten von der Zurschaustellung der Symbole der Staatsmacht beeindruckt zu zeigen. »Was kann ich für Sie tun?«

»Mein Kollege war am Freitag bei Ihnen. Privat. Dabei ist ihm aufgefallen, dass einige Ihrer Ausstellungswagen mit grüner Farbe bespritzt waren.«

»Da hat er aber ein feines Auge, der Herr Kollege! Ja, es stimmt. Wir hatten einen kleinen Unfall.«

»Einen Unfall oder eine Sachbeschädigung?«

Der joviale Zug verschwand aus Hellbergers Miene. »Wie meinen Sie das?«

»Nun, Ihre Verkäuferin –«

»Meine Schwester.«

»Ihre Schwester«, korrigierte sich Korbinian, »hat meinem Kollegen gesagt, dass es sich um einen Unfall gehandelt habe. Der Azubi habe eine Lackierpistole nicht richtig benutzt.«

Hellberger hob die Schultern. »Warum sollte sie gelogen haben? Das ist es doch, was Sie andeuten, oder?«

»Verraten Sie es mir.«

Der Autohändler sah ihn lange an. Korbinian war ein eher ungeduldiger Mensch, seine Erfahrung sagte ihm jedoch, dass es wichtig war, hier nicht zu früh zu zucken. Und er behielt recht.

Hellberger seufzte. »Okay, erwischt. Das waren diese Rabauken, die auch in der Altstadt Autos mit Farbe beschmiert haben.«

»Woher wissen Sie das?«

»Weil ich die Reste der Farbbeutel gefunden habe, die sie über den Zaun geworfen haben. Das war in der Nacht von Samstag auf Sonntag vor einer Woche. Außerdem haben sie auch grüne Farbe verwendet, so wie die Vandalen in der Altstadt.«

»Warum haben Sie das nicht angezeigt?«

»Ich wollte denen keinen Anlass geben, die Aktion zu wiederholen. Sie kennen doch das Sprichwort: Getroffene Hunde bellen. Ich wollte die mit Missachtung strafen.«

»Haben Sie die Reste der Farbbeutel noch?«

Er lachte. »Nein, die habe ich entsorgt. Glücklicherweise ging die Farbe leicht ab. Der Azubi hat ganze Arbeit geleistet. Dachte ich zumindest. Aber offenbar hat Ihr Kollege da noch etwas entdeckt. Kann passieren.«

»Gab es sonst irgendwelche Spuren? Am Zaun oder so?«

Er schüttelte den Kopf. »Mehr kann ich Ihnen dazu nicht sagen. Sorry.«

Korbinian fuhr zufrieden zurück in die Dienststelle. Gut, Wellmann hatte mit seinem Bauchgefühl richtiggelegen. Das fuchste ihn. Aber andererseits passte diese weitere Sachbeschädigung wunderbar zu seiner eigenen Argumentation. Offenbar eskalierten die Aktionen dieser Umweltschützer. Es war an der Zeit, denen auf den Zahn zu fühlen.

Zurück im Büro schaltete er seinen PC an. Mit einem Ächzen der Lüftung fuhr das Gerät hoch. Es dauerte eine halbe Ewigkeit, bis er die Oberfläche des Betriebssystems vor sich sah.

Er checkte seine Mails und öffnete den Browser. Der Cursor

blinkte einige Augenblicke im Eingabefeld der Suchmaschine, ehe er wusste, welchen Begriff er eingeben sollte.

Zunächst wollte er es allgemein mit ›Umweltschutz Biberach‹ versuchen, aber da würde er viel zu viele Ergebnisse angeboten bekommen. Deshalb tippte er ›Vogelschutz Gruppe Federsee‹ ein. Google spuckte ihm mehrere tausend Treffer aus. Der oberste Link führte – wie nicht anders zu erwarten – zu einem Wikipedia-Artikel über den Federsee. Er klickte darauf und überflog die Informationen zu dem überregional bekannten Vogelschutzgebiet, den archäologischen Ausgrabungen und Kuriositäten wie dem Wackelwald, einem Gebiet am Rande des Schilfgürtels, dessen Boden so elastisch ist, dass man die Bäume zum Beben bringen kann, wenn man dort auf und ab hüpft.

Auf der Seite fand er jedoch keinen Hinweis auf irgendwelche Umweltschützer. Deshalb kehrte er zu den Suchergebnissen zurück und klickte auf den zweiten Link. Dieser führte ihn zur Website der »Vogelschutzgruppe Federsee«. Er sah auf den ersten Blick, dass der Internetauftritt nicht von einem Profi erstellt worden war. Die Hintergrundfarbe und die Schrift passten nicht zusammen, und das Ganze sah grob zusammengestückelt aus.

Auf der Startseite prangte ein Foto des Sees. Darauf war erstaunlich wenig Wasser zu sehen im Vergleich zu den riesigen Schilfgebieten, die sich über seine Fläche ausdehnten.

Er scrollte nach unten und stieß auf ein Gruppenbild der Naturschützer. Korbinian zählte sechzehn Personen, neun Frauen und sieben Männer. Letztere trugen vorwiegend Arbeitskleidung, Erstere waren zumeist in etwas gekleidet, das er gern als »Hippie-Klamotten« bezeichnete. Weite Stoffhosen, Batikhemden und breite Haarbänder, alles sehr bunt. In der Mitte des Fotos stand eine junge Frau, deren Anblick ihn innehalten ließ. Sie hatte eine löchrige Jeans und ein Guns-N'-Roses-T-Shirt an. Ihre feuerroten Locken leuchteten im Sonnenlicht. Sie sah selbstbewusst und beinahe ein bisschen spöttisch in die Kamera. Das musste die Vorsitzende des Vereins sein.

Er suchte nach einer Mitgliederliste, doch vergeblich. Gut, in Zeiten der Datenschutzgrundverordnung DSGVO war es wohl auch naiv anzunehmen, dass eine Organisation ihr Mitgliederverzeichnis öffentlich im Internet zugänglich machte, selbst wenn die Website so amateurhaft wirkte wie diese.

Im Impressum wurde eine Johanna Weber als Verantwortliche genannt, und erfreulicherweise hatte sie sich dazu entschieden, ihre Postanschrift als Kontaktmöglichkeit anzugeben. Er notierte sich die Adresse, bei der es sich um einen der Einödhöfe in der Nähe von Mettenberg handelte. Dann durchforstete er systematisch alle Berichte, die er über die Gruppe fand. In letzter Zeit schienen die Vogelschützer einige Prozesse gegen Landwirte und Baufirmen geführt und auch gewonnen zu haben.

Das war doch ein vielversprechender Ansatz. Leise vor sich hin pfeifend, schloss er den Browser und lehnte sich zurück. Dieser Naturschützerin würde er so bald wie möglich einen Besuch abstatten. Und mit etwas Glück konnte er Wellmann schon bei der nächsten Besprechung Beweise oder zumindest Indizien für seine Theorie unter die Nase reiben.

Sein Handy klingelte. Er sah auf das Display und stöhnte leise auf. Seine Tante.

Er nahm ab.

»Hallo?«, rief eine schrille Frauenstimme.

»Ich höre dich gut«, erwiderte er.

»Prima. Ich habe den früheren Zug genommen und komme nun schon in dreißig Minuten in Biberach an. Du holst mich doch ab, oder?«

Korbinian unterdrückte einen Fluch. »Ja, natürlich«, sagte er. »Bis später.«

Er schloss die Augen. So ein Mist. Diese Naturschützerin musste warten.

13

»Wie lautet die Adresse noch mal?«, fragte Wellmann. Er war erleichtert, dass sie endlich in Biberach angekommen waren, und vor allem war er froh, eine Aufgabe zu haben. Während der Fahrt von Laupheim in den Süden hatten ihn Erinnerungen gepeinigt, die der Besuch des Parkbads in ihm aufgewühlt hatte. Vor seinem inneren Auge hatte er immer wieder miterlebt, wie er über Sylvia Mayr gekniet hatte, hatte ihre Rippen unter seinen Händen brechen hören, ihre kalte, glitschige Haut gespürt. Er hatte versucht, die Erinnerung abzuschütteln, doch es war ihm nicht gelungen.

»Schwarzroßgässle sieben«, antwortete Linda. Sie gingen in die Karpfengasse hinein und bogen nach links ab.

»Da ist es«, sagte Wellmann und deutete auf einen Dönerladen.

»So könnte ich nicht wohnen«, sagte Linda.

»Warum?«

»Weil es hier extrem nach gebratenem Fleisch und Zwiebeln riecht. Ich hätte dauernd Heißhunger, wäre Stammgast in dem Laden, und meiner Figur würde das gar nicht gut bekommen.«

»Tja, Sylvia Mayrs Figur scheint das nichts ausgemacht zu haben. Oder sie ist einfach nur standhaft geblieben.«

Wellmann hatte neben dem Schaufenster des Dönerladens eine Tür entdeckt. Er zog sich Latexhandschuhe über und holte den Schlüsselbund, den er am Donnerstag im Spind der Toten gefunden hatte, aus der Beweismitteltüte. Der dritte der insgesamt sieben Schlüssel passte.

Die Haustür öffnete sich quietschend. Im Flur roch es ebenfalls nach Fleisch und Zwiebeln, aber auch nach Urin und Zigarettenqualm. Wellmann sah sich um. Eine Treppe führte in die oberen Stockwerke hinauf. An der Wand hingen ein

Dutzend Briefkästen. Auf dem zweiten von oben stand der Name »Mayr Sylvia«.

»Magst du mal nach der Post schauen?«, fragte Linda.

Er wählte den kleinsten Schlüssel am Bund aus. Mit einem Quietschen sprang die Tür des Kastens auf. Das Fach enthielt zwei Kuverts. Einen Brief, der sich bei näherem Hinsehen als Rechnung eines Telefondienstleisters entpuppte, und eine Werbesendung einer großen Lotterie.

Er steckte die Briefe ein. Dann stiegen sie die Treppe hinauf. Die Wohnung der Toten befand sich im zweiten Stock auf der der Gasse abgewandten Seite.

»Wenigstens hat sie hier nicht den Geruch aus der Döner-bude abbekommen«, sagte Wellmann.

Gerade wollte er nach dem passenden Schlüssel suchen, als ihm etwas auffiel. Er drückte mit dem Zeigefinger gegen die Tür, die knarrend aufschwang.

»Nicht abgesperrt?«, fragte Linda.

Er deutete auf die Zarge, aus der ein breites Stück heraus-gerissen worden war. »Aufgebrochen«, sagte er. »Hier waren Einbrecher am Werk.«

Ein Blick in den Flur bestätigte ihre Vermutung. Auf dem Boden waren Schuhe verteilt. Halbschuhe, Pumps, Haus-schuhe und Sandalen. Wellmann stieg vorsichtig darüber. An den Wänden hingen Fotos von Sylvia Mayr in der Rolle ihres Lebens als schöne Lau.

»So langsam verstehe ich, warum die jungen Mädels alle so begeistert von ihr waren«, sagte er.

Die Fotos sahen atemberaubend aus. Sylvia hatte sich auf ästhetische Posen verstanden. Und der Fotograf hatte sein Handwerk beherrscht. Die Motive wirkten so real, als ob er tatsächlich in den Tiefen der See eine Meerjungfrau vor die Linse bekommen hätte.

Sie gingen weiter und betraten eine winzige Küche. Auch hier hatten die Eindringlinge gewütet. Überall lag Geschirr herum. Teilweise waren Teller und Tassen in Scherben geschlagen worden. An der Wand über dem Esstisch hing ein Kalender. Er zeigte den aktuellen Monat und ein weiteres Bild von Sylvia Mayr, auf dem sie mit einem Mann posierte. Dieser trug ebenfalls einen Fischschwanz und hielt einen goldenen Dreizack in der Hand.

»Offenbar gibt es auch männliche Meerjungfrauen«, kommentierte Wellmann.

»Interesse?«, fragte Linda.

»Nein, das ist nichts für mich. Ich bin nicht so fotogen.«

Sie verließen die Küche und traten durch den Flur in ein Wohnzimmer, in dem sich das Bild der Verwüstung fortsetzte. Auf dem Boden lagen Ordner durcheinander, dazwischen Bücher und allerhand Dekoartikel. Wellmann erkannte eine handtellergroße Meerjungfrau, deren Gipskopf abgebrochen war, sowie ein halbes Dutzend Fische aus buntem Glas.

Am Fenster, das auf einen Hinterhof hinausging, stand ein Schreibtisch. Wellmann registrierte sofort, dass hier etwas fehlte.

»Eine Maus, ein Netzkabel und ein Drucker. Aber kein PC«, sagte er.

»Wahrscheinlich ein Laptop. Vielleicht hat sie den in einer Tasche oder einem Rucksack.«

»Danach soll die KT suchen«, schlug der Kommissar vor.

Er besah sich den Schreibtisch genauer. Neben einer Box mit Stiften und einem Tischkalender entdeckte er einen Notizblock. Auf das oberste Blatt hatte jemand mit ordentlicher Handschrift das Wort »Tanga« geschrieben.

Sein Blick fiel auf einen Papierkorb. Er enthielt einige zusammengeknüllte Notizzettel sowie einen größeren Briefbogen. Er zog ihn heraus, legte ihn auf den Tisch und glättete ihn. Als er die ersten Zeilen überflogen hatte, wusste er, dass sie auf eine Spur gestoßen waren.

»Was ist das?«, wollte Linda wissen.

»Es ist ein Brief von ihrem Ex-Freund: ›Sylvie, ich flehe dich an, überleg es dir noch einmal. Ich liebe dich mehr als alles andere auf dieser Welt, mehr als meine Karriere und mehr als mein Leben. Ich lege dir die Sterne zu Füßen. Ich werde immer für dich da sein. Auf ewig. Bis in den Tod und darüber hinaus.‹« Wellmann ließ das Blatt sinken. »So geht das seitenweise weiter.«

»Hast du auch einen Umschlag gefunden?«, fragte Linda. »Wegen der Absenderadresse.«

Er kramte noch einmal in dem Papierkorb und zog ein Kuvert heraus. Allerdings stand darauf nur das Wort »Sylvie«.

»Wahrscheinlich hat er den Brief hier eingeworfen und ihn gar nicht mit der Post verschickt«, sagte Linda.

Wellmanns Blick fiel auf einen der aufgeklappten Ordner am Boden. »Erstfassung Masterarbeit Sylvia Mayr«, stand auf dem obersten Blatt.

Er hob den Ordner auf und blätterte ihn durch. »Sie hat offenbar Biochemie studiert und darin einen Abschluss erreicht. Die Masterarbeit ist schon zwei Jahre alt.«

Sie gingen ins Schlafzimmer. Es war karg eingerichtet, das französische Bett war ordentlich gemacht. Wellmann zog eine halb leere Packung Taschentücher und Ohrstöpsel aus dem Nachtkästchen.

»Vielleicht ist der Dönerladen manchmal doch lauter«, sagte Linda.

Er sah in den Kleiderschrank. Die Garderobe offenbarte nichts Extravagantes mit Ausnahme eines prächtigen Fischschwanzes und eines Dutzends verschiedener Bikinioberteile. Er öffnete eine weitere Tür, und was er dort entdeckte, entlockte ihm einen leisen Pfiff.

»Was ist los?«, fragte Linda.

»Männerklamotten.«

Er deutete auf zwei schicke Nadelstreifenanzüge und ordentlich eingeräumte Herrenhemden, Krawatten, Unterhosen, Socken und Halbschuhe.

»Sie scheint doch nicht Single gewesen zu sein«, sagte Linda.

»Das würde die Verzweiflung des Ex-Freundes erklären.«

Sofern das nicht seine Sachen sind, die er zurückgelassen hat, als es mit der Beziehung vorbei war«, murmelte Wellmann.

Auf dem Boden des Schranks lagen zwei Kugeln. Er nahm eine davon auf. An der Unterseite befand sich ein Knopf, der mit Gummi umhüllt war. Er drückte darauf, und die Kugel begann grün, blau und golden zu leuchten. Wellmann starrte wie hypnotisiert auf das Licht.

»So, und jetzt?«, fragte Linda. Ihre Worte rissen ihn aus seinen Betrachtungen.

Er zuckte mit den Achseln. »Ich denke, wir sind hier fertig. Lass uns die KT rufen, die sollen die Bude noch einmal auf den Kopf stellen.«

14

»Gut, dann brechen wir gleich zum Hof von Sylvia Mayrs Vater auf«, sagte Linda zu Wellmann, der nach der Mittagspause wieder ins Büro zurückkehrte. »Soll ich dich mitnehmen?«

Er schüttelte den Kopf. »Nein, ich fahre mit dem Rad. Treffen wir uns dort?«

»Du weißt, wo das ist?«

Wellmann lachte. »Ich bin in der Gegend aufgewachsen und kenne da oben jede Hütte.«

Lindas Magen knurrte. Sie war noch nicht dazu gekommen, etwas zu essen, und nun meldete sich der Hunger. Daher beschloss sie, Wellmann seinen Vorsprung zu lassen, und holte sich beim Bäcker gegenüber eine Quarktasche, die sie in aller Ruhe verzehrte.

Dann fuhr sie in Richtung B 30. An der Ampel beim Jordanbad nahm sie die Abzweigung nach Ummendorf. Das Navi in ihrem Twingo zeigte ihr an, dass sie hinter dem Schloss rechts und kurz darauf gleich wieder links in den Wettenberger Weg abbiegen musste. Auf der Steigung überholte sie Wellmann, der in erstaunlichem Tempo die steile Straße erklomm.

Der Hof der Mayrs lag auf der Hochebene über dem Ort. Er bestand aus einem zweistöckigen Wohnhaus mit angebautem Kuhstall und einer rechteckig dazu stehenden Scheune. Beide Gebäude sahen heruntergekommen aus. Neben dem Stall waren Gemüsebeete angelegt worden, dahinter konnte sie einen eingezäunten Obstgarten erkennen. Sie parkte ihren Twingo bei der Hofeinfahrt und genoss den Panoramablick über Biberach, bis Wellmann auftauchte.

Er kam zwei Minuten nach ihr und pfiff leise vor sich hin.

»Deine Kondition möchte ich haben«, sagte sie.

»Man tut, was man kann«, erwiderte er und stellte das Rennrad neben ihrem Twingo ab. »Packen wir's an.«

Wellmann schlug gegen das rissige Holz der Eingangstür. Zunächst regte sich nichts, und der Kommissar klopfte noch einmal. Sie hörten schlurfende Schritte im Flur. Die Tür öffnete sich, und ein graugesichtiger Mann stand vor ihnen. Er sah aus wie ein Gespenst. Ein zu großes Led-Zeppelin-T-Shirt hing wie ein Sack über seinen mageren Rippen, und das Gesicht, das zum Teil von einem Schatten verdeckt wurde, den der Schirm einer abgegriffenen Baseballmütze warf, war totenbleich.

»Was soll des? Was wollet Sie?«, fragte er Wellmann. Linda ignorierte er.

»Herr Mayr, meine Kollegin Linda Keller und ich sind von der Kriminalpolizei, und wir haben da ein paar Fragen an Sie. Wir haben uns am Samstag auf dem Flohmarkt gesehen. Da hat Ihre Frau Sie beschuldigt, Ihre Tochter getötet zu haben. Wir haben nun Anhaltspunkte dafür, dass Sylvia tatsächlich eines unnatürlichen Todes gestorben ist. Dürfen wir hineinkommen und das in Ruhe mit Ihnen besprechen?«

Der Mann machte keine Anstalten beiseitezutreten. »So a Schwachsinn!«, rief er. »I hon die Sylvia net umbrocht. Wie au? Schauet Se mi doch amol a. I ka mi kaum am Lebe halte, wie soll i do jemand ombringe?«

»Wie kommt Ihre Frau dann darauf, Sie des Mordes zu bezichtigen?«

»Des müsset Se selber froga«, knurrte der Alte.

»Wo ist Ihre Frau?«, fragte Linda.

Er zuckte mit den Achseln. »Abghaue. Vor a paar Woche.«

»Wissen Sie, wo sie jetzt wohnt?«

»Des ischt mir so was von egal«, brummte er.

»Es scheint Sie ja nicht sonderlich mitzunehmen, dass Ihre Tochter verstorben ist«, warf Wellmann ein. Offenbar hatte er erkannt, dass bei der Frage nach Mayrs Frau kein Blumentopf mehr zu holen war.

»Des Huremensch hot bekomme, was se verdient hot.«

»Wie bitte?«, fragte Linda.

»Des goht Sie an Scheißdreck a!«, sagte der Alte und schickte sich an, die Tür zuzuschlagen, aber Wellmann stellte einen Fuß in den Spalt.

»I ka net mehr sage«, sagte der Mann. »I hon nix mit der Sach zu tun.«

»Leiden Sie unter chronischen Schmerzen?«, fragte der Kommissar.

Mayr runzelte die Stirn. »Ja. I hon seit am Unfall a steifes Bein, des mi saumäßig nervt. Aber was soll des damit zu tun hon?«

»Welche Medikamente nehmen Sie dagegen?«

»Also jetzt –«

»Wenn Sie mir sagen, welche Medikamente Sie nehmen, lassen wir Sie in Ruhe, versprochen.«

Mayrs Augen wurden noch enger, aber er nickte. Er griff in eine Seitentasche seiner Weste und holte einen Zettel hervor. Darauf war eine ganze Latte von Arzneien aufgeführt. Wellmann machte ein Foto des Mediplans und gab ihn dem Mann zurück.

»Eine Frage habe ich noch«, sagte er.

Mayr erwiderte nichts, er sah den Kommissar feindselig an.

»Wo waren Sie am vergangenen Donnerstag zwischen acht und zwölf Uhr vormittags?«

»Beim Frühschoppe vom Keglerstammtisch. Em ›Adler‹ in Ummedorf.«

Sie verabschiedeten sich und gingen zum Auto.

»Warum hast du so schnell klein beigegeben?«, fragte Linda, als sie außer Hörweite waren.

»Wie Korbinian schon bemerkt hat, ist unser Anhalt für das Vorliegen einer Straftat noch sehr dünn. Mir war erst einmal wichtig, die Medikation des Mannes zu erfahren. Morphin steht nicht auf dem Plan.«

»Schade«, knurrte Linda. »Den alten Widerling hätte ich gerne noch ein bisschen in die Mangel genommen.«

»Ich glaube nicht, dass wir viel aus ihm herauspressen hätten können. Aber lass es uns doch mal mit seinem Junior versuchen.«

Wellmann deutete auf einen Mann, der vor dem Stall an einem alten Traktor herumwerkelte. Als er die Ermittler kommen sah, wischte er sich die Hände an seinem Blaumann ab und schritt ihnen entgegen.

Linda stellte sich und Wellmann vor.

»Peter Mayr, der Sohn des Hauses«, erwiderte er. »Was kann ich für Sie tun?«

»Wir haben Anhaltspunkte dafür, dass es sich bei dem Todesfall Ihrer Schwester um einen unnatürlichen Tod gehandelt haben könnte.«

Mayrs Augen weiteten sich. »Sie meinen, Sylvia ist umgebracht worden?«

»Möglicherweise. Aber wir ermitteln in alle Richtungen. Einen Suizid können wir aktuell noch nicht ausschließen.«

Mayrs Adamsapfel hüpfte hektisch auf und ab. »Ich würde Sie ja reinbitten, aber mein Vater ist drin, und heute ist er ganz schlecht gelaunt. Gehen wir doch in den Obstgarten.«

Er führte sie um die Scheune herum in einen gepflegten Bereich, in dem etwa ein Dutzend alte Apfelbäume wuchsen. In der Mitte des von einem Zaun umgrenzten Gartens standen vier Stühle. Sie nahmen Platz.

»Was wollen Sie wissen?«

»Wie war das Verhältnis zwischen Ihnen und Ihrer Schwester?«

»Früher ganz gut. Ich bin der jüngere Bruder, und Sylvia hat mich oft in Schutz genommen, wenn der Vater einmal wieder einen seiner Wutanfälle hatte. Aber seitdem sie ausgezogen ist, hatten wir nur noch selten Kontakt.«

»Wie lange ist das schon her?«

Er kratzte sich an der Stirn, was einen schwarz schimmernden Ölfleck auf der Haut hinterließ. »Vor sechs oder sieben Jahren, ich weiß es nicht mehr genau. Sie ist zum Studieren nach Tübingen gegangen. Und als sie dann den Job an der FH bekommen hat, hat sie sich eine Wohnung in der Altstadt gesucht.«

»Warum ist sie nicht wieder auf den Hof zurückgekehrt?«
Er lächelte freudlos. »Weil sie von meinem Vater wegwollte. Die beiden haben sich am Schluss nur noch angeschrien. Das hat nicht mehr funktioniert.«

»Ihr Vater scheint auf Ihre Schwester noch immer schlecht zu sprechen zu sein. Er hat sie ›Hurenmensch‹ genannt.«

Er seufzte. »Ja, er hat das mit diesem Mermaiding absolut nicht gepackt. Ich glaube, er dachte, dass das irgendetwas mit Porno oder Prostitution zu tun hat.«

»Ihr Vater muss ganz schön frustriert sein. Erst läuft ihm die Tochter weg und dann die Frau.«

»Ich kann nicht sagen, dass ich meine Mutter nicht verstehe. Sie hat jahrzehntelang unter seinen Launen gelitten. Vor ein paar Wochen hat sie ihn verlassen. Sie hatte es lange genug mit ihm ausgehalten.«

»Wo lebt Ihre Mutter jetzt?«

»Ich weiß es nicht. Aber wenn Sie sie kontaktieren wollen, kann ich Ihnen ihre Handynummer geben.«

Linda kniff die Augen zusammen. »Warum kennen Sie den Aufenthaltsort Ihrer Mutter nicht?«

Er zuckte mit den Achseln. »Sie hat mir gesagt, dass sie sich an einem sicheren Ort befindet. Mehr muss ich nicht wissen. Sonst würde mein Vater mich so lange bearbeiten, bis ich ihm verrate, wo sie ist. Er behauptet zwar, dass es ihm egal sei, wo meine Mutter sich aufhalte, aber in Wahrheit fuchst es ihn ungemein, dass sie ihn sitzen lassen hat. Und trotz seiner körperlichen Einschränkungen traue ich ihm zu, dass er meine Mutter wieder angreift, wenn er ihren Aufenthaltsort erfährt. Darauf kann ich verzichten.«

Linda nickte. Mayr holte sein Smartphone aus der Tasche und diktierte ihr eine Nummer.

»Am Samstag hat Ihre Mutter Ihren Vater öffentlich des Mordes an Ihrer Schwester bezichtigt«, sagte Wellmann.

Er winkte ab. »Das mag sein, aber mein Vater kann das nicht getan haben. Er war die ganze Woche über immer im Haus. Gesundheitlich geht es ihm mies. Und Auto fahren kann er auch nicht mehr.«

»Wie eng war das Verhältnis zwischen Sylvia und Ihrer Mutter?«

Mayr leckte sich über die Lippen. »Das müssen Sie sie schon selber fragen.«

Linda runzelte die Stirn. »Ich möchte es aber von Ihnen wissen.«

»Seit Sylvie ausgezogen ist, hatte sie wenig Kontakt zum Rest der Familie. Das schließt meine Mutter ein. Ich glaube, Sylvie hat ihre Freiheit genossen und ganz bewusst Abstand zu uns allen gesucht. Aber vielleicht hatten die beiden zuletzt wieder mehr miteinander zu tun. Ich weiß es nicht.«

»Wer könnte etwas gegen Ihre Schwester gehabt haben?«

»Keine Ahnung. Ich hatte wie gesagt nicht mehr allzu viel mit ihr zu tun. Vielleicht hatte sie Konkurrentinnen in dieser Mermaiding-Szene?«

»Kannten Sie den Ex-Freund Ihrer Schwester?«

»Benedikt? Waren die nicht mehr zusammen? Das wusste ich gar nicht.«

»Was ist dieser Benedikt für ein Typ?«

»Über den kann ich Ihnen nicht viel erzählen. Ich kenne ihn kaum. So etwas wie Familienfeiern gab es bei uns nicht, und Sylvie hat ihn nur ein einziges Mal mit nach Hause gebracht. Meine Mutter fand ihn ziemlich nett. Aber mein Vater konnte ihn nicht leiden. Das hat er ihn nicht nur spüren lassen, sondern es ihm am Ende des Tages auch direkt ins Gesicht gesagt. Na ja, und dann hat Sylvie beschlossen, ihn eben nicht mehr zu uns einzuladen.«

»Sie haben gesagt, dass Ihr Vater ihn nicht leiden konnte, Ihre Mutter aber schon. Wie war es denn bei Ihnen?«

»Wir hatten uns wenig zu sagen. Ich meine, ich bin Land-wirt mit Leib und Seele. Ich gehe darin auf, wenn ich Ackerflächen bestellen und Vieh züchten kann. Er dagegen ist Buchhalter, soviel ich weiß. Ich kann mir nicht vorstellen, dass das Spaß machen kann. Für mich sind die Abrechnungen das Schlimmste. Wie man darin Erfüllung finden kann, erschließt sich mir nicht.«

»Und einmal abgesehen von seinem Beruf?«, fragte Linda weiter. »Wie schätzen Sie ihn ansonsten ein? Was für ein Mensch ist er?«

»Eher ruhig und zurückhaltend. Ich habe mal mit Sylvie über ihn gesprochen. Sie hat ihn als das genaue Gegenteil unseres Vaters beschrieben. In sich ruhend, entspannt, gelassen. Mein Vater ist eine Dynamitstange mit verkümmerter Lunte. So wie Sylvie von ihrem Freund gesprochen hat, kam er mir eher so vor wie eine dieser Buddhafiguren, die man im Ein-Euro-Laden kaufen kann. Satt und tiefenentspannt. Aber mich überrascht auch nicht, dass sie sich von ihm getrennt hat.«

»Warum nicht?«

»Meine Schwester ist in der letzten Zeit zu einer Art Berühmtheit geworden. Haben Sie den Artikel in der Zeitung heute gesehen? Ich verstehe ja nichts davon, aber die Bilder, die von ihr gemacht wurden, sehen schon gut aus. Das konnte sie. Sie konnte sich vermarkten. Aber dann einen langweiligen Buchhalter zum Freund zu haben? Das passt doch nicht, oder?«

»Haben Sie mitbekommen, ob Ihre Schwester psychische Probleme hatte? Depressionen oder Ängste?«

»Unser Verhältnis war nicht eng genug, dass wir über so etwas gesprochen hätten. Aber sie war nicht der Typ für eine Depression. Und dass sie sich umgebracht hat, glaube ich nicht. Darauf wollen Sie doch hinaus, oder? Sylvie war lebenslustig und immer gut drauf. Und wenn unsere Mutter im Loch war, hat sie sie rausgeholt. Zumindest solange sie bei uns gewohnt hat. Nach Sylvies Auszug war sie auf sich allein gestellt. Vielleicht hat sie meinen Vater auch deshalb verlassen. Ich weiß es nicht.«

»Wer erbt eigentlich das Vermögen Ihrer Schwester?«

Mayr kratzte sich am Kopf. »Da fragen Sie mich was. Darüber habe ich mir ehrlich gesagt noch gar keine Gedanken gemacht. Und mit dem Erbrecht kenne ich mich nicht so aus. Vielleicht meine Eltern, oder?«

»Wenn kein Testament vorliegt, wird das wahrscheinlich der Fall sein«, sagte Wellmann.

»Ich kann mir nicht vorstellen, dass sie etwas Schriftliches hinterlassen hat. Warum sollte das jemand im Alter von sechsundzwanzig Jahren schon anleiern? Ich bin vierundzwanzig und habe noch nie darüber nachgedacht.«

Linda beschlich der Gedanke, dass Mayr auch über viele andere Dinge noch nie richtig nachgedacht hatte.

»Haben Sie schon einen Plan, wie Sie mit der Beerdigung verfahren wollen?«

Er seufzte. »Soll ich ehrlich sein? Ich bin ganz froh, dass Sylvies Leiche noch nicht freigegeben ist. Meine Mutter und mein Vater werden in tausend Jahren nicht gemeinsam zu ihrem Grab gehen. Ich werde wohl nicht darum herumkommen, den Pfarrer anzurufen und ihn zu fragen, wie wir das lösen können. Denn so wie ich meine Eltern kenne, wird keiner von beiden darauf verzichten wollen, am Requiem teilzunehmen. Aber das geht nicht, das führt nur zu Mord und Totschlag.« Er kniff die Lippen zusammen.

»Eine Frage habe ich noch«, sagte Wellmann. »Sie haben doch am Hochdorfer Flohmarkt Trophäen Ihrer Schwester verkauft. Woher hatten Sie die?«

Mayrs Augen weiteten sich. Er schluckte. »Wir … Okay, als mein Vater gehört hat, dass Sylvie gestorben ist, hat er mich gebeten, ihn zu ihrer Wohnung zu fahren. Er wollte sich alles holen, was irgendwie von Wert sein könnte, damit es nicht meiner Mutter in die Hände fällt.«

»Hatte er einen Schlüssel?«

»Ja, Sylvie hatte meiner Mutter einen gegeben, aber sie hatte vergessen, ihn mitzunehmen, als sie ausgezogen ist.«

»Waren Sie auch in der Wohnung?«

Er nickte. »Aber ich habe nichts angefasst.«

»Wissen Sie, was Ihr Vater alles mitgenommen hat?«

»Drei Pokale. Und Sylvias Schmuckkästchen.«

»Ist Ihnen irgendetwas Ungewöhnliches aufgefallen?«

»Was meinen Sie?«

»Hatten Sie beispielsweise den Eindruck, dass da schon vor Ihnen jemand die Wohnung durchsucht hat?«

»Nein. Da war alles ordentlich aufgeräumt. Wie immer. Sylvie war eine dieser Sauberkeitsfanatikerinnen.«

»Und, glaubst du ihm?«, fragte Wellmann, als sie auf dem Rückweg zum Auto waren.

»Was denn?«

»Dass er so wenig Ahnung von allem hat, was mit seiner Schwester zu tun hat?«

Linda überlegte einen Moment. Dann schüttelte sie den Kopf. »Ich glaube, dass er sich naiver stellt, als er tatsächlich ist. Da waren mir ein paar ›Ich weiß es nicht‹ und ›Darüber habe ich mir noch gar keine Gedanken gemacht‹ zu viel dabei.«

»Am echtesten hat er gewirkt, als er davon gesprochen hat, dass seine Schwester gerüchteweise ja wohl ganz schön viel Geld verdient hat. Deshalb habe ich da auch gleich nachgehakt.«

»Dann ist er aber schnell wieder in seine scheinbare Gleichgültigkeit zurückgefallen.«

»Und genau das nehme ich ihm nicht ab. Du glaubst doch nicht, dass der sich keine Gedanken darüber gemacht hat, wie er sich das Erbe seiner wohlhabenden Schwester unter den Nagel reißen kann. Oder?«

Linda dachte darüber nach. Sylvias Bruder war ihr zunächst sympathisch gewesen. Er hatte harmlos gewirkt, als ob er im Konflikt zwischen seinem Vater und seiner Mutter immer die Vermittlungsposition eingenommen hätte. Aber irgendetwas an ihm hatte sie irritiert. Sie wusste nur nicht, was es gewesen war.

15

Korbinian atmete tief durch. Vor drei Minuten hatte seine Mutter die Augen geschlossen, und am langsamen Heben und Senken ihres Brustkorbs erkannte er, dass sie eingeschlafen war.

Die Aufregung war zu viel für sie gewesen. Zwei Stunden zuvor hatte er seine Tante Petra, die Schwester seiner Mutter, am Bahnhof abgeholt. Sie hatte kaum das Haus betreten, als sie auch schon angefangen hatte, alles zu kritisieren, was ihr unter die Augen gekommen war. Die Pflegemaßnahmen waren ihr nicht intensiv, die Wohnung nicht sauber, Korbinian nicht freundlich genug gewesen.

Er fragte sich, warum er sich den Besuch seiner Tante überhaupt antun musste. Doch natürlich kannte er die Antwort. Er brauchte sie. Sie würde sich die kommenden Wochen rund um die Uhr um ihre Schwester kümmern und ihm ein wenig Freiraum schenken. Danach würde sie wieder nach Freudenstadt zurückkehren, und er würde bis zum August durchhalten müssen, wenn seine Mutter für zwei Wochen in Kurzzeitpflege kam, damit er in den Urlaub fliegen konnte.

Petra saß im Wohnzimmer und sah ihn missgelaunt an.

»So«, sagte sie, »und jetzt verrate mir mal, warum du dich ausgerechnet für diesen Pflegedienst entschieden hast. Was für Stümper! So etwas würde bei uns vom Gesundheitsamt verboten werden!«

Er ließ sich in den Stuhl ihr gegenüber sinken und atmete tief durch. Einmal mehr wurde er sich des Dilemmas bewusst, in dem er steckte. Er musste freundlich bleiben, musste seine Tante bei Laune halten, auch wenn er ihr insgeheim am liebsten die Meinung gegeigt hätte. Sie war einer der Menschen, die einen unfehlbaren Blick für das Negative hatten. Sie liebte es, andere für Fehler und Unzulänglichkeiten an den Pranger zu stellen. Sie wusste alles besser. Sie hatte immer recht. Und abgesehen von ihr hatte ohnehin niemand eine Ahnung davon, wie das Leben zu funktionieren hatte.

»Ich musste nehmen, was ich kriegen konnte«, sagte er mit leiser Stimme, bemüht darum, jede Spur von Ärger zu verschleiern.

»Du willst mir doch nicht etwa erzählen, dass ihr hier in Biberach nur einen Pflegedienst habt? Und dann auch noch so einen Stümperverein?«

Er schüttelte den Kopf. »Nein, es gibt einige ambulante Pflegedienste in der Stadt. Aber ich habe mich für diesen entschieden, weil die Mama mit der Pflegekraft prima zurechtgekommen ist. Und weil die die Hygieneauflagen im Zuge von Corona sehr ernst genommen haben.«

Petra stöhnte. »Hör mir nur mit Corona auf. Ich habe monatelang gehustet, aber nicht wegen diesem Virus, sondern weil ich gezwungen wurde, diese furchtbaren Masken zu tragen.«

Er hob die Schultern. »Für die Mama war es ein Segen, dass die Pflegerinnen sich strikt an die Maskenpflicht und an die Hygieneregeln gehalten haben. Sie ist schwer lungenkrank und hätte eine Pneumonie wahrscheinlich nicht überlebt.«

Seine Tante winkte ab. »Da wurde viel übertrieben und aufgebauscht.«

Korbinian widerstand dem Drang, sich in eine fruchtlose Diskussion über das Für und Wider von Hygienemaßnahmen zu verstricken. »Ich muss noch ein bisschen arbeiten«, sagte er.

»Deshalb bin ich ja gekommen. Die nächsten zwei Wochen schmeiße ich den Laden hier. Du brauchst dich um nichts zu kümmern, deine Mutter ist in den besten Händen. Nur den Wocheneinkauf solltest du mir erledigen, ich kann nicht mehr so schwer tragen.«

Sie schob ihm ein eng beschriebenes Blatt Papier über den Tisch, und Korbinian stöhnte innerlich, als er durchlas, was sie notiert hatte. Da würde er mindestens drei Läden aufsuchen müssen, bis er alles bekam. Üblicherweise drehte er nur eine schnelle Runde durch den Discounter um die Ecke.

Er erinnerte sich wieder daran, freundlich und verbindlich zu sein, nickte und steckte den Zettel in seine Hosentasche.

Die Fahrt zu dem Einsiedlerhof dauerte nur ein paar Minuten. Schon von Weitem sah Korbinian, dass an jedem der zahlreichen Fenster Kästen mit frischen, leuchtenden Geranien angebracht waren. Die Fassaden waren blendend weiß getüncht, und das Hinsehen schmerzte beinahe, weil sie das Sonnenlicht so intensiv reflektierten.

Er parkte den SUV auf dem Hof und stieg aus. Eine Frau Anfang dreißig kam ihm entgegen. Sie trug einen Eimer voll Karotten und musterte ihn neugierig.

»Kann ich Ihnen helfen?«, fragte sie.

»Korbinian Mächle, Kripo Biberach«, sagte er. »Sind Sie Johanna Weber?«

»Dieselbige«, erwiderte sie und deutete eine Verbeugung an. »Womit habe ich die Ehre Ihres Besuches verdient?«

»Ich ermittle im Fall des Anschlags auf den Wagen des ärztlichen Bereitschaftsdienstes vergangene Woche. Dabei haben sich ein paar Fragen zur Vogelschutzgruppe Federsee ergeben.«

»Wenn ich Ihnen die beantworten kann, tue ich das gerne, auch wenn ich keine Ahnung habe, was der Verein mit dieser abscheulichen Sache zu tun haben soll.« Sie zeigte auf eine Holzbank, die an der Hauswand lehnte. Sie stellte den Eimer daneben, und beide setzten sich.

»Also, was wollen Sie wissen?«

»Vielleicht sollte ich erst einmal fragen, ob Ihre Gruppe noch existiert.«

Sie legte den Kopf schief, und er sah, dass sie leuchtend dunkelgrüne Augen hatte.

»Jein«, antwortete sie schließlich.

»Können Sie mir das aufdröseln? Das ›j‹ und das ›ein‹?«

Sie lachte perlend. »Die Gruppe existiert noch. Aber es ist nicht mehr mein Verein. Wir hatten … Na, wie drücke ich es am besten aus? Differenzen.«

»Worum ging es dabei?«

»Um die Ausrichtung unserer Aktivitäten. Sehen Sie, als wir die Gruppe vor zwölf Jahren gegründet haben, wollten wir vor allem jungen Leuten die Gelegenheit geben, Vögel in ihrem natürlichen Lebensraum zu beobachten. Deshalb haben wir geführte Touren mit Ornithologen organisiert und sind an Schulen gefahren, um Brutkästen zu bauen und so etwas. Es war mir immer wichtig, Aufklärungsarbeit zu leisten.«

»Aber darüber gibt es keinen Konsens in der Gruppe?«

»So ist das im Leben. Leute verlassen den Verein, frisches Blut kommt hinzu, mit ihnen neue Ansichten. Leni Rimppach, eine Anwältin aus Rindenmoos, hat sich sehr engagiert. Auf ihre Initiative hin haben wir einen Prozess gegen einen Bauern gewonnen, der verbotene Insektenschutzmittel eingesetzt hat. Das war okay. Aber offenbar hat es einen Teil unserer Mitglieder inspiriert.«

»Was meinen Sie damit?«

»Leni und noch ein paar andere haben ein Dutzend Klagen vorbereitet. Es ging plötzlich nicht mehr um Aufklärung. Das Ganze hat einen kämpferischen Einschlag bekommen.«

»Rein mit legalen Mitteln?«

»Solange ich dabei war, schon. Ich habe mich vor einem halben Jahr aus dem Verein zurückgezogen. Seitdem bin ich nicht mehr auf dem Laufenden, was das angeht.«

»Diese Aktionen mit den Farbbeuteln gegen SUVs in der Biberacher Innenstadt – würden Sie das Ihren ehemaligen Vereinskollegen zutrauen?«

Sie lächelte. »Ich kenne Sie nicht gut, Herr Kommissar, aber das würde ich sogar Ihnen zutrauen.«

Korbinian schmunzelte. »Na, wenn Sie sich da mal nicht täuschen. Können Sie mir eine Mitgliederliste Ihres Vereins geben?«

Das Lächeln verschwand von ihren Lippen. »Ich glaube nicht, dass das okay ist«, sagte sie. »Seit dieser Sache mit der DSVGO, oder wie der Mist heißt, ist das doch sicher nicht mehr erlaubt.«

Korbinian zögerte einen Moment. Sollte er der Frau sagen, dass sie Schwierigkeiten bekommen konnte, wenn sie die Liste aushändigte? Es widerstrebte ihm, sie in die Bredouille zu bringen. »Sie könnten sich ja von dieser Frau Rimppach das Okay geben lassen, oder?«

Sie sah ihn skeptisch an, dann nickte sie aber. »Warten Sie hier.«

Korbinian lehnte sich mit dem Rücken an die von der Sonne aufgeheizte Wand und schloss die Augen. Ein Gefühl der Ruhe und des Friedens durchströmte ihn wie schon seit Langem nicht mehr. Er war so tief in sich versunken, dass er erst gar nicht mitbekam, wie Frau Weber zurückkehrte. Irgendwann öffnete er die Augen und stellte fest, dass sie ihren Platz wieder eingenommen hatte.

»Ich wollte Sie nicht stören«, sagte sie. »Sie haben da eben so zufrieden ausgesehen.«

Er nickte. »Schön haben Sie es hier.«

»Ich würde auch nicht tauschen wollen. Wegen Ihrer Mitgliederliste habe ich eine gute und eine schlechte Nachricht.«

»Fangen Sie bitte mit der schlechten an.«

»Ich darf Ihnen die Liste nicht aushändigen.«

»Das hatte ich schon befürchtet. Und die gute?«

»Frau Rimppach möchte mit Ihnen sprechen. Vielleicht findet sie einen Weg, wie Sie die Mitglieder befragen können. Sie sollen morgen Abend ab sechs einfach einmal bei ihr vorbeischauen.«

Er ließ sich die Adresse der Anwältin geben.

»Nun müssen Sie mir aber noch verraten, was das alles mit dem Anschlag auf den Notarzt zu tun haben soll«, sagte Frau Weber. »Sie glauben doch nicht im Ernst, dass jemand aus unserem Verein damit zu tun hat.«

Korbinian zuckte mit den Achseln. »Wir ermitteln in alle Richtungen.«

»Na, dann viel Erfolg. Haben Sie Kinder?«, fragte die Bäuerin zum Abschied.

Er schüttelte den Kopf. »Ich lebe mit meiner pflegebedürftigen Mutter zusammen.«

Sie drückte ihm ein Bund Karotten in die Hand. »Dann werden ihr ein paar Vitamine sicher nicht schaden. Frisch geerntet. So knackig finden Sie die in keinem Supermarkt.«

16

Luisa Mayr, die zarte, kleine Frau, die beim Hochdorfer Flohmarkt die schweren Vorwürfe gegen ihren Mann erhoben hatte, saß vor den beiden Ermittlern und sah sie erwartungsvoll an.

»Sie bleiben also dabei, Ihren Ehemann des Mordes an Ihrer Tochter zu bezichtigen?«, fragte Linda.

Frau Mayr nickte.

»Gut«, sagte Wellmann. »Dann beginnen wir mal von vorne. Ich nehme jetzt Ihre Daten auf und behandle das hier als Zeugenaussage. Sollten sich konkrete Hinweise gegen Ihren Mann ergeben, können wir auch eine Anzeige stellen.«

Sie nickte erneut.

»Name?«, fragte er.

»Luisa Mayr, geborene Schulze.«

»Geburtsdatum?«

»21. Mai 1967. In Biberach.«

»Wohnhaft?«

Sie zögerte kurz. Dann sagte sie: »Bei einer Freundin. Ich möchte nicht sagen, wo. Ich habe Angst vor meinem Mann.«

Er blickte überrascht auf. Sie schob den Ärmel ihres Pullis hoch, und Wellmann sah, dass aus ihrem gebräunten Unterarm an mehreren Stellen weißes Narbengewebe hervortrat.

»Häusliche Gewalt nennt man das wohl«, sagte sie.

»Hat das Ihr Ehemann getan?«, fragte Linda.

»Wer sonst? Mein Sohn würde mir nie etwas antun. Aber er ist schwach. Kann sich nicht gegen seinen Vater durchsetzen. Meine Tochter war da selbstbewusster. Aber sie hat ihr eigenes Leben geführt.«

»Wie lange wohnen Sie schon bei Ihrer Freundin?«

»Seit vier Wochen.«

»Ihre Tochter ist Sylvia Mayr, die am Donnerstag im Parkbad in Laupheim zu Tode gekommen ist?«

»Sie können sich nicht vorstellen, was für ein Schock diese Nachricht für mich war.«

»Ich war dort. Privat. Wir haben versucht, ihr Erste Hilfe zu leisten. Aber es war vergebens«, erwiderte Wellmann. Seine Stimme wurde leise, und er mied den Blick der Frau. Erneut spürte er das Gefühl des Versagens heiß in seinem Innern aufsteigen.

»Sie waren einer der Ersthelfer? Ich danke Ihnen von Herzen«, sagte Frau Mayr. Ihre Augen glänzten feucht. »Die Polizistin, die mir die Todesnachricht überbracht hat, hat mir gesagt, dass Sie alles versucht hätten, um Sylvia zu retten. Aber Sie hatten keine Chance. Wenn mein Mann etwas tut, dann gründlich.« Ihre Unterlippe bebte.

»Welches Motiv sollte er gehabt haben, seine eigene Tochter zu töten?«

Sie atmete tief durch. »Ich glaube, damit Sie das verstehen, muss ich ein bisschen ausholen. Also, ich habe den Walter kennengelernt, als ich achtzehn war. Er ist sieben Jahre älter als ich. Damals hat er mich beeindruckt. Er hatte ein eigenes Auto, er sah gut aus, und er konnte charmant sein. Ich habe mich in ihn verliebt. So ist das eben, wenn man jung ist.«

Wellmann nickte. Er wusste nur zu gut, wovon sie sprach.

»Wir gingen miteinander, so nannte man das damals. Ich war noch auf dem Gymnasium und dabei, mein Abitur zu machen. Walter arbeitete als Kfz-Mechaniker und half seinem Vater, den Hof zu bewirtschaften. Ich wollte studieren. Anwältin werden. Oder Psychologin. Doch daraus wurde nichts. Ich bin schwanger geworden. Das Abi konnte ich gerade noch ablegen, ehe Sylvia geboren wurde. Wir haben geheiratet. Walters Vater war gestorben, und er hatte den Hof übernommen. Es war die Zeit, als die Umweltbewegung Aufwind bekommen hat, und ich wollte unbedingt einen Biobauernhof führen, wenn es schon mit dem Studium nicht klappte. Walter hat mir den Freiraum gelassen, obwohl er meine Ideen belächelt hat. Ich konnte einen Teil der Ackerfläche nutzen, auf dem

Rest hat er weiterhin konventionell Zuckerrüben und Mais angebaut. So ging das zehn Jahre. Es war eine gute Zeit. Ich habe mein Gemüse am Wochenmarkt in Biberach verkauft und mir rasch einen festen Kundenstamm aufgebaut. Man mag über den Menschenschlag hier denken, was man will, aber offen für Neues sind sie schon.«

»Was hat sich nach zehn Jahren verändert?«, fragte Wellmann.

»Mein Mann hatte einen Unfall. Er ist unter den Traktor gekommen. Hat vergessen, die Bremse anzuziehen. Schon damals hat er zu viel getrunken. Das rechte Bein war siebzehnmal gebrochen. Seitdem zieht er es nach. Und danach ging es mit dem Hof bergab. Die Versicherung wollte nicht bezahlen, weil er betrunken gewesen war. Dann hat er noch Fehlentscheidungen getroffen, Schulden gemacht. Wir mussten die meisten Äcker verkaufen, um uns über Wasser zu halten. Am Schluss konnten wir mit Mühe und Not meine Gemüsebeete behalten.«

»Wann wurde Ihr Mann gewalttätig?«

Sie holte tief Luft. »Das erste Mal hat er mich vor zehn Jahren geschlagen. Da war kein Bier mehr im Haus, und wir hatten auch nicht das Geld, neues zu kaufen. Ich war schockiert. So kannte ich ihn gar nicht. Es war, als ob etwas Böses in ihm erwacht wäre.«

»Ich weiß, dass diese Frage leichter gestellt als zu beantworten ist, vor allem von einem Mann«, sagte Wellmann, vorsichtig seine Worte abwägend. »Aber warum haben Sie ihn nicht verlassen?«

Sie sah ihn an. »Ich habe oft darüber nachgedacht«, sagte sie. »Begründet habe ich es stets damit, dass ich die Kinder nicht einer Trennung aussetzen wollte. Natürlich ist mir jetzt klar, dass ich mir da viel schöngeredet habe. Dass ich immer gehofft habe, dass er sich vielleicht doch wieder ändern würde. Und dass ich Angst hatte. Wie hätte ich meinen Lebensunterhalt verdienen sollen? Wie alleine zurechtkommen? Ich habe mich abhängig gefühlt. Unfrei. Und gleichzeitig war da auch immer die Bedrohung durch meinen Mann. Er war unkalkulierbar. Ich musste damit rechnen, dass er ausrastet, wenn ich gehe. Dass er mir oder den Kindern Gewalt antut. Und so bin ich halt geblieben. Auch als es schlimmer wurde.«

»Hat er Ihre Tochter geschlagen?«

Sie schüttelte den Kopf. »Er hat sie nicht angerührt. Der Peter hat manchmal was abbekommen. Aber die Sylvia nie. Sie hat ihn ab und zu sogar davon abgehalten, mir etwas anzutun. Sie war die Einzige, auf die er gehört hat.«

»Und warum sollte er dann ausgerechnet Sylvia umgebracht haben?«, fragte Wellmann.

»Aus Neid. Weil sie glücklich war. Glücklich ohne ihn. Das hat er nicht verkraftet. Er hat sie beschimpft, bedroht. Mit ihrem Mermaiding ist er nicht zurechtgekommen. Das war Hurerei für ihn. Nur weil sie ein paar Fotos gemacht hat.«

»Und wie soll er sie getötet haben?«

»Die Polizistin hat mir gesagt, dass Sylvia ertrunken ist. Sie war eine ausgezeichnete Schwimmerin. Walter muss dafür gesorgt haben, dass sie ohnmächtig geworden ist. Er ist Diabetiker, da hat er entsprechende Medikamente. Ich habe ihn selbst zweimal im Unterzucker erlebt.«

»Welches Medikament nimmt Ihr Mann denn?«, fragte Linda.

»Ich kann mir diese Namen nicht merken.«

»Hat Ihr Mann auch andere Mittel verschrieben bekommen?«

»Er hat wegen seinem Bein starke Schmerzmittel geschluckt. Morphium und solche Sachen. Das hat er mehrere Jahre lang genommen. Zuletzt hat er es aber nicht mehr vertragen, und der Arzt hat ihm ein anderes Mittel verschrieben. Er hat das Zeug noch schachtelweise daheim.«

Wellmann zwang sich, sich die Überraschung nicht anmerken zu lassen. Er beschloss, das Thema zu wechseln. »Eine andere Frage. Wie war Ihre Beziehung zu Sylvia?«

Frau Mayr seufzte. »Nun, Sylvia hat ihr eigenes Ding gemacht. Sie hat die erste Gelegenheit ergriffen, von zu Hause auszuziehen und nach Tübingen zum Studieren zu gehen. Damals habe ich meine wichtigste Verbündete gegen meinen Mann verloren. So hat sich das zumindest angefühlt, auch wenn ich natürlich wusste, dass dieser Schritt der richtige für sie war. Sie hat das Leben geführt, das ich mir immer gewünscht habe. Wir hatten leider zuletzt kaum Kontakt. Aber wenn wir telefoniert haben, hat sie mich immer wieder bearbeitet, dass ich meinen Mann verlassen soll. Und ich habe immer wieder abgewiegelt und bin in der ganzen Misere geblieben. Bis vor vier Wochen. Da war es genug. Vielleicht hat das das Fass bei Walter zum Überlaufen gebracht? Vielleicht habe ich den Tod meiner Tochter mit verursacht? Eins ist sicher: Mein Mann steckt dahinter. Bitte, gehen Sie dem nach. Er hat sie ermordet. Sie haben doch auch Kinder, oder? Was wäre, wenn die plötzlich gestorben wären und Sie hätten den Verdacht, dass da etwas nicht mit rechten Dingen zugegangen ist? Was würden Sie dann tun?«

Wellmann spürte, wie sich in ihm eine bodenlose Tiefe auftat. Sein Herz sackte ihm in den Magen. Er begann zu schwitzen, und sein Mund trocknete aus. »Ich werde mich darum kümmern«, sagte er. »Versprochen!«

17

Korbinian drückte seiner Mutter einen Kuss auf die runzlige Stirn und ging leise aus dem Raum. Das Atemgerät zischte und pufte. Aber sie schlief tief und fest, und das war das Wichtigste.

Er trat ins Wohnzimmer, wo seine Tante auf dem Sofa saß und an einem scheinbar endlos langen Schal strickte, der sich auf ihrem Schoß wand wie eine rot-gelbe Schlange.

»Ich muss weg. Wir ermitteln in einem Mordfall.«

Sie hob die Hände mit den Stricknadeln. »Ich bin da. So hatten wir es ausgemacht.«

Er nickte ihr zu, einen Dank brachte er nicht über die Lippen. Den Tag hatte er im Homeoffice damit verbracht, die Teilnehmerinnenliste dieses Mermaid-Shootings abzuklappern, die Wellmann ihm gemailt hatte. Keines der Mädchen hatte zugegeben, irgendetwas über den Verbleib von Sylvia Mayrs Becher zu wissen. Korbinian war sich sicher, dass diese Spur tot war. Selbst wenn sie das Gefäß ermitteln würden, wäre es jetzt zu spät, das Medikament darin nachzuweisen. Aber Wellmann hatte darauf bestanden, dass er trotzdem alle Mädchen abtelefonieren sollte. Nach einem guten Dutzend hatte er jedoch die Segel gestrichen und sich um die Einkäufe gekümmert, die Petra ihm aufgetragen hatte. Er hatte sich vorgenommen, am Abend zu dieser Leni Rimppach zu fahren, ein willkommener Anlass, der Gegenwart seiner Tante zu entfliehen.

Die Anwältin wohnte im Austragshäuschen eines alten Bauernhofs in Rindenmoos. Als Korbinian pünktlich um achtzehn Uhr ausstieg, wirbelten seine Füße eine kleine Staubwolke auf. Er war froh, dass es nicht geregnet hatte, sonst hätte er bis zu den Knöcheln im Schlamm festgesteckt.

Er ging auf die rissige Holztür des Häuschens zu und hob die Hand, um zu klopfen. Im selben Moment wurde die Tür aufgestoßen, und ein roter Wirbelwind schoss auf ihn zu. Er trat einen Schritt zurück, und das Wesen kam vor ihm zum Stehen.

Es war eine Frau Ende zwanzig. Sie hatte eine knallrote Lockenmähne und große grüne Augen, die ihn neugierig musterten. Ihre blassrosa geschminkten Lippen kräuselten sich zu einem Lächeln.

»Na, wen haben wir denn da?«, fragte sie.

In seine Nase stieg ein betörender Duft nach Blumen, der nur vom Parfum der Frau herrühren konnte.

»Äh …«, sagte er. »Korbinian Mächle mein Name. Ich bin Polizist. Bei der Kriminalpolizei in Biberach.«

Er biss sich auf die Unterlippe. Warum bekam er keinen kompletten Satz zustande?

»Und ich bin Leni Rimppach«, erwiderte sie und reichte ihm die Hand. »Was habe ich denn verbrochen, dass Sie mich an einem Dienstagabend aufsuchen? Bei diesem Wetter?«

Ihre Haut war kühl und trocken, ihr Händedruck fest. Korbinian dagegen schwitzte, und das war ihm mehr als peinlich.

»Ich ermittle im Fall des Anschlags auf das Auto auf der B 30«, sagte er.

»Schlimme Sache«, sagte sie. »Und was habe ich damit zu tun?«

»Nun, ich habe Ihre Adresse von Frau Weber. Sie hat doch mit Ihnen telefoniert, und Sie haben ihr gesagt, dass ich heute Abend bei Ihnen vorbeikommen soll. Gut, hier bin ich.«

Sie musterte ihn mit ihren grünen Augen. »Das sehe ich. Mir ist nur nicht klar, was genau Sie von mir wollen. Ich habe dieses Auto nicht mit Farbbeuteln beworfen. Würde ich nie machen. Ganz abgesehen davon, dass ich eine Eule bin und mich nicht morgens in aller Herrgottsfrühe aus dem Bett quälen würde, um SUVs aufzulauern.«

»Woher wissen Sie, dass der Anschlag in aller Herrgottsfrühe stattgefunden hat?«, fragte Korbinian rasch.

Sie grinste. »Spielen wir jetzt Kreuzverhör? Ich weiß es aus der Zeitung. Was aber nicht drinsteht, ist die Antwort auf meine Frage, was ich mit der ganzen Sache zu tun haben soll.«

»Wir haben routinemäßig damit begonnen, Menschen zu kontaktieren, die regelmäßig Paintball spielen.«

Sie sah ihn an. Ein Lid zuckte kurz, dann brach sie in schallendes Gelächter aus. »Die Kripo mal wieder«, stieß sie hervor, als sich das Lachen zu einem Kichern abgeschwächt hatte.

»So lustig finde ich das aber nicht«, sagte Korbinian.

Sie winkte ab. »Sorry, es klang zu komisch. Haben Sie den katholischen Frauenbund von Uttenweiler auch schon auf Herz und Nieren geprüft? Die waren letzte Woche auf der Anlage im Burrenwald.«

»Darf ich Ihnen ein paar Fragen stellen?«

Sie zog den Mund schief, was er gegen seinen Willen anziehend fand. »Das ist jetzt ganz schlecht«, sagte sie. »Ich bin gerade auf dem Weg zur offenen Bühne im Abdera.«

Er registrierte, dass sie einen Gitarrenkoffer in der Hand hielt.

Ihr Mund verbreitete sich zu einem Lächeln. »Aber kommen Sie doch einfach mit. Dann lernen Sie gleich noch ein paar Bombenleger kennen.«

Er sah sie irritiert an.

»So nennen uns die Bauern in Bad Buchau. Unseren Vogelschutzverein.«

»Okay«, sagte Korbinian.

»Ist das Ihrer?«, fragte sie und steuerte auf seinen SUV zu.

Er wollte protestieren, doch da hatte sie schon die Beifahrertür geöffnet und Platz genommen. Da er rasch erkannte, dass jeder Widerstand sinnlos war, ging er zur Fahrertür.

Als er den Wagen startete, sagte sie: »Jetzt schauen Sie nicht so griesgrämig drein. Solange ich hier drin sitze, wird Ihnen garantiert niemand einen Farbbeutel auf die Windschutzscheibe brettern.«

Er spürte, wie seine Kinnlade nach unten klappte. »Also …«, stammelte er.

Sie zwinkerte ihm zu. »Kleiner, unschuldiger Scherz. Fahren Sie los!«

Er gab Gas. Aus den Augenwinkeln beobachtete er die Anwältin. Sie saß entspannt auf dem Beifahrersitz und schaute hinaus auf die vorbeiziehende Landschaft.

»Der Blick von hier oben ist ja ganz schön«, sagte sie schließlich. »Aber wenn viele von diesen Kisten gebaut werden, gibt es bald keine Natur mehr, die wir bewundern können. Ist Ihnen das klar?«

Korbinian schwieg. Er wusste nicht, was er entgegnen sollte. Natürlich waren ihm diese Argumente bekannt. Er hatte sie oft genug auf Facebook gelesen und seinen Lebensstil stets vehement verteidigt. Aber die Gegenwart der jungen Frau da neben ihm machte ihn nervös.

Fünf Minuten später hielt er vor der Kulturhalle Abdera an, die nach der berühmt-berüchtigten Stadt aus einem Roman des Biberacher Klassikers Christoph Martin Wieland benannt worden war.

»Kommen Sie mit, ich bringe Sie ohne Eintritt rein«, sagte sie und öffnete die Tür.

»Das ist mein Date für heute Abend«, sagte sie zu dem Mann an der Kasse und bedeutete Korbinian, ihr zu folgen. Er spürte, wie sein Gesicht ganz warm wurde, als ihn der Kerl neugierig musterte.

Leni Rimppach steuerte auf eine Gruppe von Leuten zu, die sie alle mit Umarmung begrüßte. Korbinian fühlte sich ausgeschlossen. Seltsam. Er kannte die Frau doch erst seit einer Viertelstunde.

Sie trat wieder zu ihm. »Ich werde jetzt ein bisschen Warm-up betreiben. Sie können sich ja währenddessen mit Bernd unterhalten. Er ist auch ein Bombenleger.« Sie lächelte ihn an und ging davon.

Der langhaarige, vollbärtige Mann, der ihren Platz einnahm, nickte Korbinian sparsam zu. »Mir waret des net. Des mit dem SUV.« Er sprach die Abkürzung aus wie »Suff«.

»Na ja, ein wenig seltsam ist das schon«, sagte Korbinian. »Da finden wochenlang immer wieder Anschläge auf SUVs statt, und an einem sonnigen Freitagmorgen kommt dabei ein Arzt zu Tode, nachdem ihm jemand mit grüner Farbe das Sichtfeld zugekleistert hat.«

»Mir waret des net«, wiederholte Bernd. »Warum solltet mir so was tun? Mir kümmeret ons om Vegl. Net um Autos.«

»Die Fahrzeuge bei Hellberger sahen mir aber nicht aus wie Vögel«, erwiderte Korbinian leichthin. Er hatte den Eindruck, dass der Teil des Gesichts des Bärtigen, der nicht von Haaren verdeckt wurde, eine Schattierung bleicher wurde. Plötzlich wurden die Lichter im Raum dunkel. Na super, das war es jetzt mit der Befragung. Ein Mann in einem Metal-T-Shirt stieg auf die Bühne und kündigte die ersten Künstler an.

Es handelte sich um einen Siebzehnjährigen, der selbst geschriebene Songs zum Akkordeonspiel seiner fünfzehnjährigen Schwester vortrug. Korbinian bewunderte den Mut der beiden, auch wenn er dem Vortrag wenig abgewinnen konnte.

Danach kam ein Schriftsteller, der aus seinem in der Region spielenden Krimi vorlas. Schon bei den ersten Zeilen drehte sich Korbinian der Magen um, als von einem »Polizeipräsidium Biberach« die Rede war und der kettenrauchende Gerichtsmediziner sich am Tatort kräftig in die Ermittlungen des traumatisierten Kommissars und seiner vollbusigen Assistentin einmischte. Konnten die Leute denn nicht ordentlich recherchieren?

Nach dem Autor folgte ein Liedermacher aus Buchloe, dessen Stimme so knödelig klang, dass Korbinian die banalen Weltschmerztexte seiner Lieder nur schwer verstand.

Und dann Leni Rimppach. Sie hatte eine weiße Gitarre, wie Nicole. Doch sie sang keinen Schlager, sondern »Total Eclipse of the Heart«.

Korbinian war fassungslos. Was für eine Stimme! Er hätte nie gedacht, dass in einem derart zierlichen Körper so viel Volumen stecken könnte. Die Leute im Saal lauschten andächtig, und noch während der letzte Ton verklang, rauschte tosender Applaus durch das Abdera. Irgendjemand hatte sogar eine Sirene oder so etwas angestellt.

Die Anwältin wollte gerade zu ihrem zweiten Song ansetzen, als der Mann mit dem Metal-T-Shirt auf die Bühne eilte.

»Auf dem Parkplatz ist eine Alarmanlage losgegangen«, sagte er.

Korbinian schwante Übles. Er stürmte nach draußen. Und da sah er es. Ein Stein hatte die Windschutzscheibe seines SUVs durchschlagen. Die Ledersitze waren mit grüner Farbe beschmiert. Und auf die Motorhaube hatte jemand »Nimm das, du Luftverpester!« gekritzelt.

18

»So eine Scheiße! So eine verdammte Scheiße!« Korbinian schlug mit der Faust so heftig auf die Tischplatte, dass die Kaffeetasse vor ihm eine Handbreit nach oben hüpfte.

»Jetzt krieg dich mal wieder ein«, sagte Linda. »Niemandem ist damit gedient, wenn du hier austickst.«

»Du hast leicht reden«, rief er. Sein Gesicht war gerötet, und in den Mundwinkeln glänzten Speichelfäden. »Bei deiner Schrottkiste werden diese Terroristen keine Farbe verschwenden wollen. Die fällt eh bald auseinander.«

»Es reicht!«, sagte Wellmann. »Können wir jetzt bitte wieder auf die Sachebene zurückfinden?«

Korbinian sah ihn feindselig an. »Nun, auf der Sachebene lässt sich sagen, dass irgend so ein Ökoterrorist meinen Wagen zerstört hat.«

»Das Dezernat 3 kümmert sich bereits um den Fall«, warf Linda ein.

Korbinian winkte ab. »Die werden genauso im Nebel stochern wie bei den anderen Farbbeutelattentaten. Leider sind die Kollegen nicht gerade die hellsten Kerzen am Baum.«

Nun war es Wellmann, der auf den Tisch schlug. »Korbinian. Schluss jetzt! Endgültig.«

Der Angesprochene verschränkte die Arme vor der Brust und lehnte sich zurück.

»Ich kann verstehen, dass du frustriert bist, aber wir werden mit unseren Ermittlungen nicht vorankommen, wenn wir uns nicht an die Fakten halten«, sagte Wellmann in versöhnlicherem Ton. Er erinnerte sich noch lebhaft an den Vorabend.

Der Anruf war gegen acht Uhr eingegangen, als er es sich mit Arnold vor dem Fernseher bequem machen wollte, um die Nachrichten zu schauen.

Zwanzig Minuten später stand Wellmann vor dem, was einmal der ganze Stolz seines Kollegen gewesen war. Korbinian lehnte an der Wand des Abdera neben ihm und sah mit versteinertem Blick den Kriminaltechnikerinnen dabei zu, wie sie Spuren sicherten.

»Es tut mir leid«, sagte Wellmann.

Korbinian erwiderte nichts. Aber seine Kiefer mahlten, und der Kommissar beschloss, ihn lieber in Ruhe zu lassen.

Linda kam auf ihn zu. »Die Kollegen von der Schupo haben mir dabei geholfen, alle Anwesenden zu erfassen. Achtundvierzig Besucher waren zur Zeit des Anschlags im Abdera und haben sich die Darbietungen der offenen Bühne angesehen. Sechs standen hier draußen beim Rauchen.« Sie deutete auf einen Unterstand neben dem Haupteingang des Gebäudes. »Sie haben alle das Gleiche ausgesagt. Da sie keinen direkten Blick auf das Auto hatten, haben sie nichts mitbekommen. Um neunzehn Uhr vierunddreißig habe es einen Knall gegeben, und dann sei die Alarmanlage losgegangen. Zwei Besucher, Florian Wedekind und Benjamin Dauber, sind daraufhin zum Ort des Geschehens gelaufen und haben am Ende der Straße eine schwarz gekleidete Person um die Ecke beim Pestalozzi-Gymnasium biegen sehen.«

»Lass mich raten, eine Personenbeschreibung konnte keiner der beiden abgeben«, sagte Korbinian.

Linda schüttelte den Kopf. »Wedekind sagte aus, dass der oder die Fliehende eine schwarze Maske getragen habe. So wie bei einem Banküberfall.«

»Na, der wird schon wissen, wie man sich für so eine Gelegenheit zu kleiden hat«, knurrte Korbinian. »Die stecken hier doch alle unter einer Decke mit diesen Umweltterroristen.«

Lindas Augenbrauen zuckten nach oben. »Florian Wedekind ist der stellvertretende Kommandant der Freiwilligen Feuerwehr in Ochsenhausen. Und Benjamin Dauber leitet die Volkshochschule in Biberach. Nicht die klassische Klientel für Terroristen, findest du nicht?«

Korbinian blieb ihr eine Antwort schuldig. Aber seine Kiefer mahlten wieder. Und der Blick, den er Linda zuwarf, war eisig.

»Was hast du eigentlich hier gemacht?«, fragte Wellmann.

»Ich habe ermittelt. Leni Rimppach, die Anwältin der Vogelschützer, ist hier aufgetreten. Ich wollte sie zu Hause befragen, aber sie war gerade auf dem Sprung, deshalb habe ich sie begleitet«, knurrte Korbinian.

»Begleitet?«

»Ich habe sie hierhergefahren, wenn du es genau wissen willst.«

»Hast du irgendwas von ihr erfahren?«, fragte Linda.

»Nein«, herrschte Korbinian sie an. »Weil einer ihrer Terroristenfreunde mein Auto zerstört hat.« Er trat mit dem Fuß gegen die Außenwand des Abdera und stürmte mit gesenktem Kopf davon.

Wellmann sah ihm nach. »Und wo ist diese Leni Rimppach jetzt?«, fragte er.

»Keine Ahnung«, sagte Linda. »Sie war nicht unter den Befragten.«

Die Kollegen von der Schupo hatten die Daten aller anwesenden Gäste aufgenommen und dem Dezernat 3 übergeben, das nun herausfinden musste, ob der Anschlag auf Korbinians SUV von denselben Tätern verübt worden war wie die anderen. Wellmann war jedoch skeptisch. Bislang hatte sich die Sachbeschädigung in Grenzen gehalten, weil nur Farbe zum Einsatz gekommen war. Gestern Abend hatte der Attentäter aber einen Ziegelstein benutzt, um die Scheibe einzuschlagen, und dann erst den Innenraum mit grüner Farbe geflutet. Das wich deutlich von dem Muster der bisherigen Anschläge ab.

»Mir ist bewusst, dass du frustriert bist, weil dein Auto beschädigt wurde«, wiederholte Wellmann.

»Frustriert ist gar kein Ausdruck. Und es wurde nicht beschädigt, das war ein Akt von Vandalismus«, rief Korbinian. Sein Kopf war knallrot.

»Wie auch immer. Es bringt uns nicht weiter, wenn wir stundenlang über die richtige Wortwahl diskutieren oder uns aufregen. Wir müssen zu unseren Fällen zurückkehren.«

»Wie sieht es mit dem Becher aus?«, fragte Linda. »Gibt es schon eine Spur zu dem Mädchen, das ihn gestohlen hat?«

Korbinian schnaubte. »Ich habe gestern ein paar von diesen Gören angerufen. Das kannst du vergessen. Die stellen sich dumm.«

»Trotzdem«, sagte Wellmann. »Überprüfe bitte alle. Ich weiß, wie zeitaufwendig und nervig das ist.«

Korbinian gab ein Grunzen von sich, das der Kommissar als Zustimmung interpretierte.

»Wir sollten bei dem Fotografen vorbeischauen. Vielleicht kann er uns mehr über diese Mermaiding-Szene berichten. Da habe ich noch kein klares Bild. Möglicherweise gab es Konkurrenzkämpfe«, schlug Linda vor.

»Gute Idee«, sagte Wellmann. »Und bei der FH sollten wir auch anklopfen. Einen beruflichen Hintergrund für die Tat können wir nicht ausschließen.«

»Was ist mit der Möglichkeit, dass es ein Suizid gewesen sein könnte?«, fragte Linda.

»Bisher haben Sylvias Bruder und ihre Mutter ausgesagt, dass sie keinerlei Anzeichen für eine Depression bei ihr wahrgenommen haben. Das muss aber nichts heißen. Wir sollten diese Option weiterhin auf dem Schirm behalten.« Er sah zu Korbinian. »Hast du auch eine Idee?«

»Ich soll mich doch um die Mädchen kümmern. Und das werde ich auch tun. Aber zuerst fahre ich zu dieser Frau Rimppach und stelle sie zur Rede.«

»Das wirst du nicht tun«, sagte Wellmann.

»Und warum?«

»Weil du selbst ein Geschädigter bist. Ich habe keine Lust, dass uns der Staatsanwalt den Fall um die Ohren haut. Ganz abgesehen davon, dass du dich emotional nicht unter Kontrolle hast.«

»Wer hat sich emotional nicht unter Kontrolle?«

»Du«, sagte Linda. »Das ist ganz deutlich.«

Korbinian wollte etwas erwidern, doch Wellmann hob die Hand.

»Du telefonierst bitte die Mädchen durch. Wir müssen so schnell wie möglich diesen Becher finden, ehe jede Chance schwindet, daran noch Spuren zu sichern.«

Korbinians Miene war versteinert. Aber seine Augen funkelten weiterhin. Er wirkte wie ein Vulkan, der kurz vor dem Ausbruch stand. Doch es kam nicht dazu. Er nickte nur und mied die Blicke seiner Kollegen, indem er auf die Tischplatte starrte.

Wellmann erhob sich und sah Linda an. »Gut, dann gehen wir beide zu diesem Fotografen.«

19

»Fabian Weiß hat sein Atelier in der Pfluggasse«, sagte Linda, die die Adresse am PC nachgeschaut hatte.

»Na, da können wir ja zu Fuß hingehen«, sagte Wellmann.

Sie hatte schon den Schlüssel ihres Twingo in der Hand. »Mit dem Auto sind wir aber schneller.«

»Nicht wenn du erst noch zehn Minuten lang einen Parkplatz suchen musst.«

Linda rollte mit den Augen. Wellmann hatte recht. Die Parkplatzsituation in der Biberacher Innenstadt war meistens eine Katastrophe. Sie legte den Schlüssel auf ihren Schreibtisch und folgte ihm hinaus.

Die Morgensonne strahlte hell auf sie hinab. Auf dem Marktplatz kamen ihnen zwei Jungs entgegen, die an Eiskugeln schleckten, die so schnell schmolzen, dass das Eis in Strömen an den Waffeln herabrann. Überall saßen die Leute in kleinen Grüppchen zusammen und genossen die Wärme.

Das Atelier des Fotografen lag im Erdgeschoss eines Eckhauses. Die großen Schaufenster waren voller Fotos. Eines war klassischen Motiven gewidmet: Brautpaaren, Kindern und Hunden. Das andere war mit allerhand Unterwasserwesen bevölkert. Hier tummelten sich Meerjungfrauen und Tritonen. Sogar ein Teenie in einem Seepferdchenkostüm war abgebildet. In der Mitte hing ein lebensgroßes Bild von Sylvia Mayr; dasselbe Motiv, das sie auch bei ihr im Flur gesehen hatten. An einer Ecke des Rahmens war eine schwarze Binde angebracht worden.

Sie traten ein. Eine altmodische Klingel ertönte. Der Laden sah aus wie ein klassisches Fotostudio. In einer Nische stand ein von lichtstarken Scheinwerfern beleuchteter Barhocker vor einer weiß getünchten Wand.

»Da habe ich mal Passbilder machen lassen«, sagte Wellmann.

»Sie sind doch der Polizist, der beim Reanimieren von Sylvia geholfen hat«, sagte ein Mann Ende vierzig. Er kam auf sie zu und streckte dem Kommissar die Hand entgegen. Er trug klein karierte Hosen, ein leuchtend rotes Hemd und eine beige Baskenmütze auf dem Kopf, die vermutlich einen weitgehend kahlen Schädel kaschierte.

Wellmann nickte und übernahm es, sich und Linda vorzustellen. »Deswegen kommen wir auch zu Ihnen.«

Fabian Weiß seufzte. »Was für ein tragisches Unglück.«

»Dass der Tod der jungen Frau tragisch ist, daran besteht wohl kein Zweifel. Nur ob es sich um ein Unglück gehandelt hat, da sind wir uns nicht so sicher«, sagte Linda.

Seine buschigen Augenbrauen schossen nach oben. »Wie meinen Sie das?«

»Wir gehen inzwischen davon aus, dass es sich nicht um einen natürlichen Tod gehandelt hat«, sagte Wellmann.

Weiß schluckte. »Sie meinen, Sylvia wurde ermordet?«

»Das wissen wir noch nicht«, sagte Linda. »Wir ermitteln in alle Richtungen. Und deswegen haben wir ein paar Fragen an Sie.«

Der Fotograf schloss die Augen und atmete tief durch. »Entschuldigen Sie bitte«, sagte er. »Es ist nicht leicht für mich. Ich habe sie ja am Donnerstag aus dem Wasser gezogen und versucht, sie wiederzubeleben. Aber sie war schon tot. Was rede ich denn, das wissen Sie ja, Sie waren schließlich auch dabei.« Er deutete auf einen Stehtisch. »Darf ich Ihnen einen Kaffee anbieten?«

Linda lehnte dankend ab, aber Wellmann bat um einen Espresso.

Der Fotograf ging zu einer Kaffeemaschine im hinteren Teil des Ladens, stellte eine Tasse darunter und drückte auf einen Knopf. Das Gerät fing an zu zischen, und Sekunden später breitete sich eine verführerische Duftwolke im Raum aus.

Er stellte das Tässchen und ein Schale mit Zuckerwürfeln auf den Tisch. »Also, was kann ich für Sie tun?«, fragte er.

»Wie lange kannten Sie Sylvia Mayr schon?«, fragte Linda.

Ein trauriges Lächeln erschien auf seinem Gesicht. »Ich habe ihr allererstes Mermaid-Shooting gemacht. Fünf Jahre ist das nun her.«

»Wie ist sie auf Sie gekommen?«

»Damals ist die Welle frisch aus den USA herübergeschwappt. Ich vermute, dass neben einer Fernsehserie über Meerjungfrauen vor allem Instagram einen großen Anteil daran hatte, dass das auch in Deutschland schnell populär wurde. Die Fotos sind einfach ein Blickfang. Jedenfalls habe ich zunächst Schnuppershootings angeboten, und gleich bei der ersten Veranstaltung ist Sylvia aufgetaucht. Sie hatte keinerlei Vorerfahrung. Aber schon damals war mir klar, dass sie ein Naturtalent war. Sie war unglaublich fotogen. Und das wusste sie einzusetzen. Ihre Interaktionen mit der Kamera waren immer natürlich. Und sie konnte sich unter Wasser mit großer Sicherheit bewegen. Das ist für viele Neulinge das größte Problem.«

»Inwiefern?«, fragte Wellmann.

»Die besten Posen bekommen Sie, wenn es so wirkt, als ob das Model im Wasser schwebt, also schwerelos wirkt. Das ist gar nicht so einfach, weil man durch den Auftrieb ständig nach oben gedrückt wird. Man muss gegenlenken und dabei aber so aussehen, als ob man inaktiv wäre. Gleichzeitig sollte man noch einen entspannten Gesichtsausdruck haben. Das ist eine hohe Kunst.«

Linda kämpfte dagegen an, mit den Augen zu rollen. Eine hohe Kunst? Sich einen Plastikfischschwanz anzuziehen und unter Wasser in eine Kamera zu blinzeln? Was war nur aus den jungen Frauen von heute geworden?

»Wie hat sich Sylvia Mayrs Karriere entwickelt?«, fragte Wellmann weiter.

»Sie hat ihre Fotos auf Instagram geteilt und rasch Follower aufgebaut. Ich habe ein Dutzend Shootings mit ihr gemacht. Wir waren auf Messen und Conventions. Sie hat drei internationale Wettbewerbe gewonnen.«

»Wettbewerbe?«, fragte Linda, der es schwerfiel, ihre Irritation zurückzuhalten.

»Ja, Mermaiding ist wie gesagt inzwischen eine große Nummer.«

»Hat sie viel Geld damit verdient?«

Er zuckte mit den Achseln. »Wie man es nimmt. Ein Youtuber, der einmal die Woche vor ein paar Millionen Viewern seine Lebensweisheiten von sich gibt, macht sicher mehr Kohle. Aber Sylvia hätte durchaus davon leben können. Das letzte Jahr über hatte sie einen Sponsor. Eine Kette von Fischrestaurants.«

Linda konnte sich ein Grinsen nicht verkneifen. »Ist das nicht ein bisschen so, wie wenn ein Hundefutterhersteller eine Geflügelshow bezuschusst?«

Weiß sah sie irritiert an.

»Vergessen Sie's« sagte sie. »Gab es Konkurrenzkämpfe in der Szene?«

»Sie meinen, ob ich einem der Mädchen zutrauen würde, Sylvia umzubringen?«

»Wenn Sie es so ausdrücken wollen.«

Er seufzte. »Natürlich gab es manchmal Spannungen zwischen den Models. Das ist der Nachteil von Wettbewerben. Alle wollen gewinnen, und manche können mit Niederlagen besser umgehen als andere.«

»Sylvia Mayr musste wohl seltener mit Niederlagen umgehen als ihre Konkurrentinnen?«

»Sie hat alle Wettbewerbe gewonnen, bei denen sie angetreten ist.«

»Haben Sie konkrete Auseinandersetzungen mit anderen Mermaids mitbekommen?«, fragte Wellmann.

Weiß seufzte wieder. »Hören Sie, ich glaube nicht, dass eines der Mädchen –«

Linda hob die Hand. »Uns geht es nicht darum, was Sie glauben. Gab es Streitigkeiten oder nicht?«

»Einmal gab es eine lautstarke Auseinandersetzung mit Ariana Marvic.«

»Kommt die hier aus der Gegend?«

Er nickte. »Ich kann Ihnen ihre Adresse geben, wenn Sie wollen«, sagte er.

Linda bat darum, und er ging in einen Nebenraum. Kurz darauf kam er mit einem Notizzettel zurück.

»Aber sagen Sie Ariana bitte nicht, dass Sie das von mir haben«, betonte er. »Ich will noch mit ihr arbeiten.«

»Das kann ich Ihnen nicht versprechen«, sagte Linda und steckte den Zettel ein.

»Haben Sie eigentlich chronische Erkrankungen? Allergien, Diabetes, Bluthochdruck, so was?«, fragte sie.

Er sah sie irritiert an. »Was hat das denn damit –«

»Haben Sie welche oder nicht?«

Er schüttelte den Kopf. »Bis auf eine leichte Gräserallergie bin ich gesund.«

»Nehmen Sie regelmäßig irgendwelche Medikamente?«

»Nein.«

Sie wandten sich zum Gehen.

»Einen Moment noch«, sagte der Fotograf.

Linda drehte sich um.

Er drückte ihr ein Kärtchen in die Hand. »Melden Sie sich doch mal bei mir«, sagte er. »Sie haben ein Gesicht, das perfekt zu einem Mermaid-Outfit passen würde.«

20

»Na, hat dich das Angebot in Versuchung geführt?«, fragte Wellmann.

Linda schnaubte. »Ich mach mich doch nicht zum Affen.«

»Eine Meerjungfrau und ein Affe sind zwei verschiedene Dinge.«

»Mich bringen keine zehn Pferde dazu, so einen Fischschwanz anzuziehen. Was ist denn das für ein Frauenbild? Sind wir wieder im Mittelalter angekommen, oder was?«

»Sylvia Mayr scheint Spaß daran gehabt zu haben. Und nach allem, was ich bisher über sie herausgefunden habe, hat sie so gar nicht altmodisch gewirkt.«

»Mag sein«, brummte Linda.

»Was für eine Laus ist dir denn über die Leber gelaufen?«

Sie schnaubte. »Ach, ich weiß auch nicht. Manchmal habe ich das Gefühl, dass mein Dasein nur aus Arbeit und Schlafen besteht. Die Pandemie ist zwar vorbei, aber mein Leben hat sich im Vergleich zum Lockdown kaum verändert.«

»Das Gefühl kenne ich. Mir hat der Sport geholfen. Und meine Kinder.«

»Tja, meine Fitness hat unter den Schokoladenmengen gelitten, die ich im Lockdown in mich reingestopft habe. Und an der Ehe- und Familienfront gibt es seit dem Fiasko mit Greiner auch nichts Erwähnenswertes. Ich mutiere immer mehr zu einer unzufriedenen Grantlerin. Und das will ich nicht.«

»Na, dann wäre so ein Fotoshooting doch gar keine schlechte Idee. Vielleicht würde es dich auf andere Gedanken bringen.«

»Mich zwängen keine zehn Seepferdchen in so einen Fischschwanz.«

Wellmann lachte, und Linda stimmte mit ein. Sie schlenderten in gemächlichem Tempo durch die Altstadt, überquerten den Rotbach, ließen den Traumpalast, das Biberacher Kino, links liegen und gingen durch die Martin-Luther-Straße direkt auf das Hauptgebäude der FH zu.

Als sie den Hauptbau betraten, schnappte Wellmann nach Luft. Im Glasvorbau herrschten Temperaturen, die er ansonsten nur aus der finnischen Sauna des Jordanbads kannte.

An der Pforte saß ein Mann, eingerahmt von zwei Ventilatoren, die ihm von rechts und links Luft unter die schweißfleckigen Achseln bliesen. Der Kommissar hielt ihm den Dienstausweis vor die Nase.

»Was kann ich für Sie tun?«, fragte der Pförtner.

»Wir ermitteln im Todesfall Sylvia Mayr«, sagte Wellmann. »Und wir würden gerne mit Ihren Kollegen oder Vorgesetzten sprechen.«

Der Mann kratzte sich die schweißglänzende Stirn. »Hm, ich glaube, die hat bei Frau Professor Weizengruber gearbeitet. Ich rufe sie schnell mal an.«

Er nahm den Hörer von dem stationären Telefon vor sich und wählte eine Nummer. Nachdem er geschildert hatte, dass zwei Polizeibeamte da seien und Fragen wegen Sylvia Mayr hätten, hörte er eine gute halbe Minute zu, dann nickte er und legte auf.

»Sie sollen bitte zu ihr ins Büro kommen. Erster Stock, Raum 126.« Er deutete auf eine Treppe. »Sie könnten auch den Aufzug nehmen, aber das ist bei diesen Temperaturen eher nicht zu empfehlen.«

Wellmann und Linda stiegen die Stufen hinauf und gelangten in einen langen, dunklen Gang. Ganz am Ende des Flurs stand eine der zahlreichen Türen offen. Eine hochgewachsene Gestalt wartete im Türrahmen auf sie.

Als sie sich näherten, erkannte der Kommissar, dass es sich um eine Frau handelte. Ihre mit grauen Strähnen durchzogenen Locken hatte sie streng nach hinten gebunden. Die Lippen waren fest aufeinandergepresst und dadurch noch bleicher als der Rest des kantigen Gesichts.

»Guten Tag«, sagte sie. »Mein Name ist Weizengruber. Ich bin die Leiterin des Instituts für Bodenanalysen und der Doktorvater von Sylvia Mayr.«

Wellmann erwiderte ihren Gruß und stellte sich und Linda vor. Er fragte sich insgeheim, ob es keine weibliche Entsprechung für den Begriff des Doktorvaters gab. Was wäre so verkehrt an »Doktormutter«?

»Es ist eine Tragödie«, sagte Weizengruber und nahm auf ihrem Bürostuhl Platz, während Wellmann und Linda sich auf bequeme Hocker setzten. »Sylvia war so eine vielversprechende junge Wissenschaftlerin.«

»Wie lange haben Sie mit ihr zusammengearbeitet?«, fragte Wellmann.

Sie stützte ihre Ellbogen auf den Tisch und legte ihre Fingerspitzen zusammen. »Sie hat im Herbst vor zwei Jahren ihre Promotionsstelle angetreten.«

»Hatte sie bei Ihnen den Master gemacht?«

»Nein, Sylvia hat in Tübingen studiert. Sie hatte bereits ihre Abschlussarbeit über Bodenanalysemethoden verfasst, und so lag es nahe, dass sie dazu auch promovierte.«

»Waren Sie per Du?«

Eine feine Röte schlich sich auf die Wangen der Professorin. »Nein, ich meine, wir sprechen uns im Institut mit Vornamen an, bleiben aber beim Sie. Weizengruber ist ein recht sperriger Name, den muss ich nicht gleich mehrfach am Tag hören.«

»Was war Sylvia Mayr für ein Mensch?«

Ein Lächeln huschte über das Gesicht der Professorin. »Sie war lebendig, intelligent, kreativ. Ihre Forschungsansätze waren erfrischend anders. Man merkte ihr an, dass sie von einem Bauernhof kam. Nein, nicht was Sie jetzt vielleicht denken, sie entsprach keinem bäuerischen oder plumpen Klischee. Sie ist mit Böden aufgewachsen, und wenn wir gemeinsam Analysen durchgeführt haben, konnte sie die Beschaffenheit der Erde oft schon daran erkennen, wie der Humus aussah und roch. Meine anderen Mitarbeiter haben sich da voll und ganz auf ihre Messinstrumente verlassen, aber Sylvia nutzte all ihre Sinne, ihre ganze Erfahrung für die Untersuchungen. Sie ist unersetzbar. Und zwar nicht nur als Wissenschaftlerin, sondern auch als Mensch.« Eine Träne blitzte im Augenwinkel der Professorin auf, die sie mit dem Handrücken beiseitewischte. »Aber warum fragen Sie mich das alles? Ich dachte, bei Sylvias Tod handelte es sich um einen tragischen Unfall.«

Wellmann wechselte einen raschen Blick mit Linda. »Wir gehen davon aus, dass Frau Mayr keines natürlichen Todes gestorben ist.«

Die Professorin schlug ihre langen Finger vor den Mund. »Sie wollen doch nicht sagen, dass sie ermordet wurde? Sylvia? Wer sollte ihr so etwas antun?«

»Das wollen wir herausfinden. Aber wir wissen noch gar nicht, ob sie ermordet wurde oder ob ihr Tod auf eine andere Art und Weise zustande kam. Hatten Sie auch privat Kontakt zu Sylvia Mayr?«

Wieder erschien diese feine Röte auf dem Gesicht der Professorin. Sie zögerte kurz, dann schüttelte sie den Kopf. »Wir waren viel im Umland unterwegs und haben Bodenanalysen gemacht. Aber es war nicht so, dass wir uns danach mal auf ein Bier getroffen oder über private Dinge gesprochen hätten.«

»Hatten Sie den Eindruck, dass Sylvia Mayr sich in letzter Zeit irgendwie verändert hat? Dass sie bedrückt war? Oder dass sie sich seltsam verhalten hat?«, fragte Linda.

»Nein, sie war so fröhlich und unbeschwert wie immer. Ihre gutachterliche Tätigkeit entwickelte sich sehr erfreulich, sie hatte mehrere Aufträge in der Region. Ich befürchtete schon, dass sie die Promotion aufgeben und sich gleich selbstständig machen würde. Das Zeug dazu hätte sie gehabt.«

»Worum ging es bei diesen Bodenanalysen?«, fragte Wellmann.

»Hauptsächlich um Kontaminationen mit allen erdenklichen Chemikalien. Der Schwerpunkt ihrer Tätigkeit lag auf

Gutachten im Zusammenhang mit der Erschließung von Bauland.«

»Ist es üblich, dass wissenschaftliche Mitarbeiter selbstständig tätig sind?«

Die Professorin zuckte mit den Achseln. »Warum nicht? Sylvia hatte eine halbe Stelle. Das Gehalt ist nicht gerade fürstlich. Ich hatte nichts dagegen einzuwenden, dass sie es sich mit einer Nebentätigkeit aufbessert. Im wirtschaftswissenschaftlichen Bereich ist so etwas gang und gäbe.«

»Können wir Frau Mayrs Büro sehen?«, fragte Linda.

»Natürlich«, erwiderte die Professorin. »Kommen Sie mit!«

Sie führte die beiden Ermittler hinaus auf den Flur und steuerte auf die gegenüberliegende Tür zu, neben der ein Schild hing, auf dem »Sylvia Mayr, Institut für Bodenanalysen« stand.

Sie zog einen Schlüsselbund aus der Tasche und sperrte die Tür auf. »Sie hatte ein großformatiges Foto von sich als Meerjungfrau an der Wand hängen und …« Die Professorin verstummte. Das Büro sah aus, als ob eine Bombe eingeschlagen hätte. Alle Schreibtischschubladen waren aufgerissen, überall lagen Papiere herum.

»Hm«, sagte Wellmann. »Das ist allerdings interessant.«

21

Korbinian war stinksauer. Diese verdammten Umweltterroristen hatten sein Auto demoliert. Den SUV, auf den er so lange gespart hatte, den er liebevoll mit allerhand Extras ausgestattet hatte und der in diesem ganzen Mist der letzten Jahre so etwas wie sein Rettungsanker gewesen war. Jetzt war die Frontscheibe kaputt, die Motorhaube eingedellt und der Fahrersitz mit grüner Farbe beschmiert, die sich wohl nie mehr aus dem Leder entfernen ließ.

Gut, er war gegen Vandalismus versichert und würde den Schaden ersetzt bekommen. Aber das tröstete ihn nicht. Und vor allem linderte es nicht seine unbändige Wut. Wenn er diesen Schmierfinken zu fassen bekam, konnte der sich auf eine saftige Schadensersatzklage einstellen.

Er saß an seinem Schreibtisch, den Blick auf die Liste mit den Teilnehmerinnen des Fotoshootings gerichtet. So ein Schwachsinn. Er hatte keinen Bock, alle durchzutelefonieren. Selbst wenn eine davon diesen Becher mitgenommen hätte, würde sie es leugnen. Und falls sie das Gefäß doch sicherstellen sollten, war es unwahrscheinlich, dass die KT daran noch irgendwelche verwertbaren Spuren finden würde.

Diese Anwältin! Sie hatte sich schon mehrfach in sein Bewusstsein gedrängt, und jedes Mal war es mit einer neuen Emotion verbunden gewesen: Wut, Ratlosigkeit, ja selbst ein leichtes Kribbeln in der Magengegend, das er sich gar nicht erklären konnte. Er musste sie zur Rede stellen. Sie würde wissen, wer den Anschlag auf sein Auto verübt hatte. Und sie würde ihm vermutlich noch viel mehr Auskünfte über die Farbbeutelattentate geben können. Nein, die Anrufe mussten warten.

Erst als er vor dem Haupteingang stand und auf die leere Fläche sah, auf der ansonsten sein SUV parkte, wurde ihm bewusst, dass er ein Problem hatte. Wie sollte er die drei Kilometer bis Rindenmoos zurücklegen?

Sollte er zu Fuß gehen? Er würde den ganzen Vormittag unterwegs sein. Da fiel ihm das alte Fahrrad seines Vaters ein. Ob das noch fahrtüchtig war? Er ging die kurze Strecke zum Haus seiner Mutter. Im Schuppen entdeckte er den Drahtesel hinter dem Rasenmäher an der Holzwand. Die Reifen waren platt, ansonsten wirkte der Rahmen recht stabil. Nach kurzer Suche fand Korbinian eine Luftpumpe, und gleich darauf waren beide Schläuche prall gefüllt. Er hielt inne und horchte, ob er irgendein Geräusch vernahm, doch alles war ruhig. Kein Pfeifen, kein Zischen. Die Gummis schienen dicht zu sein.

Er rollte das Rad ins Freie, stellte den Sattel höher und schwang sich darauf. Zunächst war es gar nicht so einfach, die Balance zu halten. Wann war er zuletzt Fahrrad gefahren? Wahrscheinlich zu Schulzeiten. Damals, als er noch keinen Führerschein gehabt hatte. Der Wind strich ihm durch die Haare, und seine Augen tränten ein wenig. Aber es fühlte sich erstaunlich gut an. Die Steigung an der Valenceallee bis hoch zum Friedhof war allerdings knackig. Das Rad seines Vaters hatte nur drei Gänge, und deren Übersetzung war nicht für längere Steilstücke ausgelegt.

Als er auf der Kuppe des Hügels bei der Gärtnerei der Heggbacher Einrichtungen ankam, war er nass geschwitzt. Na super, hätte er doch ein Deo eingepackt. Was sollte Frau Rimppach von ihm denken, wenn er so nass und stinkend bei ihr auftauchte wie zuletzt Wellmann in der Morgenbesprechung? Der Gedanke ärgerte ihn. Es war vollkommen egal, was die Anwältin dachte. Er würde ihr die Daumenschrauben anlegen und die Schlappe von gestern Abend wieder wettmachen.

Die Abfahrt nach Rindenmoos heiterte seine Stimmung weiter auf. Der Fahrtwind erfrischte ihn und trocknete seine feuchten Klamotten. Er musste gar nicht treten, das Gefährt rollte einfach so den Radweg hinab und in das Dorf hinein.

Mit Schwung bog er in die Hofeinfahrt ein und bremste auf dem losen Kies vor dem Austragshäuschen, in dem die Anwältin wohnte. Das wäre beinahe schiefgegangen, weil ihm das Hinterrad wegrutschte. Er konnte sich gerade noch abfangen und einen Sturz verhindern.

Korbinian lehnte das Rad an den Gartenzaun und suchte vergebens nach einem Schloss. Er sah sich um. Niemand war zu sehen. Die Wahrscheinlichkeit, dass ihm ausgerechnet in einem verschlafenen Kaff wie Rindenmoos das Fahrrad gestohlen wurde, war wohl äußerst gering.

Er ging zur Tür und klopfte. Kein Laut drang aus dem Inneren des Hauses zu ihm. Vermutlich schlief sie noch. Er pochte erneut gegen das rissige Holz.

Schließlich hörte er ein Poltern, das Schlagen einer Tür und Schritte. Zufrieden grinsend stellte er sich darauf ein, das verschlafene Gesicht der Anwältin vor sich zu sehen und sie ebenso auf dem kalten Fuß zu erwischen, wie es ihr gestern Abend bei ihm gelungen war. Doch anstelle einer bleichen rothaarigen Frau mit grünen Augen erschien der verwuschelte Kopf eines bärtigen Mannes im Türspalt.

»Ja, was gibt's?«, fragte der Kerl und gähnte.

Korbinian war fassungslos. Er kannte den Typen. Es war der Liedermacher mit der knödeligen Stimme, der extra aus Buchloe zur offenen Bühne im Abdera angereist war.

»Äh, ich würde gerne Frau Rimppach sprechen«, sagte Korbinian.

»Frau wer?«

»Leni Rimppach, die Bewohnerin dieses Hauses.«

Was um Himmels willen war hier los?

»Ah, so heißt die also. Die liebe Leni oder wie auch immer ist noch im Bett. Es wurde gestern Abend etwas spät.«

Ein anzügliches Grinsen erschien auf dem Gesicht des Liedermachers, und Korbinians Irritation verwandelte sich in heiße Wut. Er nahm seinen Ausweis aus der Tasche und hielt ihn dem Kerl unter die Nase.

»So, jetzt sagen Sie mal der lieben Leni, dass sie sich aus dem Bett bequemen soll. Ich habe ihr nämlich einige Fragen zu stellen. Und es ist mir egal, ob es gestern Abend spät geworden ist und was immer Sie getrieben haben.«

Die Augen des Mannes weiteten sich vor Schreck. Er zog den Kopf zurück und ließ die Tür einfach offen stehen. Korbinian hörte seine nackten Füße über die Fliesen huschen, und kurz darauf waren hektische Stimmen zu vernehmen. Schließlich erschien die Anwältin in einen Kimono gewickelt an der Tür.

»Ah, der Herr Polizist«, sagte sie und gähnte herzhaft. »So früh schon auf?«

»Lassen Sie die Spielchen«, sagte Korbinian. »Ich will mit Ihnen über gestern Abend reden.«

»Hat das nicht Zeit?«, fragte sie.

»Nein!«

Sie nickte. »Na gut, dann kommen Sie mal mit rein. Aber ich muss Sie warnen. Aufgeräumt habe ich nicht.«

Sie führte ihn in eine Wohnküche, die deutlich weniger schlimm aussah, als Korbinian es sich eben ausgemalt hatte.

Er nahm am Esstisch Platz, während sie den Wasserkocher anschaltete.

Draußen auf dem Gang war Gerumpel zu hören.

»Ich hau dann ab«, sagte der Liedermacher, der durch die Küchentür hereinlugte.

»Alles klar«, erwiderte Frau Rimppach, ohne von der Teebox aufzublicken, die sie gerade durchforstete.

»Kennen Sie sich näher?«, fragte Korbinian.

»Ich weiß nicht, ob man einen One-Night-Stand als nähere Bekanntschaft definieren kann.«

Er spürte, wie ihm die Röte ins Gesicht schoss. »Ich dachte nur, dass Sie sich vielleicht aus der Szene –«

Sie winkte ab. »Es gibt keine Szene im engeren Sinn. Zur offenen Bühne kommt, wer Lust darauf hat. Und manchmal melden sich eben auch Leute von weiter weg an. That's all.«

Sie goss kochendes Wasser in eine Tasse und hängte einen Aufgussbeutel hinein. Dann setzte sie sich ihm gegenüber an den Tisch.

»Sie wollten über gestern Abend reden. Also, wie hat Ihnen mein Auftritt gefallen?«

»Gut«, sagte Korbinian, »aber darüber will ich nicht sprechen.«

»Schade, ich fand nämlich auch, dass ich gestern gut in Form war.«

»Ich will wissen, wer mein Auto demoliert hat.«

Sie zuckte mit den Achseln. »Wenn ich es wüsste, würde ich es Ihnen sagen. Aber ich habe keine Ahnung.«

Er starrte sie an. »Das glaube ich Ihnen nicht«, sagte er.

»Würde ich Sie anlügen?«

»Ja, das würden Sie.«

»Sie haben aber eine schlechte Meinung von mir. Womit habe ich mir das verdient?«

»Lenken Sie nicht ab. Ich will Antworten. Sie sind in der Umweltschützerszene doch bestens vernetzt. Wer könnte hinter den Anschlägen stecken?«

Sie nahm einen Schluck aus der Teetasse und setzte sie dann langsam wieder ab.

»Ich weiß es nicht«, wiederholte sie.

Korbinian seufzte. »Sie haben doch sicher eine Mitgliederliste Ihres Vereins.«

»Natürlich habe ich die.«

»Dann geben Sie mir bitte eine Kopie davon. Ich werde jedes einzelne Mitglied abklappern, bis ich eine Antwort auf meine Fragen bekomme.«

Sie sah ihn an, und er war sich sicher, dass sie seine Aufforderung mit dem Hinweis auf irgendeine Datenschutzverordnung ablehnen würde. Doch sie erhob sich, verließ die Küche und kam nach ein paar Minuten mit einem DIN-A4-Blatt wieder.

»Na, dann viel Vergnügen beim Abklappern«, sagte sie. »Ich

muss jetzt dringend unter die Dusche. Für meinen Geschmack rieche ich noch zu sehr nach Liedermacher.«

Sie begleitete ihn zur Tür.

»Das mit Ihrem Auto tut mir leid«, sagte sie zum Abschied.

»Für Sie. Nicht für Ihre Dreckschleuder.«

Nachdem sie die Tür geschlossen hatte, blieb Korbinian noch eine Zeit lang stehen. Was für eine seltsame Frau!

Er ging zum Gartenzaun und wollte sich auf sein Fahrrad setzen. Doch es war verschwunden.

22

Wellmann biss genüsslich in die Butterbrezel, die er sich beim Bäcker nebenan geholt hatte. Die Kombination aus cremigem Fett und krossem Laugengebäck liebte er seit seiner Kindheit.

»Sollen wir ohne Korbinian anfangen?«, fragte Linda.

Er schüttelte den Kopf. »Er hat mir geschrieben, dass er gleich kommt. Offenbar ist er zu Fuß unterwegs.«

Der Kommissar unterdrückte ein Grinsen. Der Kollege wirkte zwar fit und durchtrainiert, aber eher aufgrund von exzessivem Krafttraining. Mit seiner Kondition war es nicht weit her, Wellmann hatte ihn noch nie eine längere Strecke in flotterem Tempo laufen sehen.

Die Tür öffnete sich, und Korbinian trat ein. Er atmete schwer, und seine schweißglänzende Stirn war ebenso wie Gesicht und Nacken knallrot.

»Bist du im Solarium eingeschlafen?«, fragte Linda.

»Sag mir lieber, ob es schon Hinweise auf die Schweine gibt, die mein Auto demoliert haben«, entgegnete er.

Wellmann verneinte.

»Leider nicht. Aber die Kollegen vom Dezernat 3 arbeiten mit Hochdruck daran. Die sind schon den ganzen Vormittag damit beschäftigt, die Teilnehmer dieser offenen Bühne in die Mangel zu nehmen.«

Korbinian schnaubte. Er ging zur Kaffeemaschine, schenkte sich eine Tasse ein und setzte sich an seinen üblichen Platz. Sekunden später drang eine Duftmischung aus Schweiß und Kaffeeduft in Wellmanns Nase.

»Ich war bei dieser Leni Rimppach«, sagte Korbinian, nachdem er einen tiefen Schluck genommen hatte.

Wellmanns Stirn legte sich in Falten.

»Hatten wir nicht darüber gesprochen, dass du das lassen sollst, weil du selbst ein Geschädigter bist?«

Der Kollege verschränkte die Arme vor der Brust und erwiderte in trotzigem Ton: »Ich kann das gut trennen.«

Der Kommissar spürte, wie der Ärger in ihm aufwallte, bemühte sich jedoch, sich unter Kontrolle zu halten.

»Es geht nicht darum, ob du das trennen kannst, sondern darum, dass der Staatsanwalt nicht glücklich darüber sein wird, wenn es zu einem Prozess gegen diese Naturschützer kommt und einer der Ermittler in einem persönlichen Interessenskonflikt steckt.«

»Ihr wart mit anderen Dingen beschäftigt.«

»Ich hätte das übernommen«, sagte Wellmann. »Aber ich vermute eher, dass du dir von dieser Anwältin deine offene Rechnung begleichen lassen wolltest. Oder etwa nicht?«

Korbinians Kiefer mahlten.

»Wie auch immer«, schaltete Linda sich ein. »Das Kind ist schon in den Brunnen gefallen. Hast du denn irgendetwas herausfinden können?«

Korbinian legte ein zusammengefaltetes Blatt Papier auf den Tisch und schob es zu Wellmann hinüber.

»Eine Mitgliederliste des Vogelschutzvereins. Wir sollten jeden einzeln befragen«, schlug Korbinian vor. Seine Stimme zitterte leicht. »Insbesondere wo sie zur Tatzeit am Freitagmorgen und gestern Abend waren.«

»Du nimmst also an, dass derselbe Täter für den Anschlag auf den Notarzt und auf deinen Wagen verantwortlich war?«

»Natürlich. Das ist doch klar. Da ist einer dieser Bombenleger vollkommen durchgedreht. Und jetzt fordert er uns als Polizei heraus.«

»Woher sollte dieser Attentäter gewusst haben, dass du ein Polizist bist?«, fragte Wellmann.

»Das hat sich im Abdera sicher rasch herumgesprochen, als ich da mit Frau Rimppach aufgetaucht bin. Da waren auch einige Vereinsmitglieder, mit einem habe ich mich sogar unterhalten.«

»Die Kollegen vom Dezernat 3 überprüfen doch schon alle, die an diesem Abend anwesend waren«, sagte Linda.

Korbinian schnaubte. »Und was, wenn die sich gegenseitig ein Alibi geben? Oder wenn die jemanden mit dem Anschlag auf mein Auto beauftragt haben, der nicht im Abdera war? Wir müssen Druck aufbauen.«

Wellmann lehnte sich zurück.

»Okay. Da wir nichts anderes vorzuweisen haben, stimme ich dir zu. Die Spur mit den Vogelschützern ist die beste, die wir aktuell haben. Insofern bin ich auch dafür, dass wir unsere Aufmerksamkeit der Mitgliederliste widmen und uns alle vorknöpfen, die darauf stehen.«

Linda meldete sich. »Heißt das, dass wir die Ermittlungen im Fall Sylvia Mayr ruhen lassen sollen?«

Wellmann seufzte. »Natürlich nicht. Wir sind zu dritt und haben zwei komplexe Fälle zu bearbeiten.«

»Kein Problem«, sagte Korbinian. »Ich telefoniere diese Liste gerne ab.«

Wellmann sah ihn einige Augenblicke prüfend an. Dann schüttelte er den Kopf. »Nein, um diese Vogelschützer kümmere ich mich.«

Korbinians Augen wurden eng. »Warum?«

»Weil ich nicht will, dass deine Verstrickung in diese Sache uns den Fall sprengt.«

Korbinian verschränkte die Arme vor der Brust. »Als du damals diese Journalistin gebumst hast, hast du dich auch nicht um eine Verstrickung gekümmert.«

Wellmann biss die Zähne so fest zusammen, dass sein Kiefergelenk knackste. Linda warf ihm einen besorgten Blick zu, doch ihre Warnung war nicht nötig. Er hatte sich im Griff.

»Dann sieh es so, dass ich dich vor einem derartigen Fehler gerne bewahren will«, knurrte er. »Es bleibt dabei. Ich kümmere mich ab jetzt um die Vogelschützer, und du wirst Linda bei der anderen Meerjungfrau unterstützen.«

Lindas Miene wechselte von alarmiert zu genervt. »Ich kann die Befragung auch alleine durchführen«, sagte sie rasch. »Dann kann Korbinian weiter nach dem Becher suchen.«

»Richtig«, sagte Wellmann. »Wie steht es denn damit?«

Korbinian schnaubte.

»Ich habe mich um wichtigere Dinge gekümmert.«

Wellmann atmete tief durch. »Es mag dir nicht passen, aber solange Martin nicht wieder im Dienst ist, entscheide ich, was wichtig ist. Du wirst dich jetzt auf deinen Hintern setzen und anfangen, die Liste durchzutelefonieren.«

Korbinian runzelte die Stirn. Wellmann hielt kurz den Atem an. Würde es zur Eskalation kommen?

»Ich habe eine andere Idee«, sagte Korbinian.

Wellmann war überrascht und erleichtert zugleich. Er nickte ihm auffordernd zu.

»Ein guter Freund von mir arbeitet beim Radio. Ich könnte ihn bitten, dass er einen Aufruf sendet, in dem jeder, der etwas von dem Becher weiß, aufgefordert wird, sich bei uns zu melden. Das machen die sicher gerne. Sylvia Mayrs Tod ist nach wie vor ein großes Ding in den sozialen Netzwerken. Ihr letzter Instagram-Post wurde schon über hunderttausend Mal kommentiert. Beileidsbekundungen, Herzchen, Verschwörungstheorien, das ganze Programm. Lass es uns versuchen, und wenn der Aufruf im Radio sich als eine Niete herausstellen sollte, kann ich die Liste immer noch durchtelefonieren.«

Der Kommissar ließ sich Korbinians Vorschlag durch den Kopf gehen. Das würde dem Kollegen einiges an Arbeit ersparen, auch wenn der Nutzen eines solchen Aufrufs zweifelhaft war. Schließlich nickte er.

»Okay, dann begleitest du aber bitte Linda.«

Er ignorierte das Augenrollen seiner Kollegin ebenso wie das zufriedene Grinsen auf Korbinians Gesicht.

»Bevor ihr aufbrecht: Die KT hat das Handy von Sylvia Mayr ausgewertet.«

»Das ging aber flott«, sagte Linda. »Wie ist es ihnen gelungen, den Sperrcode zu umgehen?«

»Die Zahlenkombination eins, zwei, drei, vier ist einfach zu knacken.«

»Echt jetzt? Eins, zwei, drei, vier?«

Korbinian lachte schallend.

»Können wir uns bitte auf den Fall konzentrieren?«, bat Linda.

»Also, Sylvias Ex-Freund hat es etwas übertrieben mit seinen Nachrichten. Jedenfalls hat Sylvia Mayr ihn in allen Messenger-Diensten gesperrt.«

»Er hat sie gestalkt?«, fragte Linda.

Korbinian schnaubte. »Nicht jedes unglückliche Verliebtsein ist Stalking.«

»Wenn er ihr klares ›Nein‹ missachtet hat, kann man das sehr wohl als Stalking bezeichnen. Aber was wissen wir über Sylvias Beziehungsstatus? Was hat es mit diesen Männerklamotten in ihrem Schrank auf sich?«

»Guter Punkt«, sagte Wellmann. »Wir haben SMS gefunden, die mit einem Nutzer namens ›Aquaman‹ ausgetauscht wurden. Die beiden schrieben sich gegenseitig wegen Treffen in Sylvias Wohnung an. Und sie begann einige Nachrichten mit der Anrede ›Schöner Mann‹.«

»Können wir diesen ›Aquaman‹ anhand seiner Nummer identifizieren?«, fragte Korbinian.

»Leider nicht. Es handelt sich um ein nicht registriertes Prepaidhandy.«

»Mit wem hat sie noch korrespondiert?«, fragte Linda.

»Wir haben Nachrichten von ihrer Mutter, ihrem Bruder und einer gewissen ›Poca loca‹ gefunden.«

»Poca loca?«, fragte Linda. »Ich kenne nur das Poco Loco, den Mexikaner in Biberach. Worum ging es dabei?«

»Die Texte klingen irgendwie kryptisch«, sagte Wellmann und las vor: »›Bez. Projekt Tanga. Keine Alleingänge. Heikel genug.‹ Das schrieb Sylvia Mayr am vergangenen Montag an Poca loca, und diese oder dieser antwortete: ›Wer nicht wagt, der nicht gewinnt.‹«

Linda streckte die Hand aus. »Ich mache das.«

Er reichte ihr die Ausdrucke.

»Dieses ›Projekt Tanga‹«, sagte er. »Haben wir dazu irgendetwas in Sylvias Notizen gefunden? Ich kann mich erinnern,
dass sie das auf einen Klebezettel geschrieben hatte, der auf
ihrem Schreibtisch lag. Aber wissen wir mehr davon?«

Linda schüttelte den Kopf. »Ich gehe mal den ganzen
Schriftwechsel durch. Vielleicht wollten die beiden sich aber
auch nur über unbequeme Unterwäsche austauschen.«

23

Linda sah an der Fassade des Wohnblocks hoch. Der Anblick deprimierte sie. Der ursprünglich weiße, nun aber gelblich verfärbte Putz bröckelte an einigen Stellen ab und legte den nackten Beton frei. Selbst die Balkone waren daraus gefertigt und wirkten wenig einladend in ihrer Grauheit.

»Na, das Gebäude hat eindeutig bessere Zeiten gesehen«, sagte Korbinian.

»Da hat es mit dir ja was gemeinsam«, brummte Linda.

Sie schätzte, dass mehr als zwanzig Parteien in diesem Haus wohnten. Ob sich auch nur einer der Bewohner hier wohlfühlte? Sie selbst hatte Glück gehabt, hatte schon vor Jahren eine hübsche kleine Wohnung in einem Haus mit vier Einheiten am Stadtrand von Biberach gefunden und sich dort gemütlich eingerichtet. Gleich dahinter erstreckten sich Felder, und zum Burrenwald war es auch nicht weit. Wie anders war diese Siedlung hier, die wahrscheinlich in den siebziger Jahren an den Randgebieten von Laupheim entstanden war. Die Hochhäuser wirkten ebenso steril wie die schnurgeraden Straßen und die geometrisch durchgeplante Bepflanzung.

Sie riss sich von ihren Gedanken los und sah sich die Namen der Bewohner an. In der zweiten Reihe von oben wurde sie fündig. Sie drückte auf den Knopf neben »A. Marvic« und wartete.

Ein paar Sekunden später hörte sie ein Rauschen und abgehackte Laute, die sie als »Ja, bitte?« interpretierte.

»Mein Name ist Linda Keller«, sagte sie, in der Hoffnung, dass die Gegensprechanlage aus ihren Worten nicht denselben Lautsalat machte. »Ich arbeite bei der Kriminalpolizei in Biberach und würde gerne mit Ihnen sprechen.«

Gespannt wartete sie auf die Reaktion. Sie hatte schon alles erlebt, von wüsten Beschimpfungen bis hin zu tränenreichen

Unschuldsbeteuerungen. Frau Marvic aber betätigte einfach den Öffner.

Linda drückte die Tür auf und trat in den Flur, gefolgt von Korbinian. Der unverwechselbare Geruch, eine Mischung aus kaltem Zigarettenrauch, Putzmittel und Urin, der so viele Mietskasernen erfüllte, stieg ihr in die Nase. Kindheitserinnerungen wurden wach. Auch sie war in einem Gebäude wie diesem aufgewachsen und froh, dem entkommen zu sein.

Sie nahmen den Aufzug in den vierten Stock, und als sie sich orientieren wollten, öffnete sich bereits eine Tür. Eine junge Frau, deren Gesicht von einer gewaltigen Mähne goldbrauner Locken eingerahmt war, musterte sie eingehend.

»Frau Marvic?«

»Ja. Was kann ich für Sie tun?«

»Mein Name ist Linda Keller, und das ist mein Kollege Korbinian Mächle. Dürfen wir reinkommen? Was wir zu besprechen haben, würde ich ungern auf dem Gang ausbreiten.«

Die Frau trat zur Seite und bat die beiden in ihre Wohnung. Der enge und dunkle Flur führte auf eine hell erleuchtete Wand zu, an der ein großformatiges Foto hing. Es zeigte die Bewohnerin im Meerjungfrauenkostüm bei einem Shooting. Ihre Lockenpracht war auch unter Wasser beeindruckend. Die Haare glänzten und funkelten, als ob sie mit Gold überzogen worden wären. Allerdings sah Linda auf den ersten Blick, dass Frau Marvic deutlich weniger fotogen war als Sylvia Mayr. Ihre Pose wirkte ein bisschen gekünstelt und der Gesichtsausdruck nicht vollkommen entspannt.

»Schönes Foto«, sagte Korbinian.

»Danke«, erwiderte sie. Auf ihren Lippen erschien ein Lächeln. »Wollen Sie einen Tee? Kaffee habe ich leider nicht.«

Linda und Korbinian lehnten dankend ab. Frau Marvic führte sie in die Küche und bot ihnen die beiden Stühle an, die unter einen schmalen Tisch geschoben waren. Sie selbst setzte sich auf den Rand der Arbeitsfläche.

»Also, worum geht es?«, fragte sie.

»Wir ermitteln im Todesfall Sylvia Mayr.«

Frau Marvic kniff die Lippen zusammen. »Ah, daher weht der Wind«, murmelte sie.

Linda legte den Kopf schief. »Welcher Wind?«, fragte sie.

»Sie haben von der kleinen Meinungsverschiedenheit erfahren, die Sylvia und ich bei dem Shooting in Neu-Ulm hatten, und jetzt glauben Sie, ich hätte etwas mit ihrem Tod zu tun.«

»Ich glaube erst einmal gar nichts. Wir versuchen nur, ein Bild von Sylvia Mayr zu bekommen. Und da ist eben auch die Szene wichtig, in der sie sich bewegt hat.«

Frau Marvic stieß ein freudloses Lachen aus. »Szene. Das klingt, als ob wir Drogen verticken würden. Ich bevorzuge Community.«

»Dann eben Community, wenn Ihnen das besser gefällt«, sagte Linda. »Aber fangen wir doch gleich einmal mit dieser Meinungsverschiedenheit an, die Sie erwähnt haben. Worum ging es da?«

Frau Marvic fuhr sich durch die Locken und schob sich eine besonders widerspenstige Strähne hinters Ohr. »Ums Licht«, sagte sie.

»Ums Licht?«

»Ja, genau. Es war ein professionelles Shooting. Wir beide hatten Fabian Weiß für jeweils eine Stunde gebucht. Ich war zuerst eingeplant. Morgens fallen die Sonnenstrahlen noch relativ flach ein, das gibt schöne Effekte im Wasser, und dadurch kommt mein Haar besonders gut zur Geltung.«

Linda rief sich das Bild im Flur in Erinnerung.

»Als ich an dem Morgen ankam, war Sylvia aber schon dabei zu shooten. Sie hatte mir einfach den Slot weggenommen.«

»Den was?«

»Den gebuchten Zeitraum. Das war ärgerlich, denn als ich endlich dran war, waren die Lichtverhältnisse viel ungünstiger.«

»Wie hat Frau Mayr das begründet?«, fragte Korbinian.

»Sie hat Fabian die Schuld gegeben. Hat gesagt, dass er

unbedingt anfangen wollte. Aber das habe ich ihr nicht abgenommen. Sie wollte etwas von dem tollen Licht haben. Dabei hat sie immer super Fotos geshootet. Die hätte auch bei Dunkelheit eine gute Figur abgegeben.«

Korbinian verschränkte die Arme vor der Brust und lehnte sich zurück. »Höre ich da ein wenig Neid heraus?«

Frau Marvic schnaubte. »Ich bin kein neidischer Mensch. Und sonst bin ich mit Sylvia auch gut zurechtgekommen. Sie war ein absoluter Profi in allem, was sie gemacht hat. Ihr ist es zu verdanken, dass unsere Community inzwischen so riesig geworden ist. Das ist super, es gibt viel mehr Shootings als früher und viel mehr Aufmerksamkeit bei Instagram und so. Das ist zum großen Teil ihr Verdienst.«

»Wie sind Sie denn in die Community gekommen?«, fragte Linda.

Frau Marvic schob sich erneut eine wilde Strähne aus dem Gesicht. »Ich habe mich schon als kleines Mädchen für das Meer begeistert. Meine Familie kommt aus Kroatien. Wir sind vor dem Krieg nach Deutschland geflohen, und Sie können sich gar nicht vorstellen, wie sehr ich die Adria vermisse. Vor drei Jahren habe ich bei Instagram ein Bild von Sylvia gesehen, und da wusste ich, dass ich das auch machen will. Sozusagen als Rückkehr zu meinen Wurzeln.«

»Und wie haben Sie dann angefangen? Wo haben Sie das Kostüm herbekommen?«

»Ich habe eine Mermaid-School besucht. Das war eine Veranstaltung in Stuttgart, bei der man verschiedene Flossen anprobieren und das Schwimmen üben konnte. Und das hat meine Begeisterung nur noch weiter entfacht. Danach habe ich auf mein erstes Outfit gespart. Und auf die Shootings, die sind ziemlich teuer.«

»Verdienen Sie Geld mit Ihren Fotos?«, fragte Korbinian.

Frau Marvic lachte. »Das wäre ein Traum. Nein, ich bin Personalsachbearbeiterin am Fliegerhorst. Das ist alles mein Freizeitvergnügen. Relativ kostspielig.«

»Wenn Sie genügend Geld damit verdienen könnten, würden Sie es dann hauptberuflich machen?«, fragte Linda.

Es dauerte einige Sekunden, bis Frau Marvic den Kopf schüttelte. »Ich glaube, das wäre mir zu stressig. Schwimmen und Shooten, das macht Spaß. Aber wenn man in einer Liga mit Sylvia spielen will, muss man viel Marketing betreiben, Sponsoren suchen, auf Events präsent sein. Das ist nicht so mein Ding.«

»Was bedeutet Frau Mayrs Tod für die Community?«

»Einen herben Schlag. Wir haben mit einem Mal unser populärstes Gesicht verloren. Es ist ein bisschen, wie wenn der wichtigste Fußballer einer Mannschaft stirbt. Ich habe keine Ahnung, wie es weitergehen wird. Haben Sie sich schon mal Sylvias Instagram-Profil angeschaut?«

Korbinian nickte und sagte: »Zehntausende von Beileidsnachrichten in zwei Tagen. Viele Fans, vor allem die jüngeren, sind total fertig.«

Linda musste an Wellmanns Tochter denken. »Gibt es denn jemanden in Ihrer Community, der von Frau Mayrs Tod profitiert haben könnte?«

Frau Marvic zog ihre Nase kraus. »Das kann ich mir nicht vorstellen. Klar, es gab schon Konkurrenzkampf, vor allem bei Wettbewerben. Aber dass deswegen jemand auf die Idee kommen könnte, Sylvia zu töten? Nein, das glaube ich nicht.«

»Dann habe ich noch eine Frage. Reine Routine. Wo waren Sie am vergangenen Donnerstagvormittag zwischen acht Uhr und zwölf Uhr?«

»Bei einem Shooting in Bad Wörishofen. Mein Slot war von neun bis zehn Uhr. Wenn Sie wollen, kann ich Ihnen die Anschrift der Fotografin geben.«

Linda nahm den Zettel entgegen, auf den sie die Adresse notiert hatte, und verabschiedete sich von Frau Marvic.

An der Tür rief diese ihr nach: »Probieren Sie es doch auch einmal aus, Sie sind fotogen!«

Linda schluckte. Wie kamen diese Leute nur auf die Idee?

Draußen im Auto sagte Korbinian: »So fotogen wie diese Frau Marvic bist du nicht.«

Linda ärgerte sich weniger darüber als vielmehr über die Tatsache, dass er das Thema überhaupt angesprochen hatte. »Ich habe auch gar nicht vor, mich fotografieren zu lassen.«

»Warum nicht?«

»Weil ich keine Lust habe, den Blickfang für irgendwelche Lustmolche abzugeben. Ich habe doch genau gesehen, wie du vorhin das Bild angeglotzt hast.«

Er nickte. »Ja. Weil es ein schönes Foto ist. Und weil diese Frau Marvic mit sich im Reinen zu sein scheint. Sie sieht glücklich aus.«

»Glücklich? Das habe ich nicht gesehen.«

Korbinian zuckte mit den Achseln. »Vielleicht weil du nicht weißt, was das bedeutet.«

Sie brummte etwas vor sich hin, startete den Motor und schaltete das Radio ein, um die Konversation abzuwürgen. Ein leicht manisch klingender Moderator kündigte einen aktuellen Superhit an.

»Zuvor aber noch eine Ansage: Die Polizei bittet um Ihre Mitarbeit. Am vergangenen Donnerstag verstarb Sylvia Mayr, ein bekanntes Fotomodel, im Parkbad in Laupheim. Im Zuge der Ermittlungen sucht die Kripo Biberach nach einem Becher der Toten mit dem Aufdruck ›Die schöne Lau‹. Wer etwas über den Verbleib des Bechers weiß, möge sich bitte bei der Kripo melden, die Telefonnummer finden Sie auf unserer Newsseite.«

24

Wellmann lehnte sich auf seinem Stuhl zurück und schloss die Augen. Er hatte keinen blassen Schimmer, wie er Sinn in die Vorgänge im Parkbad oder die Farbbeutelattentate bringen sollte. Immer wieder versuchte er, die vielen Details, auf die sie bei ihren bisherigen Ermittlungen gestoßen waren, in seinem Kopf zu ordnen, aber die einzelnen Puzzleteile weigerten sich, sich zu einem schlüssigen Bild zusammenzufügen. Das Telefon läutete.

»Da ischt eine Frau mit ihrer Tochter«, sagte der Beamte von der Pforte. »Die wollet die Mordkommission wegen der Sylvia Mayr spreche.«

Wellmann verkniff sich ein Grinsen. Die Leute redeten immer von der Mordkommission. Dabei gab es die in Biberach gar nicht, sondern Dezernate. Und seines hatte mit allen Arten von Verbrechen gegen Leib und Leben zu tun, nicht nur mit Tötungen. Ansonsten hätten sie in dem beschaulichen Städtchen mit seiner niedrigen Mordrate eine ganz ruhige Kugel schieben können.

»Ich hole sie ab«, sagte er und legte auf.

Im Flur stand die Hitze. Es war noch recht früh am Vormittag, aber die Temperaturen draußen mussten die Dreißig-Grad-Marke bereits geknackt haben. Wellmann wischte sich den Schweiß von der Stirn und ging in Richtung Pforte. Er sah die Frau schon von Weitem. Auf ihrem geröteten Gesicht klebten hellblonde Haarsträhnen. Sie redete auf ein Mädchen in Lisas Alter ein, das mit hängenden Schultern neben ihr kauerte und gegen die Tränen ankämpfte, die in ihren Augenwinkeln glänzten. In der Hand hielt sie eine Plastiktüte.

Wellmann trat auf die beiden zu. »Sie möchten mit den ermittelnden Beamten im Fall Sylvia Mayr sprechen?«

Die Frau nickte eifrig. »Na endlich kommt jemand«, sagte

sie in vorwurfsvollem Ton. »Hören Sie, ich bin komplett unschuldig, ich habe nichts mit der Sache zu tun. Meine Tochter —«

Wellmann hob beide Hände. »Das hier ist nicht der beste Ort, um so etwas zu besprechen, meinen Sie nicht? Folgen Sie mir bitte!«

Er schenkte der schluchzenden Tochter ein kleines Lächeln und führte die beiden in einen der Vernehmungsräume am Ende des Flurs, in dem auch sein Büro lag. Er bat sie, Platz zu nehmen, setzte sich ihnen gegenüber und startete das Aufnahmegerät.

»Ich werde zunächst Ihre Personalien aufnehmen«, sagte er. Die Mutter schob ihm unaufgefordert sofort ihren Personalausweis und den Kinderausweis ihrer Tochter über den Tisch.

»Du bist also die Lisa Müller«, sagte er zu dem Mädchen. »Meine Tochter heißt auch Lisa.«

Er las den Namen, das Geburtsdatum und die Adresse des Mädchens vor und wiederholte die Prozedur mit den Ausweisdaten der Mutter. Dann schob er die Dokumente wieder über den Tisch.

»Nachdem die Formalitäten nun geklärt sind: Was kann ich für Sie tun?«

Frau Müller riss ihrer Tochter die Tüte aus der Hand und stellte sie auf den Tisch. »Ich habe im Radio gehört, dass Sie das hier suchen«, sagte sie.

Wellmann drehte sich um und entnahm einem in der Ecke stehenden Regal zwei Latexhandschuhe. Er streifte sie über, ergriff die Tüte und holte einen lindgrünen Kaffeebecher heraus, auf dem in verschnörkelter dunkelgrüner Schrift die Worte »Die schöne Lau« zu lesen waren. Darunter war in derselben Farbe die Silhouette einer Meerjungfrau aufgedruckt.

»Wo haben Sie den Becher her?«, fragte er, obwohl er die Antwort schon kannte.

»Den hat meine Tochter mitgehen lassen. Bei den Fotoaufnahmen im Parkbad am Donnerstag letzte Woche.«

Das Mädchen weinte leise, es hielt den Kopf gesenkt.

»Schön, dass Sie uns die Tasse bringen. Da ersparen Sie uns eine Menge Arbeit. Wir hätten sonst alle Teilnehmerinnen befragen müssen«, sagte er in betont lockerem Ton, um Lisa nicht das Gefühl zu geben, dass sie hier am Pranger stand. Er wandte sich nun direkt an das Mädchen.

»Wo hast du den Becher gefunden?«

Sie hob den Kopf und zog die Nase hoch, was die Mutter mit einem missbilligenden Schnauben kommentierte.

»Auf der Bank. Neben den Sachen von Sylvia. Ich … ich hab nicht nachgedacht.«

Frau Müller grunzte.

»Das kannst du laut sagen«, knurrte sie. »Schau, in was für eine Situation du uns gebracht hast. Ich hatte mir ja allerhand vorgestellt, was in der Pubertät auf mich zukommen würde, aber bei der Polizei zu sitzen und dein Diebesgut zurückzugeben, das ist die Krönung. Du kannst froh sein, wenn du deswegen nicht ins Gefängnis musst.«

Wellmann hob die Hände.

»Langsam, langsam«, sagte er. »So weit sind wir doch noch gar nicht. Ob ich wegen Unterschlagung von Beweismitteln Anzeige gegen Sie beziehungsweise Ihre Tochter erstatte, hängt ganz alleine von mir ab. Und meine Entscheidung darüber wird darauf beruhen, wie gut Sie jetzt kooperieren.«

Die Augen des Mädchens weiteten sich, die Mutter öffnete den Mund, schloss ihn dann aber wieder. Wellmann lächelte den beiden zu.

»Also, du hast dir den Becher gegriffen«, sagte er zu Lisa. »Wie kam es dazu?«

Das Mädchen schluckte. »Ich … ich hatte auf Sylvias Instagram gesehen, dass sie diese coolen Kaffeebecher designt hatte, und als ich den dort stehen sah … Ich weiß auch nicht … Ich wollte den unbedingt haben.«

»Hat dich dabei jemand beobachtet?«, fragte Wellmann.

Das Mädchen schüttelte den Kopf. »Nein, ich glaube nicht.

Es war ja ein Riesenchaos. Aber das wissen Sie ja. Sie waren das doch, der versucht hat, Sylvia wiederzubeleben.«

Die Erinnerung fuhr wie ein eiskalter Schauer durch seinen Körper. »Du hast ein gutes Personengedächtnis«, sagte er. Dann kam ihm eine Idee. »Hast du zufällig jemand bei dem Becher gesehen? Während Sylvia Mayr sich ihren Fischschwanz angezogen hat oder davor?«

Lisa nickte, und Wellmanns Puls legte einen Zahn zu.

»Ja, da war so ein Mann. Er hatte ein AC/DC-Shirt an. Mein Papa hat auch eins, deshalb habe ich das gekannt. Er hatte eine Schirmmütze auf.«

»Wie groß war er?«

Lisa kratzte sich an der Nasenspitze. »Das kann ich nicht sagen. Ich glaube, normal groß.«

»Kannst du dich an sein Gesicht erinnern?«

Lisa legte einen Finger an die Lippen. Sie schien ausgiebig nachzudenken, und Wellmann ließ ihr gern die Zeit.

»Nein, leider nicht. Aber er hat so komisch gehinkt«, sagte sie.

»Danke, das hilft uns sehr weiter.«

»Muss ich jetzt ins Gefängnis?«, fragte das Mädchen.

Der Kommissar schüttelte den Kopf. »Deine Aussage war wichtig für uns, und dass du den Becher noch vorbeigebracht hast, rechne ich dir hoch an. Das war sicher nicht leicht für dich. Ich denke, unter diesen Umständen kann ich von einer Anzeige absehen.«

Die Mutter ließ mit einem Stoßseufzer einen ganzen Schwall Luft entweichen. »Na, Gott sei Dank!«, rief sie. »Können wir dann gehen?«

»Ich muss Sie noch bitten, mich in die Kriminaltechnik zu begleiten. Dort wird ein Kollege versuchen, mit Lisa ein Phantombild des Mannes zu erstellen. Auch wenn du dich nicht an ihn erinnern kannst, gibt uns das vielleicht wertvolle Hinweise. Und wir müssen Ihre Fingerabdrücke nehmen, um sie mit denen auf dem Becher vergleichen zu können.«

Die Augen der Mutter weiteten sich wieder. »Fingerabdrücke? Ich verstehe nicht –«

Lisa schnaubte. »Ach, Mama, so schwer ist das doch nicht zu kapieren, oder? Die werden alle Spuren auf dem Becher analysieren. Die Abdrücke von Sylvia haben sie schon vorliegen, wenn sie dann noch meine und deine haben, können sie alle unverdächtigen Leute ausschließen, die das Teil in der Hand gehalten haben.«

Wellmann lächelte ihr anerkennend zu. »Genau«, sagte er. »Du solltest vielleicht über eine Karriere bei der Polizei nachdenken.«

Sie verzog das Gesicht zu einer Grimasse.

»Ich glaube, das ist nichts für mich.«

Sie erhoben sich, und Wellmann führte sie in die KT. Manfred Winter persönlich nahm die Tasse in Empfang.

»Haben Sie die gespült?«, fragte er Frau Müller.

»Das müssen Sie meine Tochter fragen. Die hat das Teil versteckt.«

Wellmann sah zu Lisa hinüber, deren Gesicht sich wieder rötete.

»Ich ... ich habe mir schon gedacht, dass das blöd wäre, die Tasse zu spülen, falls ... falls ich sie doch noch bei der Polizei abgeben muss. Ich habe nichts verändert.«

Winter strahlte über das ganze Gesicht. »Wunderbar«, sagte er. »Ich werde gleich den eingetrockneten Inhalt analysieren lassen.«

Wellmann zwinkerte Lisa zu. »Magst du dir vielleicht doch noch einmal überlegen, ob du Polizistin werden willst?«

25

Wellmann legte den Hörer auf das Telefon und lehnte sich zurück. Mit geschlossenen Augen ging er die letzten drei Telefonate noch einmal durch. Es war eindeutig. Das Alibi von Sylvia Mayrs Vater war nicht nur geplatzt. Es hatte sich in alle Himmelsrichtungen verteilt und in nichts aufgelöst. Nach der Aussage des Mädchens, das einen hinkenden Mann an dem Trinkbecher hantieren gesehen hatte, hatte er die Angaben von Walter Mayr überprüft. Das Ergebnis ließ keinen Zweifel daran: Er hatte sie angelogen.

»Und?«, fragte Linda, die noch dabei war, das Videomaterial aus dem Parkbad zu sichten. Nachdem sie einen richterlichen Beschluss nachgereicht hatten, hatte der Geschäftsführer ihr per Kurier eine DVD zukommen lassen.

»Na ja, sagen wir es mal so: Der alte Mayr war schon bei einem Stammtisch der Kegelsenioren. Aber der hat am Freitagmorgen stattgefunden. Nicht am Donnerstag. Er hat also kein Alibi mehr. Lisas Aussage belastet ihn ebenso wie die meiner Tochter, die einen Mann mit einem Baseball-Käppi und einem Metal-Shirt im Umkleidebereich gesehen hat, der sich mit Sylvia gestritten hat. Leider ähnelt das Phantombild Mayr überhaupt nicht.«

»Das wird wohl auch nicht mehr so wichtig sein«, sagte Linda und deutete auf ihren Bildschirm.

Wellmanns Puls legte einen kleinen Zwischensprint ein. »Hast du etwas in den Videos entdeckt?«

Sie nickte. »Komm her, ich zeig's dir.«

Wellmann trat neben sie, und Linda klickte auf ein dreieckiges Symbol unterhalb des Media-Players. Die Szene, die sie ausgewählt hatte, dauerte nur etwa eine Minute, aber danach war ihm klar, dass sie dringend noch einmal mit Sylvias Vater reden mussten.

Er griff zum Telefon und rief bei Mayr an. Dieser nahm selbst ab und zeigte sich wenig erfreut, als der Kommissar sich meldete. Noch weniger erfreut war er allerdings, als Wellmann ihn bat, zu einer Befragung in die Dienststelle zu kommen.

»Muss des sei?«, brummte er.

»Ja, das muss sein. Ihr Sohn kann Sie doch sicher fahren.«

»Ond wenn i it komme will?«

»Dann schicke ich Ihnen einen Streifenwagen vorbei. Die Kollegen werden Sie notfalls auch gegen Ihren Willen zu mir bringen.«

Als Mayr ihnen eine halbe Stunde später auf dem Gang entgegenkam, das linke Bein hinter sich herziehend und schwer ächzend und stöhnend, warf er dem Kommissar einen anklagenden Blick zu, den dieser geflissentlich ignorierte.

»Gut, Herr Mayr, wir haben da noch einige Fragen«, begann Wellmann das Gespräch, nachdem er das Aufnahmegerät gestartet und die Personalien erfasst hatte.

»I weiß net, was Se von mir wollet«, erwiderte Sylvias Vater. Seine Miene war versteinert, aber seine kleinen dunkelbraunen Augen funkelten wütend.

»Zum einen wollte ich Sie noch einmal fragen, wo Sie am vergangenen Donnerstag zwischen acht und zwölf Uhr vormittags waren.«

»Des hon i doch scho gseit«, fuhr Mayr ihn an. »Beim Keglerstammtisch.«

»Mir ist bewusst, dass Sie das schon gesagt haben, aber es zu wiederholen, macht es nicht wahrer. Ich habe die Aussagen Ihrer Kegelbrüder vorliegen, die steif und fest behaupten, dass der Stammtisch am Freitag und nicht am Donnerstag stattgefunden hat.«

Um Mayrs Mund bildeten sich tiefe Falten. Er schwieg.

»Kann es sein, dass Sie sich im Tag geirrt haben?«

Er antwortete nicht.

»Es ist natürlich Ihr Recht zu schweigen. Ich würde Ihnen

aber dringend empfehlen, uns mit einer nachvollziehbaren Erklärung auszuhelfen, wo Sie in dem besagten Zeitraum waren.«

»Dohoim«, brummte er. »Des war an Fronleichnam, oder?« Wellmann nickte.

»In dr Kirch war i it. Ond wenn dr Stammtisch am Freitag war, no war i dohoim.«

»Kann das jemand bezeugen? Ihr Sohn zum Beispiel?«

Er zuckte mit den Schultern. »Do müsset Se ihn scho selbe froga.«

»Gut. Zweiter Punkt. Ich hatte Sie gefragt, ob Sie Schmerzmittel nehmen.«

»Freilich«, knurrte er.

»Sagt Ihnen der Wirkstoff ›Morphin‹ etwas?«

Wieder erschien der harte Zug um Mayrs Mund. »Des Zuig hon i früher gnomme. Des ischt aber scho a Weile her.«

»Haben Sie noch Tabletten oder Tropfen davon zu Hause?«

»Was woiß i?«

»Das könnte sehr wichtig sein. Wir gehen nämlich davon aus, dass Ihre Tochter mit ebendiesem Medikament vergiftet wurde, woraufhin sie im Wasser das Bewusstsein verlor und ertrank.«

»I war des it.«

»Also, ich habe mir die Aufnahmen auf dieser DVD angesehen«, sagte Linda. Sie hielt eine silbern glänzende Scheibe in die Höhe. »Sie stammen von einer Überwachungskamera, die den Bereich im Blick hatte, in dem das Mermaid-Shooting stattfinden sollte.«

Linda ging zu dem Laptop, der auf einem Medienwagen in der Ecke stand, und drückte auf den Knopf einer Fernbedienung. Der Lüfter des Beamers sprang an, und ein blaues Rechteck erschien an der gegenüberliegenden Wand. Dann war das schwarz-weiße Bild einer Überwachungskamera zu sehen, die das Schwimmerbecken des Parkbads überblickte. Linda spulte vor. Menschen kamen und gingen. Plötzlich stoppte der Schnellvorlauf, und das Video bewegte sich in normaler Geschwindigkeit.

»Hier kommt Ihre Tochter«, sagte sie. Wellmann erkannte die junge Frau sofort. Seine Kehle wurde rau, als er sie dabei beobachtete, wie sie fit und lebendig eine Sporttasche über der Schulter und einen Kaffeebecher in der Hand durchs Bild schritt. Sie legte ihre Sachen auf einer Bank an der gegenüberliegenden Fensterfront ab.

»Do ka ma doch kaum ebbes sehe«, brummte Mayr.

»Doch, den Becher, den sie in der Hand gehalten hat. Er sticht gegen das helle Fenster ab«, sagte Linda.

Wellmann erkannte, worauf Linda hingewiesen hatte. Das Gefäß zeichnete sich als ein dunkles Rechteck auf der Bank ab. Sylvia Mayr trat zu dem Fotografen, um ein paar Worte mit ihm zu wechseln. Im selben Augenblick näherte sich eine Gestalt, das Bild war zwar relativ unscharf, aber allem Anschein nach handelte es sich um einen Mann. Er trug eine Schirmmütze und ein T-Shirt, auf dem Wellmann den ikonischen »AC/DC«-Schriftzug zu entziffern glaubte. Die Gestalt hinkte.

Er schaute zu Mayr hinüber. Sylvias Vater war noch bleicher geworden, als er es ohnehin schon war. Wellmann wandte sich wieder dem Bildschirm zu. Der Mann näherte sich dem Becher und verharrte einige Sekunden davor, den Rücken der Kamera zugewandt, sodass man nicht genau mitbekam, was er tat. Dann humpelte er wieder davon.

Linda stoppte den Film.

Wellmann wandte sich Mayr zu. »Wie erklären Sie sich diese Aufnahmen?«

Er schwieg.

»Wenn Sie nichts dazu sagen wollen, werde ich Ihnen meine Theorie darlegen. Wir wissen aus den Aussagen Ihres Sohnes und Ihrer Frau, dass Sie Sylvias Leidenschaft für das Mermaiding abgelehnt haben. Ihr Verhältnis zu Ihrer Tochter war zerrüttet, seitdem sie ausgezogen war. Aber erst ihr Erfolg bei diesen Shootings hat Sie komplett aus der Fassung gebracht. Sie waren neidisch darauf, dass Ihre Tochter glücklich und erfolgreich war, während es mit Ihrer Gesundheit immer weiter bergab ging. So haben Sie beschlossen, dass sie sterben muss. Und deshalb haben Sie ihr das Morphin in den Becher gekippt.«

Mayr schüttelte den Kopf. »Des war i net.«

»Es sieht aber so aus, als ob Sie es doch gewesen wären«, entgegnete Linda. »Ursprünglich hatten wir nur die Aussage einer Teilnehmerin, die einen hinkenden Mann in einem AC/DC-T-Shirt beschrieben hat. Diese Aufnahmen sind jedoch ein sehr deutliches Indiz dafür, dass es sich bei dieser Person um Sie gehandelt hat. Die Schirmmütze und das T-Shirt gehören doch Ihnen, oder?«

Er zuckte mit den Achseln. »'s gibt sicher mehr als oi AC/DC-T-Shirt und mehr als oi Käppi.«

»Aber wie viele Menschen, die sich so kleiden wie Sie, hinken auch so wie Sie?«, fragte Wellmann.

»Ka i das Video no amol sehe?«

Linda spielte es erneut ab. Der Kommissar schaute nicht auf den Bildschirm. Er beobachtete Mayrs Reaktion auf den Film. Zuerst wirkte er angespannt. Nach ein paar Sekunden lockerte sich dann jedoch seine Mimik. Als Linda das Licht wieder einschaltete, hatte sich sogar ein Grinsen auf dem Gesicht des Mannes breitgemacht. Wellmann spürte, wie sein Puls zulegte. Irgendetwas stimmte hier nicht.

»Des bin i net.«

»Wer sollte das sonst sein?«, fragte Linda.

»Jemand, der versucht, mi nachzumache. Aber dabei ischt demjenige a Fehler unterlaufe. I zieh des linke Bein nach. Der im Video dagege des rechte.«

26

»Wie weit ist es noch?«, fragte Dominik.

»Wir sind gleich da«, erwiderte Wellmann. Er bog gerade von der B 28 nach Blaubeuren ab. Die Hörbuch-CD war eine Viertelstunde zu früh zu ihrem Ende gekommen. Dominik hatte schon zweimal gefragt, wie lange es noch dauern würde. Und jedes Mal hatte er den Kommissar aus seinen Grübeleien gerissen. Der Fall Sylvia Mayr ließ ihn nicht los. Ihre vielversprechendste Spur war im Sand verlaufen, das Video, auf dem er so sicher den Vater der Toten identifiziert zu haben glaubte.

Sie passierten eine Straße mit villenartigen Gebäuden und gelangten zum Ortskern. Am Parkplatz beim Kloster stellte er den Wagen ab. Dominik war bereits ausgestiegen, ehe Wellmann auch nur den Anschnallgurt gelöst hatte. Lisa saß ungerührt weiter auf dem Beifahrersitz, das Smartphone in beiden Händen.

»Hallo, wir sind da!«, rief er.

Sie nickte und schaffte es, den Wagen zu verlassen, ohne für eine Sekunde die Augen vom Display zu nehmen. Wellmann erhaschte einen Blick auf ein Unterwasserfoto, auf dem er die inzwischen vertraute Gestalt von Sylvia Mayr erkannte, die in einem grün und golden glitzernden Fischschwanz neben einem Tritonen posierte.

»Alles okay?«, fragte er.

Lisa sah auf. Ihre Augen glänzten. »Ich kann es irgendwie immer noch nicht fassen, dass Sylvia tot ist«, sagte sie. »Warum sie? Ich versteh das nicht.«

Wellmann seufzte. »Ich auch nicht. Noch nicht.« Er legte den Arm um ihre Schultern, und sie ließ es geschehen, schmiegte sich sogar ein wenig an ihn, widmete ihre Aufmerksamkeit jedoch weiter ihrem Handy.

»Wow, das ist ja ein tolles Gebäude«, sagte Dominik und

deutete auf das Kloster. »Und in den Bergen hier kann man sicher super wandern.« Er zeigte auf die Hügel, die den Ort einrahmten wie der Rand eines gewaltigen Kessels.

»Ja, das kann man tatsächlich«, sagte Wellmann. »Es gibt hier wunderschöne Touren, zum Beispiel zur ›küssenden Sau‹.«

Dominik kicherte, und selbst Lisas Mundwinkel zuckten ein wenig nach oben.

»Das heißt wirklich so«, erklärte Wellmann. »Es ist eine Felsformation, die im Profil so aussieht wie zwei Wildschweinköpfe, die sich küssen.«

»Au, da müssen wir unbedingt mal hin«, sagte Dominik.

Sie durchquerten die Klosteranlage und gelangten zur alten Hammerschmiede.

»Das hier ist die Blau«, sagte Wellmann und zeigte auf das Flüsschen, das sich von einem Wehr wegschlängelte.

»Und was ist dann der Blautopf?«, fragte Dominik.

»So nennt man die Quelle der Blau. Sie sieht aus wie ein runder tiefblauer Teich. Darunter liegt aber eine riesige Höhle.«

»Ui, können wir da mal rein?«

Wellmann schüttelte lachend den Kopf. »Es ist eine Unterwasserhöhle. Die dürfen nur ganz erfahrene Höhlentaucher begehen.«

Dominik zog eine enttäuschte Schnute.

»Aber nachher gehen wir noch ins Urgeschichtliche Museum. Da zeigen sie einen Dokumentarfilm über die Höhle.«

Dominiks Augen leuchteten bei dem Wort »Dokumentarfilm« vor Begeisterung auf. »Können wir da gleich hingehen, Papa?«, fragte er.

»Nein, zuerst sehen wir uns den Blautopf an. Dann den Film.«

Sie gingen links an der Hammerschmiede vorbei. Lisa linste mit einem Auge zu den Auslagen hin, wo allerhand bunte Steine und Kettchen angeboten wurden, verlor jedoch rasch das Interesse und beschäftigte sich wieder mit ihrem Handy.

Wellmann verspürte große Lust, das Teil zu packen und ins Wasser zu werfen. Aber damit würde er nur ein Eigentor schießen. Seine Tochter wäre dann wahrscheinlich so sauer auf ihn, dass sie nicht mehr mit ihm sprechen würde, bis er ihr ein neues Gerät gekauft hätte.

Sie kamen an den Holzzaun am Ufer des Blautopfs. Das Wasser schimmerte in einem verheißungsvollen Aquamarinblau, das Wellmann in dieser Intensität bislang nur in der Karibik gesehen hatte. Damals, als Evelyn und er ihre Flitterwochen auf Barbados genossen hatten. Es fühlte sich an, als ob das eine Ewigkeit her wäre, dabei war es vor siebzehn Jahren gewesen. Und nun, zwei Kinder und eine Scheidung später, stand er hier am Ufer eines Quelltopfs am Rand der Schwäbischen Alb und dachte wehmütig an die alten Zeiten.

»Wow, der ist ja toll blau«, sagte Dominik. »Und das ist echt der Eingang zu einer Höhle?«

Wellmann nickte.

Hinter ihnen hatte sich eine Menschenansammlung gebildet, die sich im Halbkreis um einen älteren Mann scharte.

»Was macht der da?«, fragte Dominik.

»Lass es uns herausfinden«, schlug Wellmann vor. Sie stellten sich zu den Leuten. Der Mann begann zu sprechen: »Wer von Ihnen kennt die Sage von der schönen Lau?«

Bei dem Namen ruckte Lisas Kopf nach oben. Wellmann malte sich spontan eine Szene aus, in der sie sich meldete und von ihrer verstorbenen Lieblings-Instagramerin erzählte, aber zu seiner großen Erleichterung geschah das nicht.

»Das ist doch ein Buch von Eduard Mörike«, rief eine grauhaarige Frau und ließ einen beifallheischenden Blick über die Anwesenden gleiten.

»Ganz richtig«, sagte der ältere Mann. »›Die Historie von der schönen Lau‹. Wer weiß, wer diese Fabelgestalt war?«

Nun meldete sich niemand mehr. Er wartete kurz, dann sagte er: »Sie war eine Nixe. Ein Wasserwesen. Schön anzusehen, aber traurig, unendlich traurig, denn sie konnte keine

Kinder gebären. Ihr Gemahl, ein grimmiger Triton, der im Schwarzen Meer wohnte, hatte sie in den Blautopf verbannt, in der Hoffnung, dass Ruhe und Abgeschiedenheit ihrer Fruchtbarkeit zuträglich sein würden.«

»Und hot's klappt?«, fragte ein älterer Mann, was zu allgemeinem Gelächter führte.

Der Erzähler fuhr ungerührt fort.

»Der schönen Lau wurde prophezeit, dass sie ein Kind gebären würde, wenn sie fünfmal aus vollem Herzen lachte. Zu dieser Zeit machte sie die Bekanntschaft der Müllerin. Sie tauchte in einem Becken in deren Keller auf und freundete sich rasch mit der bodenständigen Schwäbin an. Natürlich war das eine ungewöhnliche Freundschaft, aber sie führte dazu, dass die schöne Lau ihre Höhle am Grunde des Blautopfs immer öfter verließ und die Gesellschaft der Familie der Müllerin suchte. Und so kam es zu Situationen, in denen sie herzhaft lachen musste.«

Der Erzähler berichtete nun von fünf Begebenheiten, die Wellmann nicht einmal im Ansatz lustig fand.

»Und nach dem fünften Lachen kehrte ihr Gemahl zurück, und sie empfing ein Kind. Und die schöne Lau dankte es der Müllerin, indem sie ihr einen Geldtopf schenkte, der sich immer wieder von Neuem füllte, wenn man Münzen herausnahm«, schloss der Erzähler seine Geschichte.

»Ui, das wäre ja praktisch«, rief Dominik mit einem versonnenen Gesichtsausdruck, woraufhin alle Anwesenden in Gelächter ausbrachen.

»Eduard Mörike hat die Sage von der schönen Lau unsterblich gemacht. In seinem Werk kommt auch einer der schwierigsten Zungenbrecher in schwäbischer Sprache vor. 's leit a Klötzle Blei glei bei Blaubeura, glei bei Blaubeura leit a Klötzle Blei. Versuchen Sie es mal!«

Die Anwesenden versuchten sich im Chor an dem Satz, scheiterten jedoch beinahe alle. Wellmann beobachtete amüsiert, wie Dominik sich mit angestrengter Miene abmühte, den Zungenbrecher fehlerfrei hinzubekommen.

»Puh, gar nicht so einfach«, stöhnte er. »Kann ich ein Eis?«

»Ich habe vorhin eine Eisdiele gesehen. Da könnten wir ja jetzt hinspazieren, und dann gehen wir noch in das Museum, okay?«

Dominik war gleich Feuer und Flamme. Lisas Begeisterung hielt sich in sehr engen Grenzen, aber immerhin schloss sie sich ihnen ohne Murren an. Wellmann wollte gerade den Weg in Richtung Ortskern antreten, als sein Blick an einem vertrauten Gesicht hängen blieb. Das war doch Professor Weizengruber!

Die Frau stand etwas abseits am Geländer des Blautopfs und schaute hinaus auf die Wasserfläche. Ihre Augen glänzten feucht, und von ihren Wangen rannen Tränen herab. Dominik zerrte an Wellmanns Arm, doch der Kommissar blieb stehen. Was um Himmels willen machte sie hier? Und warum weinte sie?

Da hob sie eine Hand, und er sah einen Gegenstand darin. Die Professorin holte aus und warf ihn in den Blautopf. Wellmanns Blick folgte der Flugbahn des Objekts. Das war ein Schlüssel. Und daran hing eine Figur. Noch ehe das Teil auf das Wasser klatschte, hatte der Kommissar sich losgerissen und war auf die Barriere zugerannt. Der Schlüsselbund durchschlug die Wasseroberfläche. Fluchend schwang er sich über den Holzzaun, rutschte die Böschung hinab und sprang ins Wasser.

Es war eiskalt, und das raubte ihm für einen Moment den Atem. Er schwamm in die Mitte des Teichs. Seine Augen suchten den Quelltopf ab, aber der Schlüssel war verschwunden. Verdammt.

Da sah er etwas blinken. Auf gut Glück tauchte er ab. Er blies Luft durch die Nase und schwamm nach unten. Da war das Funkeln wieder. Es war eindeutig Metall, das einen Lichtstrahl reflektierte.

Und dann entdeckte er den Schlüsselbund. Er sank in die Tiefe des Quelltopfs. Doch er ging nur langsam unter. Offenbar sorgte der Anhänger für Auftrieb. Wellmann spürte, dass ihm der Sauerstoff ausging. In seinen Ohren rauschte es. Seine Kleidung schob ihn hoch, aber er schwamm mit aller Kraft hinab. Er streckte die Hand aus, um nach dem Schlüssel zu greifen, doch noch war er zu weit weg, und seine Finger verfehlten ihn. Mit einer letzten Kraftanstrengung paddelte er schneller auf den Schlüsselbund zu, und es gelang ihm, den Anhänger zu packen.

Doch nun rächte es sich, dass seine Kleidung sich vollgesogen hatte. Hatte sie ihm eben noch beim Tauchen Auftrieb gegeben, zog sie ihn jetzt nach unten. Vor seinen Augen tanzten rote Punkte, in seinen Ohren rauschten Wasserfälle, und die Bronchien drohten ihm zu bersten. Mit einer letzten Kraftanstrengung schwamm er aufwärts, zwang seine Muskeln zu Höchstleistungen, und als er die Wasseroberfläche durchbrach, sog er herrlich frische Luft in seine Lungen. Triumphierend reckte er den Arm mit dem Schlüsselbund in die Höhe. Am Ufer sah er die Professorin, deren rot geweintes Gesicht bleich geworden war. In einiger Entfernung standen Dominik und Lisa. Seine Tochter hielt ihr Smartphone direkt auf ihn gerichtet.

»Wow, Papa, danke, das poste ich bei TikTok«, rief sie ihm begeistert zu.

27

Linda sah Wellmann mit großen Augen an. »Was machst du denn hier? Ich dachte, du bist mit deinen Kindern am Blautopf.«

»Ich war sogar *im* Blautopf, aber dazu später mehr. Zuerst brauche ich eine Dusche. Das hier lasse ich bei dir.« Er legte eine Beweismitteltüte auf den Tisch, die einen Schlüsselbund enthielt.

»Was ist das?«, fragte Linda.

Wellmann berichtete ihr von seinen Erlebnissen in Blaubeuren.

»Weizengruber kommt in zwanzig Minuten vorbei, um eine Aussage zu machen«, schloss er seine Erzählung.

»Wow, das ist ja mal eine spannende Entwicklung. Und was für ein glücklicher Zufall, dass du genau in dem Augenblick an den Blautopf gekommen bist, als sie den Schlüssel reinwerfen wollte.«

Wellmann zuckte mit den Achseln. »Manchmal gehört ein bisschen Glück dazu.«

»Ja, anders als bei dieser Frau Marvic«, sagte Linda mit einem Seufzen. »Die war eine Niete.«

Als er frisch geduscht ins Büro zurückkehrte, stand Professor Weizengruber bereits vor der Tür. Sie hatte den Blick gesenkt und betrachtete ihre Fingernägel.

Sie führten sie in einen der Befragungsräume, wo sie sich so an dem Tisch platzierten, dass die Professorin den beiden Ermittlern gegenübersaß. Wellmann startete das Aufnahmegerät, informierte sie über die Art der Befragung und nahm ihre Personalien auf.

»Gut, dann schießen Sie mal los«, sagte er. »Warum haben Sie versucht, diesen Schlüsselbund im Blautopf zu versenken?«

»Können Sie sich das nicht denken?«

Linda wusste nicht, ob Wellmann eine Theorie zu den Vorgängen in Blaubeuren hatte, sie selbst hatte keinen blassen Schimmer.

»Nun, ich kann mir viel denken«, erwiderte er. »Aber da Sie sicher wissen, warum Sie den Schlüssel loswerden wollten, spare ich mir die Spekulationen und frage Sie einfach.«

Nun sah die Professorin erstmals auf. Linda bemerkte, dass ihre Augen gerötet waren. Ihre Unterlippe zitterte leicht, als sie sagte: »Sylvia hat mich so genommen, wie ich bin.«

Linda runzelte die Stirn. Hatten sie und ihre Doktorandin etwa eine Affäre miteinander gehabt?

»Ich kann mir vorstellen, dass das hier nicht leicht für Sie ist«, sagte Wellmann in einem erstaunlich einfühlsamen Ton.

Die Frau senkte den Kopf.

Linda sah irritiert zu ihrem Kollegen hinüber. Was ging hier vor?

»Kann es sein«, fuhr er fort, »dass Sie ›Aquaman‹ sind?«

Ein Zucken durchlief den Körper der Professorin. Den Blick noch immer gesenkt, nickte sie kaum merklich.

Linda klappte der Unterkiefer herab. »Aber Sie sind eine Frau!«, rief sie aus.

»Nein, ich bin keine Frau«, sagte sie leise. »Ich war noch nie eine Frau, auch wenn ich in diesen Körper geboren wurde, der über alle Funktionen verfügt, die man gemeinhin dem weiblichen Geschlecht zuschreibt.«

»Sie sind transident«, sagte Wellmann.

»Ja, das bin ich«, flüsterte sie.

»Wie möchten Sie angesprochen werden?«, fragte der Kommissar in sachlichem Ton.

Wieder traten Tränen in Weizengrubers Augen.

»Wenn Sie wüssten, wie großartig es ist, diese Frage gestellt zu bekommen. Ich möchte als Mann mit den entsprechenden Pronomen angesprochen werden, auch wenn ich bislang keine Schritte zur Transition unternommen habe.«

Wellmann strich mehrere Wörter auf seinem Notizblock durch und schrieb neue daneben. Linda spitzelte hinüber und sah, dass er »sie« an drei Stellen durch »er« und »Professorin« durch »Professor« ersetzt hatte.

»Sylvia Mayr wusste von Ihrer Transidentität?«, fragte Wellmann.

»Ja. Ich habe mich ihr vor einigen Monaten anvertraut. Zuvor hatte ich noch niemandem davon erzählt. Zweiundfünfzig Jahre schleppe ich dieses Geheimnis mit mir herum. Aber bei Sylvia war mir sofort klar, dass sie mich verstehen würde. Ich habe sie dafür bewundert, wie selbstverständlich sie in ihrer weiblichen Biologie als Frau lebte, wie natürlich sie sich gab. Sie hatte es sich in ihrem Körper wohnlich eingerichtet, ich nicht. Wir haben darüber gesprochen, über dieses Sich-in-seiner-eigenen-Haut-Wohlfühlen. Und irgendwann hat sie mich gefragt, ob ich mich als Frau fühle. Das war der Punkt, an dem ich mich geöffnet habe. Und ich habe es nicht bereut.«

»War das Ihre Kleidung in Sylvia Mayrs Schrank?«, fragte Linda.

»Ja. Sylvias Wohnung war eine Art geschützter Raum für mich. Ich konnte dort als Mann leben, in Männerkleidung. Wie der Fisch im Wasser. Es war herrlich. Sie hat mir sogar einen Schlüssel anvertraut, damit ich jederzeit Zugriff auf meinen Teil ihres Kleiderschranks hatte. Ich war vorsichtig, habe nur über ein Prepaidhandy mit ihr kommuniziert, und da der Schlüsselbund der einzige Beweis war, den es für unser Arrangement noch gab, wollte ich ihn verschwinden lassen. Der Blautopf erschien mir dafür der passende Ort zu sein.«

»Warum hat sie Sie ›Aquaman‹ genannt?«, fragte Wellmann.

»Mein Traum war immer, ein gemeinsames Shooting mit Sylvia zu machen. Sie als Mermaid, ich als Triton, als Aquaman. Wissen Sie, sie hat sich nach der schönen Lau benannt. Die Nixe, die nicht lachen und deswegen kein Kind gebären kann. Das hat aber nicht zu ihr gepasst. Sie war nicht die schöne Lau, sie war die Gastwirtin, die die Nixe beziehungsweise in meinem Fall den depressiven Triton wieder das Lachen gelehrt hat.«

»Weiß Ihre Familie von Ihrer Transidentität?«, fragte Wellmann.

»Nein. Nach außen hin bin ich glücklich verheiratet, habe einen treusorgenden, liebevollen Mann und zwei tolle Kinder. Was will man mehr? Ich weiß nicht, wie ich es ihnen sagen soll, jetzt, wo alles herauskommen muss. Ich habe auch keine Ahnung, wie die Fachhochschule reagiert, meine Kollegen, meine Studenten.« Er vergrub das Gesicht in den Händen.

»Es tut mir leid, dass es so aus Ihnen herausgezwungen wurde«, sagte Wellmann leise. »Aber wir hatten keine Wahl.«

»Ich mache Ihnen keinen Vorwurf. Es ist meine Aufgabe, mich dem zu stellen, was nun kommt. Das war es schon immer, auch wenn ich es mir nicht ausgesucht habe.«

»Nehmen Sie regelmäßig Schmerzmittel?«, fragte Linda, darum bemüht, das heikle Terrain der Geschlechtsidentität zu verlassen, auf dem Wellmann und der Professor sich wesentlich sicherer bewegten als sie.

Weizengrubers Augen wurden eng. »Was hat das denn jetzt –«

»Nehmen Sie regelmäßig Schmerzmittel, ja oder nein?«

»Nein.«

»Wo waren Sie am vergangenen Donnerstag zwischen acht und zwölf Uhr?«

»Sie glauben doch nicht, dass ich –«

»Wir müssen diese Frage leider stellen«, unterbrach ihn Wellmann. »Also, wo waren Sie in diesem Zeitraum?«

»Mit meinem Mann bei meiner älteren Tochter in Freiburg zu Besuch. Sie studiert dort und hat ihren einundzwanzigsten Geburtstag gefeiert. Wir sind bereits am Vorabend dorthin gefahren, und am Donnerstag waren wir mit ihr beim Mittagessen.«

»Gut, noch eine Frage zum Schluss. Wer könnte hinter Sylvia Mayrs Tod stecken? Gab es irgendjemanden, der etwas gegen sie hatte? Oder der sich in letzter Zeit auffällig ihr gegenüber verhalten hat?«

Der Professor schnaubte. »Da gibt es schon jemanden. Ihren Ex-Freund. Diesen Wiegand. Er hat sie gestalkt. Anders kann man es nicht nennen. Hat sie mit SMSen bombardiert, ihr Briefe geschrieben, ihr aufgelauert. Er wollte sie zurückhaben. Offenbar hat er angenommen, dass Sylvia heimlich eine Affäre am Laufen hat.«

»Würden Sie Benedikt Wiegand zutrauen, dass er Sylvia getötet hat?«

Er überlegte einen Moment. Dann schüttelte er den Kopf. »Nein, das kann ich mir nicht vorstellen. Er wollte sie besitzen, nicht zerstören. Ich glaube nicht, dass Liebe in das genaue Gegenteil umschlagen kann, selbst wenn sie alles Maß verloren hat.«

Linda zog die Nase kraus. Na, wenn der Herr Professor sich da mal nicht irrte. Sie und Wellmann hatten da schon ganz andere Erfahrungen gemacht.

»Krass«, sagte Linda, als sich die Tür hinter Weizengruber geschlossen hatte. »Ich möchte nicht mit ihr tauschen.«

»Mit ihm. Er war nie eine Frau, auch wenn er so aussieht.«

Linda schluckte. »Ich habe noch nie mit so jemandem zu tun gehabt«, sagte sie.

Wellmann lächelte. »Es ist ziemlich wahrscheinlich, dass du schon einmal einen Menschen getroffen hast, der transident war. Du hast es nur nicht gemerkt.«

»Für dich scheint das keine große Sache zu sein.«

Er zuckte mit den Achseln.

»In Stuttgart hatte ich einen Kollegen, der den ganzen Weg der Transition hinter sich gebracht hat. Als er das erste Mal in Männerkleidung ins Büro kam und unsere Chefin ihn mit ›Herr‹ angesprochen hat, hat er vor Freude gestrahlt. Da habe ich eine Ahnung davon bekommen, welch enorme Bedeutung das für ihn hatte. Ich hatte ihn in seiner früheren Rolle als Frau kennengelernt. Still, freudlos, nie ein Lächeln auf den Lippen.

Im Nachhinein habe ich verstanden, wie unglücklich er sich gefühlt haben musste.«

»Wow«, sagte Linda. »Das klingt so seltsam, wenn man es irgendwo liest oder hört.«

»Es stecken immer echte Menschen hinter diesen Geschichten, das wird leider zu oft vergessen.«

»Da hast du recht. Nun haben wir also eine Erklärung dafür, was es mit diesem Aquaman auf sich hat. Wieder eine Spur, die ins Nichts führt.«

»So würde ich das jetzt nicht sagen. Die Anzeichen dafür, dass dieser Benedikt Wiegand eine ungesunde Neigung zur Eifersucht hatte, häufen sich. Ich finde, wir sollten ihm einen Besuch abstatten.«

»Aber zuerst organisieren wir einen Durchsuchungsbefehl«, sagte Linda. »Ich habe das Gefühl, dass er nicht allzu kooperativ sein wird.«

28

»Das lief wie geschmiert«, sagte Wellmann und wedelte mit dem Durchsuchungsbefehl, den der Bote vom Amtsgericht eben zugestellt hatte.

Linda startete ihren Wagen. »Glaubst du, dass wir dieses Mal endlich auf eine heiße Spur stoßen werden?«, fragte sie.

Wellmann zuckte mit den Achseln. »Ehrlich gesagt weiß ich das nicht. Ich habe mir bislang kein Bild zu diesem Benedikt Wiegand machen können. Frag mich doch noch einmal, wenn ich seine Wohnung gesehen habe.«

»Es wäre schon irgendwie eine Ironie des Schicksals, wenn er Sylvia Mayr aus Eifersucht getötet hätte, weil er der Überzeugung war, dass sie etwas mit einem anderen Mann hatte, während sie stattdessen ihrer Chefin erlaubt hat, ihre männliche Seite auszuleben.«

»Es ist keine männliche Seite«, sagte Wellmann. »Weizengruber ist ein Mann.«

Linda seufzte. »Mag sein. Es ist nur so schwer zu verstehen.«

Sie fuhren durch den Jordankreisel. Auf der langen Geraden nach der Ampel überholten drei Autos. Ein viertes scherte aus, musste sich dann aber wegen des Gegenverkehrs wieder hinten einordnen.

»Deshalb fahre ich lieber mit dem Fahrrad«, sagte Wellmann. »Das Risiko, von irgendwelchen Irren bei einem Überholvorgang ins Jenseits befördert zu werden, ist auf dem Radweg deutlich geringer.«

Linda nickte. »Das Traurige daran ist, dass mir so etwas mit Korbinians Monstertruck nicht passieren würde.«

»Da magst du recht haben.«

Sie hatten Ringschnait erreicht, und Wellmann lotste Linda zu dem Mehrfamilienhaus, dessen Adresse auf dem Durchsuchungsbeschluss angegeben war.

»Sechs Parteien«, sagte Linda, als sie vor dem Gebäude standen.

Wellmann drückte den mit »Benedikt Wiegand« beschrifteten Knopf. Eine Glocke im Innern des Hauses war zu hören. Die Tür blieb geschlossen. Er klingelte noch ein paarmal, doch es tat sich weiterhin nichts. Dann versuchte er es bei den direkten Nachbarn, einer »Familie Ofenschlupfer«. Schon nach dem ersten Läuten surrte der Türöffner. Sie traten in ein Treppenhaus, das nach Zitronenreiniger roch.

»Ja, bitte?«

Ein Frauengesicht schaute aus der linken Tür am Treppenabsatz über ihnen. Wellmann stellte sich und Linda vor und fragte nach Benedikt Wiegand.

»Den hon i scho a Weile nimmer gsehe. I hon dacht, dass der im Urlaub ischt. Soll i ihm was ausrichte?«

Hinter ihrem verbindlichen Lächeln erahnte der Kommissar die Gier zu erfahren, warum die Polizei nach dem Nachbarn suchte. Er schüttelte den Kopf.

»Nein, danke, es handelt sich um eine vertrauliche Angelegenheit.«

Die Enttäuschung der Frau war sichtbar. Sie nickte nur und zog grußlos ihren Kopf zurück wie eine beleidigte Schildkröte.

Linda holte ihr Handy aus der Tasche. »Ich rufe den Schlüsseldienst.«

Währenddessen sagte Wellmann den Kollegen der KT Bescheid, die ihnen mit ihrem Bus gefolgt waren und draußen auf ihren Einsatz warteten. Es dauerte eine halbe Stunde, bis der Schlüsselservice auftauchte. Der Mann prüfte zunächst ausführlich den Durchsuchungsbefehl, ehe er sein Werkzeug hervorholte und die Tür zu Benedikt Wiegands Wohnung in wenigen Sekunden öffnete.

»Überziehen!«, sagte Winter und drückte Wellmann und Linda je eine Plastikhaube für die Haare, Schuhfolien und Einmalhandschuhe in die Hand. Nachdem sie sich ausstaffiert hatten, gingen sie in die Wohnung.

Das Erste, was Wellmann auffiel, war ein Geruch nach Staub und Fäulnis.

»Da modert was«, sagte Linda.

Sie gingen langsam durch einen dunklen Flur. An einer Garderobe hing eine Winterjacke, darunter stand ein Paar gefütterte Stiefel. Der Kommissar hob einen der Schuhe an und las von der Sohle die Größe ab.

»Dreiundvierzig. So wie die Stiefelspur, die die Kollegen an der Böschung der B 30 gefunden haben. Winter soll das Profil analysieren, vielleicht stimmt es mit dem Abdruck überein.«

Der nächste Raum war die Küche. Anders als Wellmann es in einer Junggesellenbude erwartet hatte, stapelten sich hier weder Geschirr noch Essensreste. Ganz im Gegenteil, alles war penibel aufgeräumt. Er öffnete den Kühlschrank, der eine Auswahl an Scheibenkäse und verschiedenen Gemüsesorten enthielt.

»Schau dir das mal an«, sagte Linda, die inzwischen ins Wohnzimmer vorgedrungen war. Der Raum war so dunkel wie der Flur, da alle Jalousien heruntergelassen worden waren.

In einer Ecke des recht spartanisch mit einem Sofa und einem Bücherregal eingerichteten Zimmers stand ein Tischchen, in dessen Mitte ein gerahmtes Bild von Sylvia Mayr aufgestellt worden war. Es war ein Schnappschuss, der die junge Frau fröhlich lächelnd mit einem Glas Wein in der Hand zeigte. Neben und vor dem Rahmen waren ein gutes Dutzend Teelichter angeordnet worden. Zwei Blumenvasen, in denen ehemals rote Rosen vor sich hin rotteten, flankierten das Foto an den Seiten.

»Daher kommt also der Modergeruch«, sagte Linda. »Das sieht aus wie ein kleiner Schrein. Als ob er sie angebetet hätte.«

»Das erklärt seine Eifersucht. Er hat sie im wahrsten Sinn des Wortes vergöttert. Es muss furchtbar sein, wenn deine Göttin dir die kalte Schulter zeigt.«

»Aber reicht das als Mordmotiv aus?«

Wellmann zuckte mit den Achseln. »Es gibt lausigere Motive. Lass uns nachsehen, ob wir noch andere Devotionalien finden. Vielleicht steckt Wiegand hinter dem Einbruch in Sylvias Wohnung und ihr Büro.«

»Du meinst, er könnte nach persönlichen Gegenständen gesucht haben?«

»Möglich wäre es. Und wenn wir welche finden, kommen wir der Aufklärung des Falls einen großen Schritt näher.«

Sie durchsuchten die letzten beiden Räume, ein kleines Bad und ein Schlafzimmer, in dem ein französisches Bett ebenso unberührt auf die Rückkehr seines Besitzers wartete wie die Küche. Doch nirgendwo entdeckten sie Dinge, die so aussahen, als ob sie aus Sylvia Mayrs Wohnung oder Büro gestohlen worden wären.

»Ich hoffe, Sie haben mehr Erfolg«, sagte Wellmann zu Winter, als er zur Wohnungstür zurückgekehrt war und dem Chef der KT das Zeichen gab, dass er mit seinen Leuten an die Arbeit gehen konnte.

»Was machen wir so lange?«, fragte Linda.

»Wir klingeln noch einmal bei Familie Ofenschlupfer«, erwiderte Wellmann. Die Frau öffnete wieder nach dem ersten Läuten.

»Ja, bitte?«, fragte sie und versuchte dabei, an dem Kommissar vorbeizulinsen, um einen Blick auf die Vorgänge in Wiegands Wohnung zu erhaschen.

»Wir haben noch ein paar Fragen zu Ihrem Nachbarn«, sagte Wellmann.

»Mei«, erwiderte die Frau. »I ka et viel zu eam sage.«

»Wann haben Sie ihn denn zuletzt gesehen?«

Sie sog die Luft tief ein und schloss kurz die Augen. »Vorgeschtern. Da ischt er aus seiner Wohnung komme. I hon ihn grüßt, aber er hot et a amol hergschaut.«

»Ist das ungewöhnlich?«

Sie nickte. »Des war immer a ganz a Freundlicher.«

»Wann hat sich das verändert?«

Sie legte den Kopf schief. »Des wird so a halbs Jahr her sei.

Da ischt er anders wora. Hot nemme grüßt und war kaum no dahoim.«

»Haben Sie in dieser Zeit mit ihm gesprochen?«

Sie schüttelte den Kopf.

Wellmann hatte genug erfahren. »Können Sie sich bitte bei uns melden, wenn Sie ihn sehen?« Er reichte ihr seine Visitenkarte. »Wir müssen dringend mit ihm reden.«

»Ja, Herr Hauptkommissar«, sagte die Frau, die vor Ehrfurcht zu zerlaufen schien, nachdem sie die Karte gelesen hatte.

Wellmann kehrte zu Linda zurück.

»Gut, dann lass uns mal in die Dienststelle fahren, die Kollegen brauchen sicher noch eine Weile.«

29

Korbinian saß an seinem Schreibtisch und studierte noch einmal Wellmanns Einträge in die elektronische Ermittlungsakte. Es war zum Aus-der-Haut-Fahren. Der Kollege hatte in einem wahren Vernehmungsmarathon fünfzehn Vereinsmitglieder angerufen. Ihre Aussagen hatten sich bis ins Detail geähnelt, und alle hatten Alibis für die Tatzeiten vorweisen können. Dahinter steckte gewiss diese Leni Rimppach. Die Anwältin hatte ihre Schäflein gründlich auf die Vernehmungen vorbereitet.

Aber Korbinian war überzeugt davon, dass seine Theorie zu den Farbbeutelanschlägen stimmte. Diese Vogelschützer hatten etwas damit zu tun. Und wenn Wellmann und Linda sich wieder in den Fall Sylvia Mayr verbissen, musste sich irgendwer darum kümmern, das Attentat auf den Arzt aufzuklären.

Zwei Personen standen noch auf der Liste, die die Anwältin ihm gegeben hatte. Er las sich die Angaben durch. Bei dem zweiten Namen stutzte er. Er gab ihn in die Suchmaske der Software ein, mit der sie ihre Beweismittel und andere Ermittlungsdokumente archivierten. Doch im Fall des Anschlags auf den Notarzt ergaben die Daten keinen weiteren Treffer. Da kam ihm eine Idee. Er öffnete die Datei zu Sylvia Mayr. Und hier wurde er sofort fündig. Er lehnte sich zurück und starrte mit großen Augen auf den Bildschirm. Langsam dämmerte ihm, auf was für eine Goldgrube er da gestoßen war. Und das Beste daran war, dass Wellmann dieses Detail entgangen war. Ein zufriedenes Grinsen breitete sich auf seinem Gesicht aus.

Er gab die Adresse der vorletzten Vogelschützerin in das Kartenprogramm seines Computers ein und atmete erleichtert durch, als er feststellte, dass sie in Ummendorf wohnte. Keine Steigung. Korbinian packte seinen Notizblock und sein Handy in den Rucksack und warf ihn sich über den Rücken.

Dann eilte er hinaus in den Hof und bestieg das Fahrrad seiner Mutter.

Inzwischen machte es ihm etwas weniger aus, wenn er seltsame Blicke erntete. Das war okay, manche Situationen erforderten eben drastische Maßnahmen. Die Autowerkstatt hatte ihm mitgeteilt, dass er seinen SUV am Montagabend wieder abholen könne. So lange benötige der Klebstoff, mit dem die neue Scheibe befestigt worden war, um auszuhärten. Und da vom Fahrrad seines Vaters jede Spur fehlte, musste er auf den uralten Drahtesel seiner Mutter zurückgreifen.

Er radelte beschwingt an den Bahngleisen entlang in Richtung Ummendorf und unterquerte vor dem Weiher die B 30. Von der Liegewiese her hörte er den Lärm der Badegäste als beständiges Brummen, aus dem ab und zu ein Lachen oder Rufen hervorstach.

Er fuhr durch den Ort und bog vor der Kirche links ab. Ein kleines Stück musste er den Berg hinauf, aber das schaffte er inzwischen, ohne dass ihn danach die Lungen schmerzten.

Vor dem Haus von Lydia Gombrowski hielt er an. Es war ein kleines, an den Hang gebautes Gebäude. Die Fassade war knallgelb gestrichen, die Läden ultramarinblau. An jedem Fenster hingen üppig bepflanzte Blumenkästen, aus denen ein stetes Summen drang, das verriet, dass hier unzählige Bienen am Werk waren.

Er stieg ab und befestigte das Schloss an Hinterrad und Rahmen. An der blauen Haustür hing ein tönernes Schild, auf dem als Überschrift »Familie Gombrowski« und darunter »Harald, Lydia, Svenja und Valentin« stand.

Er klingelte. Schritte waren zu hören, und eine kleine, runde Frau mit einem freundlichen Gesicht öffnete ihm.

»Ja, bitte?«, fragte sie.

Korbinian stellte sich vor und bat darum, eintreten zu dürfen.

»Ich habe Sie schon erwartet«, sagte Frau Gombrowski, als sie ihm einen Platz am Esstisch anbot, auf dem eine volle

Obstschale dazu einlud, sich einen Apfel oder eine Banane zu nehmen.

Korbinian unterdrückte ein Seufzen. »Lassen Sie mich raten: Frau Rimppach hat mich angekündigt und Ihnen gesagt, was Sie auf meine Fragen antworten sollen?«

Frau Gombrowski lachte laut und frei. »Ja, so kann man das ausdrücken. Sie hat mir aufgetragen, Ihnen mitzuteilen, dass ich eine ganz schlechte Paintball-Schützin bin und dass ich letzte Woche im Urlaub war. Beides stimmt aber. Ich war nur ein Mal beim Paintball mit dabei und bin schon nach drei Minuten ausgeschieden, nachdem ich von allen Seiten mit Farbkugeln bombardiert worden war, ohne einen einzigen Schuss abgeben zu können. Und letzte Woche haben wir unseren coronabedingt ausgefallenen Urlaub nachgeholt. Gardasee. Himmlisch.«

Korbinian zückte seinen Block. »Ich bin wegen einer anderen Angelegenheit zu Ihnen gekommen.«

Frau Gombrowski legte den Kopf schief und sah ihn aufmerksam an.

»Und zwar wegen Benedikt Wiegand. Der ist auch Mitglied in Ihrem Verein, nicht wahr?«

Nun veränderte sich etwas in der Miene seines Gegenübers. Das freundliche Lächeln wurde eine Spur schmaler, und die Lachfältchen um die Augen glätteten sich.

»Das stimmt«, sagte sie.

»Wie lange kennen Sie Herrn Wiegand schon?«

»Seitdem ich Mitglied bin. Also seit etwa drei Jahren. Meine Tochter hat damals bei der jährlichen Sammlung für den NABU teilgenommen, und da haben wir erfahren, dass es in der Gegend viele Vogelschutzgebiete gibt. Wir sind ja nicht von hier, stammen ursprünglich aus Brandenburg. Mein Mann ist Chemiker und arbeitet bei Boehringer. Und da ich mich schon seit meiner Kindheit für Ornithologie begeistere, bin ich dem Vogelschutzverein beigetreten. Ich habe in den letzten drei Jahren über fünfzig Nistkästen gebaut.«

Korbinian war ihr Versuch, von Wiegand abzulenken, nicht entgangen. »Hat Herr Wiegand auch Nistkästen gebaut?«

Sie seufzte. »Anfangs schon. Das war eine nette Zeit damals. Wir haben uns einmal unter der Woche getroffen, immer donnerstags, und haben Kästen gebaut oder andere Schutzmaßnahmen geplant. Und an den Samstagen haben wir die Aktionen durchgeführt. Benedikt war der Schatzmeister des Vereins. Das hat gut gepasst, er war ja Buchhalter.«

»Und was hat sich im Lauf der Zeit verändert?«

»Es gab irgendwann zwei Strömungen im Verein. Die einen wollten so weitermachen wie bisher. Da waren aber auch ein paar, unter anderem Benedikt, denen das Bauen von Nistkästen nicht mehr reichte. Die wollten alles beseitigen, was Vögel gefährden könnte. Richtig radikal sind die geworden.«

»Warum hat sich Wiegand so verändert?«

»Ich glaube, den letztendlichen Anstoß dafür hat die Trennung von seiner Lebensgefährtin gegeben, die vor Kurzem ertrunken ist. Davor war er ein ausgeglichener, ganz sympathischer Kerl. Äußerst hilfsbereit. Er konnte sich zwar schon zu Schimpftiraden über Bauern und andere Umweltverschmutzer hochsteigern, aber das war eher harmlos.«

»Und danach?«

»Er war furchtbar unruhig. Hibbelig. Konnte nicht mehr still sitzen. Bei den Treffen hat er dauernd auf sein Handy geschaut. Ich habe mich ein paarmal mit ihm unterhalten. Er hat nur von seiner Ex-Freundin geredet und davon, dass sie ihren Fehler sicher bald einsehen und ihn zurücknehmen werde. Wenn er sich dann aber bei den Diskussionen geäußert hat, wurden seine Ansichten immer extremer. Er hat besonders gegen SUV-Fahrer gewütet.« Sie hielt sich eine Hand vor den Mund. »Oh mein Gott, jetzt, wo ich darüber rede, fällt mir auf, dass er dabei ganz fanatisch werden konnte. Meinen Sie, er könnte hinter dem Anschlag stecken?«

»Möglich«, sagte Korbinian. »Haben Sie denn von den anderen Aktionen etwas mitbekommen? Schon vor dem tödlichen Anschlag vom Freitag vorletzte Woche gab es ja Sachbeschädigungen. Wurde das im Verein diskutiert?«

Sie schluckte. »Nicht dass ich wüsste.«

»War Wiegand bei den Paintball-Aktionen dabei?«

»Wie gesagt, ich habe nur an einer teilgenommen. Da war er auch mit von der Partie. Gewonnen hat, glaube ich, die Leni, aber es war knapp. Er hätte sie beinahe erwischt, doch sie war schneller.«

»Das heißt, er konnte gut mit dem Paintball-Gewehr umgehen?«

»Soweit ich das beurteilen kann, schon. Er hat mich auch abgeschossen. Und da war ich ein ganzes Stück von ihm entfernt.«

Korbinian nickte. Er war zufrieden. Endlich hatte er eine Aussage, mit der er etwas anfangen konnte.

Zum Abschied sah sie ihn ernst an und sagte: »Ich glaube nicht, dass Benedikt ein böser Mensch ist. Er war nicht mehr er selbst. Wenn er irgendetwas mit dem Anschlag zu tun hat, wollte er sicher niemanden töten.«

Korbinian seufzte. »Tja, aber Fakt ist, dass wir nicht nur in einem, sondern in zwei Mordfällen ermitteln, an denen Herr Wiegand irgendwie beteiligt zu sein scheint. Wir müssen dringend mit ihm reden.«

30

Wellmann kam in die Stube und ging zielstrebig auf die Kaffeekanne zu, die auf dem Tisch in der Ecke stand. Er nickte seinem Vater zu, der Zeitung lesend auf der Eckbank saß, nahm sich eine Tasse, trug sie in das Arbeitszimmer und setzte sich vor den PC.

Die Durchsuchung von Benedikt Wiegands Wohnung hatte seine Zweifel an dessen Beteiligung am Mord an seiner Ex-Freundin keineswegs zum Schweigen gebracht. Sie waren eher noch lauter geworden. Er konnte sich nicht vorstellen, dass Wiegand Sylvia Mayr aus Eifersucht getötet hatte. Klar, es gab viele Fälle, in denen ein derartiges Tatmotiv vorlag. Aber sein Bauchgefühl sagte ihm, dass es eine andere Erklärung für Sylvias Tod geben musste.

Er fuhr den PC hoch und startete den Browser. Dann gab er bei Google »Sylvia Mayr« und »FH Biberach« ein.

Sofort wurde er auf eine Seite weitergeleitet, auf der die Mitarbeiter des Instituts für Bodenanalysen vorgestellt wurden. Es waren neben Professor Weizengruber drei wissenschaftliche Assistentinnen und eine Sekretariatskraft.

Sylvia Mayr hatte an einer Dissertation zum Thema »Ein verbessertes Verfahren zum mobilen Nachweis von Schwermetallkontaminationen in Ackerböden« gearbeitet. Wellmann ließ den Titel der Arbeit ein wenig nachwirken. Ackerböden. Das war hier im agrarisch geprägten Oberschwaben natürlich ein heißes Eisen. Was, wenn sie damit jemandem auf die Füße getreten war?

Er scrollte die Seite hinunter und fand einen Link mit der Bezeichnung »Bodengutachten«, der zu einer externen Website führte. Wellmann klickte darauf und wurde zu der Seite weitergeleitet. Die Gutachten betrafen meist private Bauvorhaben, wenn etwa landwirtschaftliche Flächen verkauft und zu Bauland umgewidmet wurden. In den Referenzen tauchten dementsprechend vor allem Immobilienfirmen und Bauträger auf.

Wellmann notierte sich ein paar Namen und wollte gerade wieder zur Website der FH zurückkehren, als sein Blick an einem unscheinbaren Spiegelstrich am unteren Ende der Seite hängen blieb. Dort stand: »Begutachtung der Bodengüte im Randbereich des Naturschutzgebietes Federsee durch gerichtliche Bestellung«.

In Wellmanns Hirn begann eine Alarmglocke zu läuten. Er öffnete ein weiteres Browserfenster und gab bei Google »Bodenqualität«, »Federsee« und »Prozess« ein. Wieder war gleich der erste angebotene Link ein Treffer. Er wurde auf einen Artikel der Regionalzeitung geleitet, in dem über ein Urteil des Amtsgerichts Biberach vom März dieses Jahres berichtet wurde. Ein Landwirt aus Bad Buchau war wegen Verstoßes gegen Umweltauflagen zu einer hohen Geldstrafe verurteilt worden. Er hatte verbotenerweise Insektenschutzmittel und Dünger im Randbereich eines Naturschutzgebietes ausgebracht, was durch ein Bodengutachten belegt worden war. Die Klage hatte die Vogelschutzgruppe Federsee unter der Leitung von Leni Rimppach angestrengt.

Wellmann lehnte sich zurück. Seine Gedanken rasten. Natürlich war er sich dessen bewusst, dass diese Verbindung willkürlich zustande gekommen sein konnte. Andererseits sagte ihm sein Bauchgefühl, dass es schon ein seltsamer Zufall war, wenn im Dunstkreis dieser Naturschützer zwei Todesfälle aufgetreten waren. Gut, es gab bislang keinen Beweis dafür, dass eines der Mitglieder etwas mit dem Farbbeutelanschlag auf den SUV zu tun hatte. Aber eine Verbindung zu Sylvia Mayr bestand eindeutig.

Wellmann suchte nach weiteren Infos über die berufliche Tätigkeit der jungen Frau, doch schon bald stieß er dabei an Grenzen. Neunundneunzig Prozent der Seiten, die sich mit ihr beschäftigten, waren ihren Mermaiding-Aktivitäten gewidmet.

Er schaltete den PC aus, ging in die Stube, schenkte sich noch einen Kaffee ein und setzte sich zu Arnold auf die Eckbank.

»Sag mal, Vater, kennst du jemand, der in letzter Zeit Ärger mit einem Bodengutachten hatte?«

Arnold sah ihn nachdenklich an. »Na, der Fall von dem Baure in Buchau ischt doch groß in der Zeitung gschtande. Schee bled, wenn ma em Naturschutzgebiet Dünger ausfährt. So a Depp. Ond dr Kerler Joachim. Der hot sei Wies verkaufe wolle an so en Inveschtor. Aber der hot sei Angebot zurückzoge, als rauskomme ischt, dass des Grundstück mit Quecksilber belaschtet war.«

»Quecksilber?«

»Frog mi net, wie der Joachim des hinbekomme hot, der war no nie dr Hellschte.«

»Weißt du, wer das Gutachten durchgeführt hat?«

Arnold zuckte mit den Achseln. »Da muscht da Joachim selber froga.«

Wellmann erhob sich. »Dann würd ich mal bei ihm vorbeischauen. Oder ist der jetzt in der Kirche?«

Sein Vater ließ ein bellendes Lachen ertönen. »Der hot a Kirch 's letztschte Mal bei seiner oigene Tauf von inne gsehe.«

Kerlers Hof war nicht weit entfernt. Joachim war zwei Jahre jünger als Wellmann, und sie hatten früher zusammen in der Fußballmannschaft gespielt. Nachdem der Kommissar aus Hochdorf weggezogen war, hatte er seinen ehemaligen Kickerfreund jedoch aus den Augen verloren.

Vor dem Stall stand ein total verdreckter Traktor. Wellmann fragte sich, woher der ganze Schlamm kam, denn es hatte seit mindestens zwei Wochen nicht mehr geregnet. In der Zwischenzeit hätte Kerler genügend Zeit gehabt, sein Fahrzeug zu schrubben.

Auch der Rest des Hofes machte keinen allzu sauberen Eindruck. An einer rostigen Kette war ein ziemlich großer, zotteliger schwarzer Hund angeleint. Er lag im Schatten und hob träge den Kopf, als er den Ankömmling bemerkte, ohne sich zu einem Bellen durchringen zu können.

Aus dem Stall drang das Muhen von Kühen ebenso wie der untrügliche Geruch nach feuchtem Stroh und Gülle. Die Tür des Gebäudes öffnete sich, und ein Mann trat heraus. Er trug ein fleckiges Holzfällerhemd und einen schmutzigen Blaumann, dessen ursprüngliche Farbe nur vage zu erahnen war.

Als er Wellmann sah, strich er sich mit der Hand über den Rauschebart.

»Ja, dr Herr Kommissar. Wie komm i denn zu der Ehre?«, fragte er und streckte ihm seine große, schmutzige Hand entgegen. Wellmann schlug ein, drückte aber nicht zu fest zu und wünschte sich einen Seifenspender herbei.

»Grüß dich, Joachim, lang nicht mehr gesehen.«

»Stimmt. I war ja au net Mitglied bei de Hirabicker, sonscht hättet mir uns bei dr Verhaftung gsehe.«

Ein breites Grinsen teilte den Bart in zwei ungleiche Hälften. Wellmann erwiderte es nicht. Der ortsansässige Fasnetsverein, der sich als Drogenring entpuppt hatte, hatte ihm zu viele schlaflose Nächte bereitet.

»Also, was machscht du hier?«, fragte Kerler noch einmal.

»Ich ermittle im Fall Sylvia Mayr«, sagte Wellmann.

Joachim zog die Augenbrauen zusammen. »Ischt des die Sylvia Mayr, die des Huragutachte gschriebe hot? Hont ihr der endlich nochweise könne, dass se en Schofscheiß verzapft hot?«

Wellmann schüttelte den Kopf. »Nein, Joachim. Sylvia Mayr ist tot.«

Kerlers Augen weiteten sich. »Tot?«, rief er. »Herrje, wie des?«

»Liest du keine Zeitung?«, fragte Wellmann. »Da wurde die letzten Tage lang und breit drüber berichtet.«

Kerler winkte ab. »Dafür hon i koi Geld. I informier mi im Internet, wenn i Zeit hon. Aber wann hot ma als Bauer scho Zeit, gell?«

»Sylvia Mayr ist am Donnerstag vorletzte Woche im Parkbad in Laupheim ertrunken. Wir gehen inzwischen davon aus, dass es sich nicht um einen natürlichen Tod gehandelt hat.«

Kerler pfiff zwischen den Zähnen hindurch. »Sauber, no hot der also irgendwer 's Licht ausblose? Aber warum kommscht du zu mir? I hon nix damit zum tua, dass des glei klar ischt.«

Wellmann nickte. »Ich verdächtige dich ja auch nicht. Aber ich versuche gerade, ein Bild von Sylvia Mayr zu bekommen. Und wie ich gehört habe, hattet ihr beruflich miteinander zu tun.«

»Wenn du des so ausdrücke willscht«, knurrte Kerler. »Komm mit nei, dann erzähl i dir alles.«

Er führte Wellmann in das Wohngebäude. Hier roch es miefig und modrig, die Stube war ein Chaos aus Staub und Spinnweben. In der Küche nebenan stapelte sich das dreckige Geschirr.

Er setzte sich an den Ecktisch, auf den Kerler gewiesen hatte.

»Magscht au a Woiza?«, fragte der Bauer.

Wellmann lehnte dankend ab.

Kerler holte eine Bierflasche und ein Weizenglas aus der Küche und goss sich das Getränk ein. Dann nahm er einen tiefen Schluck, leckte sich den Schaum von seinem Oberlippenbart und lächelte selig. »Es goht nix über a kalts Woiza. Des lauft guat na.«

»Wenn du meinst. Also, schieß los. Was hattest du mit Sylvia Mayr zu schaffen?«

Kerler trank noch einen Schluck. Dann lehnte er sich zurück und verzog das Gesicht. »I hon doch die Wies do, weischt, in Schweinhause beim Neubaugebiet.«

Wellmann hatte zwar nicht gewusst, dass sein ehemaliger Mannschaftskamerad dort ein Grundstück besaß, aber die Gegend kannte er. »Und die wolltest du verkaufen?«

»So a Immobilienfuzzi aus Schtuagert war do. Vor etwa am halbe Jahr. Der hot mir an supergute Quadratmeterpreis bote. Da gabs gar nix drüber nochzumdenke. I hon trotzdem e bissele zögerlich tan, und am nächste Tag hot er mir sogar no mehr bote. Der Vertrag war scho abgmacht, aber dann send die Umweltfuzzis komme.«

»Umweltfuzzis?«

»Frog mi net. Do gibt's so ein Verein in Buchau. So Vogel-schützer. Die wollet mir zerscht ans Bein pinkle, weil irgend-welche Stockente über mei Wies watschelet. Des hot aber net funktioniert.«

»Das heißt, die haben den Verkauf wegen dem Vogelschutz stoppen wollen?«

»Ja, aber es hot sich dann zoigt, dass die Stockente ganz woandersch lebet.«

»Und wie kam dann Sylvia Mayr ins Spiel?«

Kerler nahm noch einen Schluck von seinem Weizen. »Als die Vogelschützer gsehe hont, dass se mit ihre Stockente net weiterkommet, hont se mit dr Bodequalität agfange. Ond ir-gendwie hont se de Richter überzeugt, dass ma erscht no amol Bodenprobe nehme müsst. Ond dabei hot die Mayr dann des Quecksilber gfonde.«

»Und wie kam das Quecksilber in deine Wiese?«

Auf Kerlers Gesicht arbeitete es. Der Kommissar konnte deutlich erkennen, dass sein Gegenüber mit sich rang.

»I hon amol en Schuppe auf der Wies stehe ghabt«, sagte er schließlich. »Ond da hon i a paar alte Kühlschränk zwische-glagert. Die hon i an en Rumäne verkauft, du weischt scho, wie des läuft.«

Wellmann nickte. Er wusste tatsächlich gut, wie so etwas lief. In seiner Zeit beim LKA hatte er auch gegen osteuro-päische Schlepperbanden ermittelt, die Altgeräte illegal nach Rumänien oder Bulgarien exportiert hatten.

»Lass mich raten«, sagte er. »Die Kühlschränke waren un-dicht.«

Kerler seufzte. »I konnt doch net ahne, dass do Quecksilber drin war.«

»Na, das klingt nach einem verdammten Pech«, sagte Wellmann. »Aber Sylvia Mayr kann man da keinen Vorwurf machen, oder? Sie hat ihre Arbeit ordentlich erledigt, wenn sie in deiner Wiese das Quecksilber nachgewiesen hat.«

»Ja, wenn du des so siehscht. Aber die hätt vielleicht erscht amol vor ihrer eigne Tür kehre solle.«

»Wie meinst du das?«, fragte Wellmann.

»Ma munkelt scho lang, dass der Vater von dr liebe Frau Mayr au scho amol Probleme mit der Bodequalität ghabt hot. Aber komischerweise ischt dem gar nix passiert. Und jetzt sag du mir mol, ob des net nach Vetterleswirtschaft riecht.«

»Wer oder was ist denn deine Quelle dafür?«

Wieder schien Kerler mit sich zu kämpfen, doch dann sagte er: »Des woiß jeder in Hochdorf. Frog halt amol dein Vater. I muss jetzt wieder in Stall.«

»Danke, du hast mir schon sehr weitergeholfen.«

Er erhob sich und trat auf den Hof hinaus, wo ihn der Hund müde anschaute.

»Was ist eigentlich aus deiner Wiese geworden?«, fragte Wellmann.

»Die musst ma dekontaminiere. Und rat mal, wer des bezahlt hot?« Er stapfte davon und knallte die Stalltür hinter sich zu.

31

Korbinian sah sich das Gruppenbild der Vogelschützer auf der Website an. Er hatte es so weit vergrößert, wie der minderwertige Bildschirm in seinem Büro es zuließ. Inzwischen konnte er jede Person auf dem Foto identifizieren. Auch den unscheinbaren jungen Mann, der etwas verlegen am Rand stand und offenbar nicht so recht wusste, was er mit seinen Armen anfangen sollte.

Am liebsten hätte Korbinian die Anwältin angerufen oder, noch besser, wäre bei ihr vorbeigefahren, um sie zu Sylvia Mayrs Ex zu befragen. Seine Hand zuckte zum Telefonhörer, aber im letzten Moment zog er sie wieder zurück. Wellmann würde ihn zur Schnecke machen. Vielleicht würde er sogar ein Dienstaufsichtsverfahren in Gang setzen oder ihn suspendieren.

Aber wenn Korbinians Ermittlungen zu derart weitreichenden Erkenntnissen führten, wie er hoffte, würde die Disziplinarkommission ein Auge zudrücken. Im Grunde genommen blieb ihm gar nichts anderes übrig, als Leni zu kontaktieren und seinen Verdacht zu bestätigen, dass Benedikt Wiegand in beide Fälle verwickelt war. Und dann konnte sich Wellmann seine Dienstaufsichtsbeschwerde in die Haare schmieren.

Korbinian griff nach dem Telefonhörer und wählte die Nummer der Anwältin. Es tutete fünfmal, und er war schon knapp davor, wieder aufzulegen, als sie sich meldete.

»Leni Rimppach?«

Er räusperte sich. »Korbinian Mächle, Kripo Biberach«, sagte er.

»Ah, der Herr Kommissar. Haben Sie alle meine Vereinskamerad*innen durchbefragt?«

»Ja, das habe ich«, erwiderte er.

»Und, gab es weltbewegende neue Erkenntnisse?«

Sie hatte diesen neckischen Tonfall angeschlagen, bei dem es ihm schwerfiel, sich zu entscheiden, ob er sich darüber ärgern oder ob er ihn anziehend finden sollte.

»Nun, ja, das könnte man so sagen.« Er beließ es bei diesem einen Satz. Was Leni Rimppach konnte, konnte er schon lange.

Nach einer Pause von etwa zehn Sekunden sagte sie: »Wollen Sie mit der großen Enthüllung bis zum Sankt-Nimmerleins-Tag warten, oder verraten Sie mir, was Sie herausgefunden haben? Ich bitte um Letzteres, weil ich fürchte, dass ich die Spannung nicht aushalte.«

»Benedikt Wiegand«, sagte er nur.

»Den kenne ich. Warten Sie, stimmt, der ist ja Mitglied in dem Verein, in dem ich auch Mitglied bin.«

»Ich habe noch ein paar Fragen zu ihm.«

»Nun, gerade ist es ganz schlecht. Ich habe nämlich Hunger. Und wenn ich Hunger habe, kann ich nicht auf mein Gedächtnis zurückgreifen. Und wenn ich nicht auf mein Gedächtnis zurückgreifen kann, kann ich auch keine Fragen beantworten.«

»Dann schlage ich vor, dass Sie etwas essen. Ich kann mich in einer halben Stunde noch einmal bei Ihnen melden.«

»Hm, ich habe einen besseren Vorschlag. Warum leisten Sie mir nicht Gesellschaft? In dreißig Minuten im Tweety?«

Ehe Korbinian etwas erwidern konnte, hatte sie aufgelegt. Er lehnte sich zurück, und sein Blick fiel noch einmal auf das Foto der Vogelschützer. Die Wahrheit war, dass die Rollen anders verteilt waren, als er es sich erhofft hatte. Die Anwältin hatte die Informationen und damit die Macht über ihn, nicht umgekehrt. Seufzend erhob er sich. Er hatte keine Wahl.

Mit dem Fahrrad fuhr er in die Innenstadt. An diesem Sonntagmittag war einiges los auf dem Marktplatz. Es war seltsam, so viele Menschen dicht gedrängt und ohne Masken beieinanderstehen zu sehen.

Er stellte das Rad vor dem Tweety ab und betrat das Lokal.

Leni Rimppach saß im hinteren Teil der Gaststube. Sie winkte ihm zu.

»Guten Tag«, sagte er und setzte sich ihr gegenüber.

»Hallöchen, Herr Kommissar«, entgegnete die Anwältin. »Ich war so frei und habe mir schon einmal etwas bestellt.« Sie nippte an einem Glas Weißwein und reichte ihm die Karte. »Die Kässpätzle sind sehr zu empfehlen.«

Korbinian schüttelte den Kopf. »Ich habe keinen Hunger.«

»Schade. Ich könnte heute für zwei essen.«

»Ich bin nicht wegen der Kässpätzle gekommen, sondern wegen Benedikt Wiegand.«

»Das habe ich mir schon gedacht. Hatten Sie das nicht vorhin am Telefon erwähnt?«

Er versuchte, sich nicht von ihren Ablenkungsmanövern einwickeln zu lassen. »Herr Wiegand ist der Schatzmeister in Ihrem Verein, ist das korrekt?«

Sie nickte. »Ja. Wir vergeben unsere Posten nach Qualifikation. Und wenn wir schon einen Buchhalter in unseren Reihen haben, warum sollten wir dann jemand anderen damit betrauen? Das ist ein echter No-Brainer.«

»Wann hatten Sie zuletzt Kontakt zu Herrn Wiegand?«

Sie überlegte einen Moment. »Vor etwa zwei Wochen.«

»Hatten Sie da Vereinsinterna zu besprechen?«

»Nein, wir haben zusammen eine Line Kokain gezogen und dann die Nacht durchgevögelt.«

Korbinians Mund wurde trocken. Er konnte nicht verhindern, dass er errötete, und das ärgerte ihn.

Leni Rimppach grinste. »Späßle gmacht, Herr Kommissar. Natürlich ging es um Vereinsinterna. Wir hatten eine größere Spende bekommen, und ich habe mit ihm besprochen, wie wir das am besten verbuchen könnten.«

»Welchen Eindruck hat Herr Wiegand damals auf Sie gemacht?«

»Dass er die Problematik verstanden hat. Mit Buchungen kennt er sich aus. Er ist ja schließlich Buchhalter.«

»Das meine ich nicht, und das wissen Sie«, sagte Korbinian zunehmend verärgert.

Leni Rimppach lächelte ihn unschuldig an. Da klingelte ihr Handy. Sie sah auf das Display und runzelte die Stirn. »Leni Rimppach?«

Er verstand nicht, was der Anrufer sagte, es klang nach einer Männerstimme. Leni erhob sich und ging in Richtung Tür. Die Bedienung brachte einen dampfenden Teller voller Kässpätzle. Korbinian bestellte eine Cola.

Nach ein paar Minuten kehrte sie zurück.

»Ui, das ist mal eine große Portion«, sagte sie, nahm Platz und begann, die Spätzle in sich hineinzuschaufeln.

»Wir waren bei Herrn Wiegands Gemütsverfassung«, fuhr Korbinian fort.

Sie schluckte den Bissen hinunter. »Na, Sie wissen ja bestimmt, dass seine Ex ihn vor ein paar Monaten gecancelt hat. Danach war er nicht gerade ein Sonnenschein.«

»Seine Ex war Sylvia Mayr.«

»Bingo.« Sie schob sich eine weitere Gabel in den Mund.

»In welchem Verhältnis standen Sie zu Sylvia Mayr?«

»Wir haben zusammen an einem Fall gearbeitet«, sagte sie mit vollem Mund.

»Also ein rein geschäftliches Verhältnis?«

Sie legte die Gabel beiseite. »Wenn Sie es genau wissen wollen: Nein, es war nicht nur rein geschäftlich.«

In ihre Stimme, ihre Mimik und ihre Körperhaltung hatte sich ein neuer Ausdruck geschlichen, den Korbinian noch nie an ihr wahrgenommen hatte.

»Sie war eine Freundin. Ein großes Wort. Aber ja, das kann man schon so sagen. Und ich bin scheißwütend, dass sie umgebracht wurde.«

»Wann haben Sie Sylvia Mayr zuletzt gesehen?«

»Zwei Tage vor ihrem Tod.«

Die Kässpätzle dampften vor sich hin, doch Leni Rimppach machte keine Anstalten weiterzuessen.

»Worüber haben Sie gesprochen?«

»Geschäftliches. Das geht Sie nichts an.«

»War Benedikt Wiegand auch Thema?«

Sie verdrehte die Augen. »Ja, leider. Der war die ganze Zeit Thema. Wer hätte auch gedacht, dass der Bene zum Stalker mutieren würde, nur weil Sylvia ihn abgeschossen hat.«

»Sie wussten also von dem Stalking?«

»Gut kombiniert, Sherlock. Sylvia hat sich bei mir darüber ausgekotzt. Ich habe ihr geraten, Bene anzuzeigen. Und ihm habe ich ins Gewissen geredet. Aber ich befürchte, dass da wenig ankam.«

»Glauben Sie, dass er Sylvia Mayr getötet haben könnte?«

Sie legte den Kopf schief und sah ihn eindringlich an. Dann wandte sich ihr Blick der Tür zu. Korbinian drehte sich um, und als er sah, wer da hereinkam, wurde ihm heiß und kalt.

32

Wellmann hatte Glück. Die Anwältin nahm gleich nach dem ersten Klingeln an.

»Leni Rimppach?«, meldete sie sich.

»Kriminalhauptkommissar Tobias Wellmann am Apparat«, sagte er.

Am anderen Ende der Leitung entstand eine kurze Pause. Er meinte zu hören, dass ein Stuhl gerückt wurde. Im Hintergrund redeten Menschen durcheinander.

»Ja und?«

»Ich ermittle im Fall der Tötung von Sylvia Mayr und hätte da ein paar Fragen zu Ihrem Verhältnis zur Verstorbenen.«

Wieder entstand eine kleine Pause.

»Wie kommen Sie an meine Handynummer?«

Wellmann seufzte. Warum konnte die Frau nicht einfach ein paar Fragen beantworten?

»Mein Kollege Korbinian Mächle hat Ihre Nummer in der Ermittlungsakte hinterlegt«, erklärte er.

Wieder entstand diese kleine Pause. Was wohl als Nächstes kam?

»Gut, ich bin im Tweety, das kennen Sie ja sicher, oder?«

»Ja, kenne ich. Können Sie auf dem Rückweg an der Dienststelle vorbeikommen? Dann kann ich Ihnen meine Fragen dort stellen.«

Ein glockenhelles Lachen ertönte in der Leitung.

»Nein, nein, Sie wollen doch etwas von mir. Also spielen wir hier nach meinen Regeln. Außerdem mag ich Ihre Dienststelle nicht. Das ist so ein kalter, zweckmäßiger Bau. Und sehen Sie es mal so. Ich habe jetzt einen Riesenhunger und werde gleich eine Portion Kässpätzle verdrücken. Dann bin ich glücklich, zufrieden und auskunftsbereit. Wenn ich aber mit knurrendem Magen vor Ihnen sitze, bin ich ganz bestimmt gefrustet, knatschig und maulfaul. Und nun die Preisfrage: Wovon haben Sie mehr?«

Wellmann schmunzelte. Eins musste man dieser Anwältin zugutehalten. Sie war durchaus charmant. Er konnte sich ausmalen, wie sie bei Gericht auf ihre locker-flockige Art die Argumente des Staatsanwaltes zerpflückte, fragte sich aber auch, ob das alles war, was sie zu bieten hatte, oder ob sie auch eine ernsthafte Seite besaß. Um das herauszufinden, würde er sie wohl oder übel im Tweety treffen müssen.

»Okay«, sagte er. »Ich mache mich auf den Weg.«

Zehn Minuten später schlang er die Schutzkette um einen schmiedeeisernen Zaun gegenüber der kleinen Gaststätte im Herzen Biberachs. Er war früher häufig dort gewesen, um eine Kleinigkeit zu essen oder sich mit Freunden auf ein Bierchen zu treffen. Und er freute sich darüber, dass es den Betreibern gelungen war, den Betrieb nach der Coronakrise wiederaufzunehmen.

Wellmann entdeckte schon von Weitem den roten Haarschopf der Anwältin im hinteren Teil des Lokals. Sie war jedoch nicht allein. Vor ihr saß ein Mann. Als der Kommissar sich näherte, erkannte er, um wen es sich handelte.

»Korbinian«, sagte er. »Wie praktisch, dann können wir die Befragung ja zu zweit durchführen.«

Dem Kollegen schoss bei Wellmanns Worten das Blut in den Kopf. »Hallo … Hallo, Tobias«, stammelte er, mied aber seinen Blick.

»Der Herr Mächle war so nett, mich hier aufzusuchen. Auf seinem Damenrad. Wie umweltbewusst«, sagte Frau Rimppach und reichte dem Kommissar die Hand.

Die Röte in Korbinians Gesicht weitete sich nun auch auf seine Ohren aus.

Wellmann enthielt sich einer Antwort. Stattdessen fragte er: »Haben Sie Ihre Kässpätzle jetzt schon gegessen? Ich würde Ihnen nämlich gerne meine Fragen stellen. Dann haben Sie auch Zeit, sich wieder ausführlich mit dem Kollegen Mächle zu beschäftigen.«

»Tobias … Es ist nicht so, wie du –«, setzte Korbinian an, doch Wellmann hob die Hand, und er verstummte.

Auf dem Gesicht der jungen Frau erschien ein maliziöses Lächeln. Die hatte es ja wohl faustdick hinter den Ohren.

»Nun gut, Herr Kriminalhauptkommissar«, sagte sie. »Dann schießen Sie mal los. Was wollen Sie wissen?«

»Wie lange kannten Sie Sylvia Mayr schon?«

»So etwa ein Jahr. Ich habe sie bei Gericht kennengelernt – das wird ja wahrscheinlich Ihre nächste Frage sein, Herr Kriminalhauptkommissar. Wir haben gemeinsam auf einer Bank gesessen. Ich habe darauf gewartet, dass meine Verhandlung beginnt, sie, dass sie in den Zeugenstand eines anderen Prozesses gerufen wurde. So sind wir ins Gespräch gekommen und haben festgestellt, dass wir ein Interesse teilen.«

»Den Umweltschutz.«

»Bingo, Herr Kriminalhauptkommissar.«

»Und wie begann dann Ihre Zusammenarbeit?«

»Wir waren gerade dabei, einen Bauern in Bad Buchau zu verklagen, der verbotenerweise chemischen Dünger auf Wiesen am Rand des Naturschutzgebietes kippte. Ich habe Sylvia um ein Gutachten gebeten, und das hat uns die entscheidenden Beweise dafür geliefert, dass dieser Umweltsünder verurteilt werden konnte.«

»Das war aber nicht Ihr einziges Projekt, oder?«

»Nein, ich habe durch meine Arbeit im Vogelschutzverein erfahren, dass am Ortsrand von Schweinhausen ein neuer Bebauungsstreifen ausgewiesen werden sollte. Unglücklicherweise auf dem Brutgebiet einer Kalkentenart. Zudem waren zu der Zeit auch drei tote Tiere aufgetaucht, bei denen erhöhte Quecksilberkonzentrationen im Blut nachgewiesen wurden.«

»Und dann haben Sie gegen das Neubaugebiet geklagt und ein Bodengutachten in Auftrag gegeben.«

Sie nickte.

»Wir haben auf voller Linie gesiegt. Die Wiese wurde zum Schutzgebiet erklärt, und der Bauer musste den Boden reinigen lassen.«

»Haben Sie, jemand aus dem Vogelschutzverein oder Frau Mayr jemals Drohungen vonseiten der betroffenen Landwirte erhalten?«

Sie schüttelte den Kopf. »Die Bauern sind keine schlechten Menschen. Die haben eingesehen, dass sie den Kürzeren gezogen haben.«

»Gab es weitere Prozesse?«

»Ja, wir haben noch zwei Bauvorhaben verhindert. In diesen Fällen war aber nicht die Bodenqualität ausschlaggebend, sondern der Artenschutz. Auch hier waren Nistgebiete bedroht, und – um Ihre Frage vorwegzunehmen – auch hier gab es keinerlei Drohungen von der Gegenseite.«

»Hatten Sie ein aktuelles Projekt am Laufen?«, fragte Wellmann.

Nun veränderte sich erstmals etwas im Wesen der Anwältin. War sie zuvor die Selbstsicherheit in Person gewesen, sah der Kommissar nun kleine Kratzer an dieser strahlenden Rüstung.

Sie leckte sich zweimal rasch über die Unterlippe. »Wir haben da über ein Projekt gesprochen. Aber ich weiß nicht wirklich viel darüber. Sylvia war erstaunlich zugeknöpft. Es war ihr Baby.«

»Worum ging es?«

Wieder strich die Zungenspitze der Anwältin über ihre bleichen Lippen. »Sie hat angedeutet, dass sie einer großen Sache auf der Spur war. Es ging um Bodenkontaminationen.«

»Hier in der Gegend?«

»Ich weiß es nicht. Wie gesagt, sie hat mir nicht viel darüber verraten. Aber sie hat sich da so richtig reingekniet, das können Sie mir glauben.«

»Woran haben Sie das gemerkt?«, fragte Wellmann.

»Sylvia war ein Mensch, der alles gegeben hat, der für eine Sache brennen konnte. Sie hat es nicht einfach gehabt mit einem brutalen Vater und einer Mutter, die neidisch darauf war, dass ihre Tochter den Weg gegangen ist, der ihr selbst verwehrt war. Ich habe das mit diesem Mermaiding nie so richtig verstanden. Aber es war ihr Ding. Und damit hat sie eine Menge Menschen beeindruckt. Haben Sie mal in ihren Instagram-Account reingeschaut? Hunderttausende von Beileidsbekundungen sind es inzwischen. Ein paar ihrer reichweitenstärksten Kolleginnen haben sogar Fotos gepostet, in denen sie als Zeichen der Anteilnahme schwarze Flossen und Bikinioberteile tragen. Ganz ohne Glitzer. Sie war der größte Star der Szene, weil sie nicht einfach nur gut im Mermaiding war. Sie war perfekt. Und so waren auch ihre Gutachten. Auf den Punkt, präzise, korrekt und klar. Eine Perfektionistin mit jeder Faser.«

»Wie kommen Sie darauf, dass Frau Mayr neidisch auf Sylvia gewesen ist?«

»Stellen Sie sich vor, Sylvia und ich haben miteinander gesprochen. Ich glaube, das nennt sich zwischenmenschliche Kommunikation.«

Wellmann überging die Spitze. »Gut, eine Frage noch, dann können Sie Ihre Kässpätzle genießen.«

»Wenn es sein muss«, erwiderte sie.

»Benedikt Wiegand. Wir haben den Eindruck, dass er Sylvia gestalkt haben könnte.«

»Ja, da liegen Sie richtig. Wie ich Herrn Mächle bereits gesagt habe, habe ich lange versucht, auf Bene einzuwirken, ihn dazu zu bringen, diese permanenten Nachrichten und Anrufe und Briefe zu unterlassen, aber er –«

Wellmann hob die Hand. »Moment, nur dass ich es richtig verstehe: Sie haben versucht, auf Herrn Wiegand einzuwirken? Sie kannten ihn demnach näher?«

Leni Rimppach seufzte. »Die Kommunikation in Ihrem Team scheint ja unter aller Kanone zu sein. Natürlich kenne ich ihn näher. Er ist der Schatzmeister in unserem Vogelschutzverein. Da, schauen Sie!«

Sie zog Korbinian ein Blatt Papier aus der Hand und legte es auf dem Tisch aus. Es war die Mitgliederliste. Ganz unten stand auch der Name von Sylvia Mayrs Ex-Freund.

»Wann hatten Sie das letzte Mal Kontakt zu Wiegand?«, fragte Wellmann.

»Das habe ich alles schon mit Ihrem Kollegen besprochen. Ich schlage vor, dass Sie sich einmal miteinander unterhalten und sich gegenseitig auf Stand bringen. Währenddessen werde ich meine Kässpätzle verdrücken. Auf Wiedersehen.«

Er erhob sich. Korbinian sah ihn unschlüssig an. Doch ob der Kollege ihm folgen würde, war Wellmann gleichgültig. Er verabschiedete sich, wünschte Frau Rimppach einen guten Appetit und verließ das Lokal.

33

Linda saß auf ihrem Schreibtischstuhl, die Beine ausgestreckt, in der Hand eine Tasse Kaffee, aus der sie in regelmäßigen Abständen Schlucke nahm. Sie dachte über die beiden Fälle nach.

Das Telefon läutete und riss sie aus ihren Überlegungen.

»Sperling von der KT hier«, sagte eine noch recht jung klingende Frauenstimme. »Ich wollte Ihnen nur sagen, dass wir inzwischen die Analysen der Proben aus dem Becher und die Ergebnisse der Durchsuchungen von Wiegands Wohnung vorliegen haben.«

Linda wartete darauf, dass die Frau fortfuhr, doch sie sagte nichts mehr.

»Und was haben die Analysen ergeben?«, fragte sie ungeduldig.

»Wir haben Morphin gefunden«, erwiderte Frau Sperling. »Aber das Profil der Stiefel, die wir aus Wiegands Wohnung mitgenommen haben, stimmt nicht mit dem überein, was die Kollegen an der B 30 gesichert haben.«

Linda schloss die Augen. Sie hatte es kaum noch zu hoffen gewagt, dass das Medikament in dem Becher nachweisbar sein würde. Nun hatten sie eine ziemlich eindeutige Indizienkette, die von dem Mann mit dem AC/DC-Shirt bis zu Sylvia Mayrs Ertrinken im Becken des Parkbads reichte. Dass das Profil der Stiefel aus Wiegands Wohnung nicht mit dem am zweiten Tatort übereinstimmte, überraschte sie nicht. Wer trug schon im Juni fellgefütterte Winterschuhe?

»Okay«, sagte sie. »Danke für die Info.«

Sie legte auf. Auf dem Gang waren laute Männerstimmen zu hören. Sie verdrehte die Augen, als ihr klar wurde, dass es sich um Wellmann und Korbinian handelte. Was war jetzt schon wieder los?

»Ich hatte dir ausdrücklich untersagt, mit dieser Frau Kontakt aufzunehmen«, schrie Wellmann, als er das Büro betrat.

Er hatte einen hochroten Kopf. Korbinian dagegen war totenbleich.

»Ich habe nur meine Spur verifiziert.«

»Du hättest mich vorher informieren müssen!«

»Was hätte das geändert? Jetzt wissen wir, dass Sylvia Mayrs Ex-Freund Schatzmeister bei den Vogelschützern war.«

Linda klappte der Mund nach unten. Diese Information musste sie erst einmal verdauen.

»Was es geändert hätte?«, rief Wellmann. »Du kapierst es immer noch nicht, oder? Inhaltlich hätte das nichts geändert. Es hat mit der Kommunikation in unserem Team zu tun. Die ist unter aller Sau. Da hat die Frau Rechtsanwältin schon recht. Wir können uns keine Alleingänge leisten. Ich habe die Schnauze voll von deinen Egotrips.«

Korbinian stand vor ihm, die Arme überkreuzt. »Ich habe zuerst herausgefunden, dass Wiegand eine zentrale Rolle in beiden Fällen spielt. Im Gegensatz zu dir habe ich die Mitgliederliste des Vereins ganz gelesen.«

»Schön für dich. Möchtest du eine Belohnung? Soll ich dir eine Krone im Burgerladen holen?«

Linda hatte genug. »Könnt ihr mich vielleicht einmal aufklären, was es mit dieser Enthüllung auf sich hat?«, rief sie.

Wellmann und Korbinian sahen sie an. Ihr Einwurf schien ihnen ein wenig den Wind aus den Segeln zu nehmen.

»Sylvia Mayr und Leni Rimppach waren befreundet und haben gemeinsam an Fällen von Bodenkontaminationen im Landkreis gearbeitet. Benedikt Wiegand war Schatzmeister im Vogelschutzverein. Leni Rimppach wusste von dem Stalking und hat versucht, auf ihn einzuwirken, dass er Sylvia in Ruhe lässt«, sagte Korbinian.

»Krass«, sagte Linda. »Könnte er sowohl mit dem Tod von Sylvia Mayr als auch mit dem Anschlag auf den Arzt zu tun haben?«

Wellmann zuckte mit den Achseln. »Er scheint zumindest eine Brücke zwischen den beiden Fällen zu schlagen. Die Frage ist nur, ob hinreichende Motive vorliegen.«

»Im Fall von Sylvia Mayr könnte es Eifersucht gewesen sein«, sagte Linda. »Er war besessen von ihr und hat sie gestalkt.«

»Und was ist mit Dr. Kugelmann?«, fragte Wellmann.

»Ich habe eine Frau Gombrowski befragt«, sagte Korbinian. »Sie ist Mitglied im Vogelschutzverein. Sie hat ausgesagt, dass Wiegand sich mehr und mehr radikalisiert habe, nachdem sich seine Freundin von ihm getrennt hatte. Vielleicht hat ihr Tod die letzte Sicherung bei ihm durchbrennen lassen, sodass er beschlossen hat, gezielt Jagd auf SUVs zu machen.«

»Er soll zuerst Sylvia Mayr umgebracht haben, dann aber von ihrem Tod so erschüttert gewesen sein, dass er durchgeknallt und Amok gelaufen ist?«, fragte Linda.

»Klingt nicht gerade überzeugend«, pflichtete Wellmann ihr bei. »Schließlich hat er den Arzt gezielt in die Falle gelockt. Das sieht nicht wie eine Kurzschlussreaktion aus.«

Korbinian schnaubte. »Für uns muss nicht logisch klingen, was in einer Ausnahmesituation im Hirn eines Menschen vor sich geht. Vielleicht ist er wahnhaft. Das schließt ein methodisches Vorgehen nicht aus.«

»Das stimmt«, sagte Linda. »Aber selbst wenn die Logik in Wiegands Kopf verquer war, sollte sie doch einen inneren Zusammenhang aufweisen. Und der fehlt mir hier.«

Wellmann nickte. »Ich denke, wir haben ein interessantes Puzzlestück gefunden«, sagte er. »Wir müssen herausfinden, an welchen Platz es sich einfügt und ob es uns dabei hilft, weitere leere Stellen zu füllen.«

»Ich habe auch noch eine Info«, sagte Linda und berichtete von dem Anruf aus der KT.

»Gut, wir haben nun also eine lückenlose Indizienkette, die nachweist, dass der Mann in dem AC/DC-Shirt das Morphin in Sylvia Mayrs Kaffee geschüttet hat und dass dieser tatsächlich die Quelle der Vergiftung war«, fasste Wellmann zusammen.

»Nun brauchen wir nur noch einen Beweis dafür, dass es sich dabei um diesen Wiegand gehandelt hat«, sagte Linda.

»Aber wenn er der Täter gewesen sein soll, warum trug er dann Klamotten, die auf Sylvias Vater hinweisen? Und warum hat er das Hinken imitiert?«, fragte Korbinian.

»Ist das nicht klar?«, sagte Linda. »Er wollte den Verdacht auf Walter Mayr lenken, um nicht selbst ins Visier der Ermittlungen zu geraten.«

Korbinian grinste. »Hm, nun scheint es dir plötzlich nichts mehr auszumachen, dass das sehr planvoll für jemanden klingt, der krank vor Eifersucht ist.«

Wellmann seufzte. »Es hilft alles nichts, wir müssen Benedikt Wiegand so schnell wie möglich finden. Nur er wird uns diese Fragen beantworten können.«

»Wir sollten auch noch einmal Sylvias Mutter zur Befragung bitten. Mütter haben doch ein Gespür für ihre Schwiegersöhne in spe. Vielleicht kann sie ein wenig Licht ins Dunkel bringen«, schlug Linda vor.

Wellmann nickte. »Und sie kann uns verraten, ob die Gerüchte stimmen, dass ihr Mann es mit Umweltschutzauflagen nicht so genau genommen hat.«

34

Wellmann suchte die Handynummer von Luisa Mayr heraus. Sie sagte zu, gleich zur Befragung ins Dezernat zu kommen.

Zehn Minuten später meldete die Pforte, dass die Zeugin eingetroffen sei. Linda holte sie ab und bat sie, sich auf den bereitstehenden Stuhl im Befragungsraum zu setzen.

»Wir wollten noch einmal ein wenig ins Detail gehen, was die Dynamik innerhalb Ihrer Familie angeht. Ich kann mir vorstellen, dass es Ihnen schwerfallen muss, darüber zu sprechen, und wir können jederzeit unterbrechen, wenn es Sie zu sehr belastet«, begann Wellmann.

»Danke«, erwiderte Frau Mayr mit einem schmalen Lächeln. »Ich werde davon Gebrauch machen, wenn ich nicht mehr kann. Es ist alles viel für mich. Der Auszug, Sylvias Tod.« Sie schluckte, und ihre Augen glänzten feucht.

»Bleiben Sie dabei, Ihren Mann zu beschuldigen, dass er für den Tod Ihrer Tochter verantwortlich ist?«

»Es kann niemand anderes gewesen sein. Nur Walter wäre dazu fähig. Er hat Sylvia dafür gehasst, dass sie ihren eigenen Lebensentwurf verfolgt hat. Und er ist nicht damit zurechtgekommen, dass sein Dasein so miserabel zu Ende geht, während seine Tochter glücklich war.«

»Nehmen wir einmal an, Ihr Mann steckt tatsächlich hinter dem Mord«, sagte Wellmann. »Wie soll er ihn begangen haben?«

»Sie haben doch gesagt, dass Sylvia mit einem Schmerzmittel vergiftet wurde. Mein Mann hat Zugang zu solchen Medikamenten.«

»Zugang zu haben und jemandem gegen seinen Willen ein Medikament zu verabreichen, sind zwei verschiedene Dinge«, gab Wellmann zu bedenken. »Ihr Mann ist schlecht zu Fuß und auf Beatmung angewiesen. Wie sollte er da in der Lage sein, Ihre Tochter in aller Öffentlichkeit zu vergiften?«

»Das weiß ich nicht«, sagte Frau Mayr in einem Ton, der Erschöpfung, aber auch ein wenig Genervtheit verriet. »Ich bin keine Polizistin. Es ist wohl eher Ihre Aufgabe, das herauszufinden.«

»Könnte es denn sein, dass Ihr Mann einen Komplizen hatte? Jemanden, der die Drecksarbeit für ihn erledigt hat?«, warf Linda ein.

»An wen denken Sie da?«

»Was ist mit Ihrem Sohn?«

Frau Mayrs Augen weiteten sich. »Peter?« Sie schüttelte den Kopf so vehement, dass ihre grauen Locken von einer Seite zur anderen schwangen. »Nein, das ist unmöglich. Mein Sohn würde sich nie dazu hergeben.«

»Was gibt Ihnen die Sicherheit, das behaupten zu können?«, fragte Wellmann.

Frau Mayr sah ihn eine Zeit lang an. Schließlich fragte sie ihn: »Haben Sie Kinder?«

Er nickte.

»Könnten Sie sich vorstellen, dass eines Ihrer Kinder das andere umbringt?«

»Nun«, erwiderte er, »grundsätzlich widerstrebt es mir, mir so etwas auszumalen. Dass Geschwister sich umbringen, ist fern jeder Normalität. Meine kriminalistische Erfahrung sagt mir jedoch, dass es Fälle gegeben hat, in denen sich nahe Familienangehörige getötet haben. Wenn Sie die Kriminalstatistiken anschauen, stammen die meisten Täter aus dem nahen Umfeld des Opfers. Insofern kann ich durchaus verstehen, dass Ihnen die Idee nicht behagt, Ihr Sohn könnte mit dem Tod Ihrer Tochter etwas zu tun haben. Aber wir müssen dieser Spur nachgehen. Möglich wäre es.«

Sie schüttelte noch einmal den Kopf. »Peter wäre dazu nicht fähig. Punkt. Er hat Sylvia geliebt. Auf seine Art. Sie hat ihn immer vor der Wut des Vaters beschützt. Er hätte ihr nie auch nur ein Haar gekrümmt.«

Wellmann wechselte das Thema: »Ist Ihnen bekannt, ob

Ihr Mann bei der Bewirtschaftung seiner landwirtschaftlichen Ackerflächen Umweltauflagen missachtet hat? Sie können die Aussage jederzeit verweigern, da Sie noch verheiratet sind.«

Sie winkte ab. »Es wäre doch seltsam, wenn ich Walter beschuldigen würde, meine Tochter ermordet zu haben, dann aber davor zurückschrecken würde, weniger schmutzige Wäsche zu waschen. Ja, Sie haben da einen Punkt angesprochen, der für meinen Mann noch recht unangenehm werden könnte. Er hat Umweltauflagen missachtet. Einige unserer Ackerflächen grenzen an das Wettenberger Ried. Da gibt es ganz klare Vorschriften, welche Dünger und welche Schädlingsbekämpfungsmittel ausgebracht werden dürfen. Sagen wir es einmal so: Walter hatte wenig Interesse daran, sie einzuhalten.«

»War das nur Ihnen bekannt, oder gab es dazu jemals Anzeigen oder Ermittlungen?«

»Ich habe gehört, dass es im Dorf Gerede gab. Aber ich habe nie erlebt, dass sich eine Behörde bei meinem Mann gemeldet hätte.«

»Und Ihre Tochter?«, fragte Linda. »Hat die jemals Wind von der Sache bekommen? Als Bodenanalytikern wäre sie doch prädestiniert dafür gewesen, die Verstöße aufzudecken.«

»Sie wollte einmal Proben von unseren Böden nehmen«, sagte Frau Mayr. »Aber ich habe sie gebeten, es sein zu lassen. Ich wollte keine Schwierigkeiten mit meinem Mann. Denn ausgebadet hätte ich es, wenn das öffentlich geworden wäre.«

Linda wechselte einen Blick mit Wellmann und deutete auf das Tablet auf dem Beistelltischchen. Er nickte. Sie nahm das Gerät und suchte die Szene in den Überwachungsvideos, in der der Mann zu sehen war, der sich Sylvias Becher genähert hatte.

»Was ist das?«, fragte Frau Mayr.

Linda erklärte es ihr.

»Ich möchte Ihnen einen Ausschnitt aus dem Video zeigen. Die Person ist leider schlecht zu erkennen.«

Sie spielte die Sequenz ab. Die verpixelte Gestalt erschien

im Bild, näherte sich der Bank, verdeckte den Becher und verschwand dann wieder.

»Also der Mann in dem Video sieht aus wie Walter, und er bewegt sich wie Walter«, sagte Frau Mayr. Ihr Gesicht war totenbleich, und ihre Unterlippe zitterte leicht.

»Schauen Sie noch einmal genau hin«, bat Wellmann sie. Er spielte ihr das Video erneut vor.

»Das ist Walter. Zu hundert Prozent. Ich hatte recht.«

»Welches Bein hat Ihr Mann sich bei dem Unfall damals gebrochen?«, fragte Linda.

»Das rechte.« Sie hielt sich eine Hand vor den Mund. »Der Mann in dem Video humpelt aber mit dem linken.«

»Eben deshalb konnten wir unseren Verdacht gegen Ihren Mann nicht aufrechterhalten«, sagte Wellmann.

»Die übrigen Bewegungen passen aber«, sagte sie. »Und was er anhat.«

»Aber Ihr Mann wäre nicht fähig, das Hinken auf dem anderen Bein vorzutäuschen«, sagte Wellmann.

»Wer soll das sonst gewesen sein?«

»Was ist mit Ihrem Sohn?«

»Der ist größer als der Mann in dem Video.«

»Und Benedikt Wiegand?«

»Sie glauben doch nicht im Ernst, dass der Benedikt die Sylvia umgebracht hat?«

»Wir glauben gar nichts«, erwiderte Wellmann. »Wir sammeln Indizien und Beweise und ziehen unsere Schlüsse daraus.«

Sie bat darum, das Video noch einmal sehen zu dürfen.

»Hm, er könnte es schon sein. Die Größe würde passen. Aber warum sollte er Sylvia getötet haben? Das ist doch absurd. Er hat sie abgöttisch geliebt. Ich habe ihn am Wochenende vor ihrem Tod auf dem Markt getroffen, und da hat er mich gebeten, ein gutes Wort bei ihr einzulegen, weil er sie wiedergewinnen wollte.«

»Was für einen Eindruck hat er da auf Sie gemacht?«

»Wie meinen Sie das?«

»Nun, hat er normal auf sie gewirkt oder irgendwie durcheinander?«

Sie überlegte kurz. »Er wirkte ein wenig gehetzt. Aber ansonsten war er wie immer. Nett, freundlich, schüchtern. Er hätte Sylvia kein Haar krümmen können. Nie und nimmer.«

Wellmann legte ein Blatt vor sie auf den Tisch. Es zeigte den Ausdruck des Phantombildes, das die KT nach den Angaben des Mädchens erstellt hatte, das den Becher gestohlen hatte. »Kennen Sie diese Person?«, fragte er.

Frau Mayr sah sich das Bild lange an. Dann seufzte sie und sagte: »Ja, sie sieht aus wie Benedikt.«

35

»Wie, die Metzgerei in diesem Supermarkt wird nicht von einem lokalen Geschäft betrieben?« Die Tante zog ihre dünnen Brauen nach oben, was ihre rot geäderten Augen riesig erscheinen ließ. Korbinian atmete tief durch.

»Nein«, sagte er. »Die Mama isst auch kaum Fleisch. Sie kann es nicht mehr kauen. Wenn sie ab und zu Appetit auf Wienerle oder so etwas hat, kaufe ich bei einem Metzger in der Stadt ein.«

»Ah, das erklärt auch, warum sie so mager ist. Sie muss doch Fleisch essen. Sie ist nur noch Haut und Knochen. Fett und tierisches Eiweiß, das braucht sie.«

»Das bekommt sie«, sagte Korbinian, der sich zwingen musste, ruhig zu bleiben, um nicht mitten im Supermarkt einen ausgewachsenen Tobsuchtsanfall zu erleiden. »Sie isst gerne Käse. Am liebsten den fünfzigprozentigen Romadur.«

Da sie gerade am Kühlregal vorbeikamen, packte er gleich drei der kleinen, backsteinförmigen Käsepakete in den Einkaufswagen.

Die Tante seufzte. »Vielleicht solltet ihr einmal eine Beratung in Anspruch nehmen. Eine ausgewogene und vor allem nahrhafte Ernährung ist wichtig für das Wohlbefinden. Ich bezweifle, dass meine Schwester wieder gesund wird, wenn sie sich vorwiegend vegetarisch ernährt.«

Sie hatte das Wort »vegetarisch« ausgespien wie ein Stück Knorpel. Korbinian beschloss, die Diskussion hier ins Leere laufen zu lassen. Dass seine Mutter nie mehr gesund in dem Sinn werden würde, wie seine Tante das Wort verstand, würde sie nicht nachvollziehen können.

Er packte die Einkäufe auf das Fließband und bezahlte an der Kasse. Als er die ersten Tüten in den Kofferraum seines SUVs stellte, klingelte sein Handy. Er nahm es aus der Hosentasche und sah auf das Display. Die Nummer hatte er zwar nicht gespeichert, aber er wusste, wer sich dahinter verbarg. Was wollte Leni Rimppach schon wieder von ihm? Er überlegte, ob er sie wegdrücken sollte. Auf eine erneute Demütigung hatte er keine Lust. Doch dann siegte die Neugier. Er bedeutete seiner Tante, dass er den Anruf annehmen musste, und drückte auf das grüne Hörersymbol.

»Guten Tag, Herr Kommissar«, sagte die Anwältin in dem fröhlichen Singsang, der ihm inzwischen schon vertraut war.

»Guten Tag, Frau Rimppach«, erwiderte er. »Was wollen Sie?«

»Na, na, na, jetzt seien Sie mal nicht so barsch, Herr Kommissar. Ich wollte doch nur mit Ihnen sprechen.«

Korbinian entschied sich, nicht auf ihre Spielchen einzugehen. Er erinnerte sich an die Fortbildung über Kommunikationsstrategien, die er vor einem halben Jahr besucht hatte, und versuchte, auf der Sachebene zu bleiben. »Worüber?«

»Nun, über den Vogelschutzverein. Ich denke, dass ich da vielleicht noch ein paar Informationen habe, die ich Ihnen anvertrauen kann.«

»Dann kommen Sie doch bitte heute Nachmittag in die Dienststelle.«

Sie schwieg, und Korbinian fuhr fort.

»Um fünfzehn Uhr?«

»Ich dachte, Sie schauen vielleicht bei mir vorbei? Ich mache Ihnen auch einen Kaffee. Und der ist garantiert besser als das Gebräu, das bei Ihnen serviert wird.«

»Wenn Sie eine Aussage machen wollen, sollte das ordnungsgemäß in der Dienststelle stattfinden«, erwiderte Korbinian und biss sich auf die Zunge, als er bemerkte, dass er klang wie Wellmann.

»Nun, dann überlege ich mir vielleicht noch einmal, ob ich eine Aussage mache. Ich finde Ihre Dienststelle so … so unkommod. In meinen eigenen vier Wänden könnte ich mich viel besser fallen lassen, und dann sprudeln wahrscheinlich auch mehr Informationen, mit denen Sie etwas anfangen können. Also, was sagen Sie? Um drei bei mir?«

Korbinian atmete tief durch. »Nein. Ich habe Ihretwegen schon genug Probleme am Hals. Von nun an werden wir das streng nach den Vorschriften handhaben. Also, dann treffen wir uns um drei in der Dienststelle.«

»Es tut mir leid.«

Korbinian stockte kurz der Atem. Er hatte erwartet, dass sie weitere Koketterien ausprobieren würde, aber diese Entschuldigung klang so simpel und so ehrlich, wie er es ihr nie zugetraut hätte.

»Was tut Ihnen leid?«, fragte er.

»Na, dass Sie jetzt meinetwegen Probleme haben.«

»Kommen Sie dann um fünfzehn Uhr in die Dienststelle?«

Am anderen Ende der Leitung blieb es still. Er beschloss zu warten.

»Vielleicht sage ich Ihnen am Telefon, worum es geht, dann können wir überlegen, ob ich bei Ihnen vorbeischauen muss.«

Korbinian seufzte. Nach dem kurzen, ehrlichen Moment begann sie schon wieder Spielchen zu spielen. Er war es leid. »Na gut, schießen Sie los«, sagte er widerwillig.

»Ich habe mich mit den Vereinsmitgliedern beraten. Und wir sind der Ansicht, dass wir ein paar Dinge klarstellen müssen.«

»Okay.«

»Ja, wir haben Aktionen gegen SUVs unternommen. Konkret haben wir Fahrzeuge in der Altstadt mit grüner Farbe beschmiert.«

»Wer ist ›wir‹?«, fragte Korbinian.

»Einzelne Mitglieder des Vereins, die aktuell noch anonym bleiben wollen.«

»Und mein Auto?«

Die Anwältin zögerte kurz, dann sagte sie: »Da haben ein paar meiner Leute es wohl übertrieben, sorry.«

Er schnaubte. »Was ist mit dem Anschlag auf den Notarzt?«

»Damit haben wir nichts zu tun.«

»Wenn Sie von ›wir‹ sprechen, bezieht sich das dann auch auf Benedikt Wiegand?«

»Nein. Er war an unseren Aktionen nicht beteiligt. Wie ich schon gesagt habe, seit der Trennung von Sylvia hat er mehr oder weniger in seiner eigenen Welt gelebt.«

»Könnte er den Anschlag auf den Notarzt verübt haben?«

»Warum sollte er?«

»Nun, vielleicht hat sich seine Frustration über den Tod von Sylvia Mayr in seinem Hass auf SUV-Fahrer entladen.«

»Eine Art Amoklauf? Keine Ahnung. Kann ich mir aber irgendwie nicht vorstellen.«

»Kommen wir einmal auf Sylvia zurück«, sagte er.

»Was ist mit ihr?«, fragte sie leise.

»Dafür, dass Sie bei einigen Fällen so eng zusammengearbeitet haben, scheint ihr Tod Sie erstaunlich wenig zu berühren.«

»Sie haben doch keine Ahnung, was mich wie berührt«, zischte sie.

»Ich wollte nicht –«, sagte er, verstummte aber angesichts des Geräuschs, das aus dem Lautsprecher seines Handys kam. Leni Rimppach schluchzte.

»Sylvia war nicht nur eine Gutachterin«, stieß sie hervor. »Sie war eine gute Freundin. Es ist schrecklich, was mit ihr passiert ist. Ich …«

Korbinian wurde es heiß und kalt. Was sollte er tun? Wie reagieren?

»Können wir dann langsam nach Hause fahren?«, hörte er die Stimme seiner Tante.

Er drehte sich zu ihr um.

Sie hielt zwei weitere Einkaufstüten in der Hand und sah ihn auffordernd an. »Da sind Tiefkühlgerichte drin, die sollten nicht auftauen.«

Er deutete ihr an, dass er noch einen Moment telefonieren müsse. »Kommen Sie um drei in die Dienststelle«, bat er Leni Rimppach.

»Nein«, sagte sie, ein wenig gefasster klingend. »Ich habe nichts Weiteres auszusagen.«

»Das Gefühl habe ich aber nicht.«

Seine Tante zog an seinem Ärmel und wies auf das Auto.

»Entspricht es Ihren Vorschriften, sich nach Ihren Gefühlen zu richten?«

»Das liegt in meinem eigenen Ermessen«, sagte er. »Und in Ihrem Fall werde ich das Gefühl nicht los, dass Sie uns etwas verschweigen.«

»So, jetzt ist aber Schluss. Wir müssen heim«, rief seine Tante.

»Ich muss auflegen«, sagte er.

Leni Rimppach schluchzte noch einmal, dann sagte sie mit leiser Stimme: »Ich habe Angst. Angst, dass mir dasselbe passieren könnte wie Sylvia.«

Er wollte etwas erwidern, doch sie hatte die Verbindung bereits beendet.

36

Wellmann legte den Telefonhörer auf das Gerät, lehnte sich zurück, verschränkte die Hände hinter dem Kopf und seufzte. »Nichts. Bei der Staatsanwaltschaft ist bislang keine Anzeige gegen Walter Mayr eingegangen.«

»Dass kein Verfahren eingeleitet wurde, heißt ja nicht, dass er keine Umweltsünden begangen hat«, gab Linda zu bedenken.

Er nickte. »Vielleicht sollten wir uns einmal beim Umweltamt erkundigen, ob es Hinweise darauf gibt, dass er Vorschriften oder Auflagen missachtet hat.«

»Dann nichts wie los«, sagte Linda, erhob sich und griff nach ihrem Autoschlüssel.

Wellmann blieb sitzen und sah sie schmunzelnd an.

»Was ist?«, fragte sie.

»Ach nichts, mir ist nur gerade dieser nette kleine Widerspruch aufgefallen, zwischen dem, was du sagst, und dem, was du tust.«

Sie legte den Kopf schräg. »Kannst du das bitte etwas deutlicher ausführen, dass auch ich das verstehe?«

»Du willst zum Umweltamt, das einen halben Kilometer von hier entfernt liegt, greifst dafür aber automatisch zu deinem Autoschlüssel.«

Linda verdrehte die Augen. »Fängst du jetzt auch schon damit an?«

Wellmann hob die Hände. »Ich werde sicher nicht zu einem militanten Umweltschützer mutieren und SUVs mit grüner Farbe beschmieren. Aber ich finde schon, dass wir durch kleine Gesten etwas bewirken können.«

»Ja, ich weiß, ich sollte mit dem Fahrrad zur Arbeit kommen.«

Wellmann winkte ab. »Darum geht es gar nicht. Schon das

Abdrehen der Heizung und das Ausschalten des PC am Feierabend spart Energie und ist gut für die Umwelt.«

»Ich werde es beherzigen«, sagte Linda. »Und jetzt komm, lass uns aufbrechen, zu Fuß brauchen wir sicher länger.«

Zehn Minuten später kamen sie vor dem Landratsamt an. Wellmann sah hinauf zu der Glasbrücke, die die beiden Gebäudeteile miteinander verband. Er fragte an der Pforte nach dem Weg. Kurz darauf klopfte er an eine Tür im dritten Stock des Altbaus.

»Ja, bidde?«, hörte er es rufen.

Ein kleiner, vollkommen kahlköpfiger Mann sah hinter einem Stehpult hervor, auf dem ein Bildschirm stand. Wellmann stellte sich und Linda vor. Der Beamte kniff die Äuglein zusammen und musterte sie kurz, dann erwiderte er: »Mir heißet fascht ähnlich. Sie Wellmann, i Bellmann. Wenn die Telefonverbindung schlecht ischt, könnte des zu Verwechslunge führe.«

Wellmann konnte ein Grinsen nicht unterdrücken.

»Also, womit kann i Ihne diene?«, fragte Herr Bellmann. »Es ischt jetzt net unbedingt dr Regelfall, dass die Kollege von dr Kripo bei mir reinschneiet.«

»Wir wollten uns erkundigen, ob bei Ihnen jemals eine Beschwerde gegen Walter Mayr eingegangen ist. In Fischbach.«

Wellmann erwartete, dass der Mann mit seinen kurzen Fingern auf der Tastatur seines PC herumtippen würde, um in den elektronischen Akten nach entsprechenden Einträgen zu suchen, doch Bellmann kratzte sich nur am Kopf.

»Ja, da läuft aktuell was.«

»Können Sie uns verraten, worum es sich handelt?«, fragte Wellmann.

»Nun, es ischt a bissele a komplizierte Sach. Mir hont en anonyme Hinweis bekomme, dass oiner von de Äcker vom Mayr mit Schwermetall kontaminiert sei.«

»Schwermetall?«, fragte Linda. »Welches konkret?«

»Blei. Des ischt eher ungewöhnlich, weil des üblicherweise net in Dünger vorkommt.«

Wellmann wechselte einen Blick mit Linda. Er las in ihren Augen, dass sie dasselbe dachte wie er. Sylvia Mayr hatte sich in ihrer Doktorarbeit mit diesen Chemikalien beschäftigt. Das konnte doch kein Zufall sein.

»Sie haben von einer anonymen Meldung gesprochen«, sagte Wellmann. »In welcher Form ging die bei Ihnen ein?«

Bellmann drehte sich um und fischte mit zielsicherem Griff einen Ordner aus dem Schrank hinter sich. Er schlug ihn auf und entnahm ihm ein einzelnes Blatt. Es handelte sich um einen maschinengeschriebenen Satz.

Wellmann las vor: »›Der Acker unterhalb des Waldstücks beim Tannenreis in Fischbach ist mit Blei vergiftet.‹«

»Das ist alles?«, fragte Linda.

Der Kommissar hielt ihr den Zettel hin. »Ja, mehr steht da nicht.« Er wandte sich an seinen Beinahe-Namensvetter. »Reicht das aus, dass Sie dem nachgehen?«

»Normalerweise net. Aber es gab scho immer mal wieder Gerüchte, dass der Mayr sich net an die Umweltvorschrifte ghalte hat. Des ischt in dem Fall besonders interessant, weil der Acker an a Naturschutzgebiet grenzt. Deshalb hot mei Vorgesetzte beschlosse, dass mir en unabhängigen Gutachter hinschicket, der a Bodeprobe nehmen soll.«

»Und wen haben Sie damit beauftragt?«

Bellmann kratzte sich noch einmal am Kopf. »Na ja, wisset Se, mir hont normalerweise die Aufträg immer an die Frau Professor Weizengruber vergebe. Die ischt hier in Biberach und hot en ausgezeichnete Ruf. Ond oine von ihre Doktorandinne ischt sogar auf Schwermetallkontaminatione spezialisiert. Des hätt alles super basst. Leider gab's aber en Interessekonflikt.«

Wellmann nickte. »Ja, das kann ich mir denken. Sylvia Mayr ist die Tochter des betroffenen Landwirts.«

Die Augen des Mannes weiteten sich, was Wellmann an einen der Lemuren denken ließ, die er neulich bei einem Zoobesuch mit seinen Kindern gesehen hatte.

»Ah, dann wisset Se scho Bescheid. Da konntet mir natürlich koin Auftrag vergebe. Ich bin jetzt grad no dabei, nach em andere Gutachter zum suche.«

»Wissen Sie, dass Sylvia Mayr vorletzte Woche getötet wurde?«, fragte Linda.

Wieder weiteten sich die Lemurenaugen. »Net wahr, oder?«, rief Bellmann.

»Doch, deshalb kommen wir heute zu Ihnen. Können wir die anonyme Anzeige mitnehmen und kriminaltechnisch untersuchen lassen?«

Bellmanns Adamsapfel hüpfte aufgeregt auf und ab. »Aber klar, natürlich«, sagte er und schob das Blatt rasch aus seiner Griffweite auf die beiden Polizisten zu.

Wellmann zog einen Einmalhandschuh aus seiner Hosentasche, streifte ihn über die rechte Hand und nahm das Papier an sich. Er steckte es in eine Klarsichthülle, die Linda ihm reichte. »Wir müssen Sie leider bitten, Ihre Fingerabdrücke bei unserem Erkennungsdienst abzugeben, da Sie das Dokument angefasst haben.«

Bellmann seufzte. »Wenn's sei muss.«

»Können Sie uns Bescheid geben, wenn die Analyseergebnisse des Ackers vorliegen?«, fragte der Kommissar zum Abschluss.

Bellmann nickte. »Des kann aber no e Weile daure. I hon no koin Gutachter gfunde.« Er sog die Luft tief ein. »Wobei, jetzt, wo's koin Interessenkonflikt mehr gibt, könnt i ja auch die Frau Professor Weizengruber froga«, sagte er und lächelte die beiden strahlend an.

Sie verabschiedeten sich.

Draußen vor dem Gebäude sagte Linda: »Herrje, das war ein bisschen makaber. Der schien sich ja beinahe über den Tod von Sylvia Mayr zu freuen.«

Wellmann zuckte mit den Achseln. »Du weißt doch, wie praktisch die Leute hier manchmal denken.«

Linda lachte. »Und nun?«

»Ich sollte mir noch einmal diese Anwältin vornehmen«, sagte Wellmann. »Vielleicht steckt die hinter der anonymen Anzeige.«

»Gute Idee«, sagte Linda. »Und ich schaue beim Herrn Professor vorbei und befrage ihn zum Thema Blei. Wenn das eine ungewöhnliche Art von Kontamination ist, liefert es uns vielleicht Ansatzpunkte für weitere Ermittlungen.«

37

Linda stand vor ihrem Twingo und überlegte, ob sie nun einsteigen sollte oder nicht. Wellmanns Worte hallten in ihr nach. Die FH war genauso weit von der Dienststelle entfernt wie das Landratsamt. Normalerweise hätte sie jetzt das Auto genommen. Aber nun fragte sie sich, ob es nicht vielleicht doch besser wäre, zu Fuß zu gehen. Mit Parkplätzen sah es ohnehin schwierig aus, neben dem Umweltaspekt gab es also auch noch einen praktischen Grund.

Sie knetete den Schlüssel mit ihren Fingern, dann traf sie einen Entschluss und steckte ihn in ihre Tasche.

Zehn Minuten später hatte sie den Haupteingang der FH erreicht. Sie ging zum Pförtner, um dem Professor ihren Besuch ankündigen zu lassen. Als der Mann sie nach ihrem Begehr fragte, zögerte sie kurz. Sollte sie ihn darum bitten, Herrn oder Frau Professor Weizengruber anzurufen? Wie wahrscheinlich war es, dass er sich inzwischen geoutet hatte? Nannte man das überhaupt so? Und selbst wenn, wusste der Portier darüber Bescheid? Sie entschloss sich für die weibliche Form, und am Ausbleiben einer irritierten Reaktion erkannte sie, dass das die richtige Entscheidung gewesen war.

Weizengruber erwartete sie im Türrahmen seines Büros. Sein Gesichtsausdruck wirkte angespannt, er musterte sie mit einem fragenden Blick.

»Ich habe noch ein paar Fragen zu Sylvia Mayr«, sagte Linda.

»Kommen Sie herein«, sagte er und schloss die Tür hinter sich.

»Ich … ich habe an der Pforte nach Frau Professor Weizengruber gefragt, ich hoffe, das ist in Ordnung. Ich wusste nicht, wie …«

Auf seinem Gesicht erschien ein schmales, trauriges Lächeln. »Ich bin Ihnen dankbar, dass Sie sich Gedanken darüber machen. Aber zurzeit würde ich Sie noch darum bitten, mich in der Öffentlichkeit als Frau zu adressieren. Ich bereite mich erst darauf vor, meine männliche Identität mitzuteilen. Auch wenn die Ereignisse mich dazu zwingen, möchte ich die Kontrolle darüber doch nicht vollständig aus der Hand geben.«

Linda nickte. »Klar, das verstehe ich. Ist es in Ordnung für Sie, wenn ich in diesem Rahmen die männliche Anrede benutze?«

Nun verschwand die Traurigkeit aus dem Lächeln des Professors. »Natürlich ist es das«, sagte er leise.

»Gut, wie gesagt, ich habe noch ein paar konkrete Fragen zu Sylvia Mayr. Dabei geht es mir vor allem um ihren Forschungsschwerpunkt.«

»Schwermetalle.«

»Gibt es bei uns in der Gegend Böden, die mit diesen Chemikalien verunreinigt sind?«

Er lehnte sich zurück. »Das ist eine komplexe Geschichte«, sagte er. »Im Gegensatz zu anderen Schadstoffen finden sich Schwermetalle in der Regel nicht in Düngemitteln. Wenn so etwas in den Boden gerät, dann durch ungeklärte Abwässer aus Industriebetrieben oder sauren Regen. Das heißt, wir haben eher punktuelle Kontaminationen.«

»Frau Mayrs Schwerpunkt war Blei, nicht wahr?«

»Ja, ein ganz besonders fieses Gift, wenn Sie mir diese platte Aussage verzeihen.«

»Inwiefern?«, fragte Linda.

»Blei kann sich in Organen ansammeln und zu massiven Vergiftungserscheinungen führen. Praktisch alle wichtigen Systeme können betroffen sein, Nerven, Leber, Niere, Knochenmark und Schilddrüse.«

»Welche Symptome treten auf?«

»Charakteristisch für akute Bleivergiftungen sind Magenschmerzen. Die Beschwerden können aber auch ganz unspezifisch sein: Kopfschmerzen, Konzentrationsprobleme, Verstopfung. Das wirklich Fiese daran ist, dass sich bei einer stetigen Aufnahme von Blei über einen längeren Zeitraum häufig erst diese unspezifischen Symptome zeigen und sich währenddessen sehr viel von dem Toxin im Körper ansammelt. Das richtet wiederum massive Schäden an. In der Folge kann es zu lebensbedrohlichen Komplikationen kommen, hohem Fieber, Blutarmut, Krämpfen, Koliken. Die Prognose ist oft schlecht, und die Patienten sterben.«

»Wie häufig gibt es Bleivergiftungen bei uns?«

»Das sind eher Einzelfälle. Selten kommt es durch den Genuss von Wildfleisch dazu, wenn das Tier mit bleihaltigen Kugeln getötet wurde. Aber das sind meistens akute Zustände, die gut behandelbar sind. Da Benzin inzwischen bleifrei ist, scheidet die Luft in unseren Breiten als Aufnahmequelle aus. Wie gesagt, bisweilen kommt es zu Wasserverunreinigungen. Am häufigsten sind berufsbedingte Vergiftungen. Keramik, Glas und Schmuck werden mit Blei hergestellt, aber auch Autobatterien.«

»Wie könnte ein Ackerboden mit Blei verunreinigt werden?«

Der Professor kratzte sich an der Stirn. »Wenn in der Nähe bleihaltige Abfälle gelagert würden, diese in den Boden sickern und die Fließrichtung des Grundwassers in Richtung des Ackers ausgerichtet ist.«

Linda machte sich eifrig Notizen. »Können Sie mir erklären, warum sich Sylvia Mayr ausgerechnet für Blei interessierte?«

»'s leit a Klötzle Blei glei bei Blaubeura, glei bei Blaubeura leit a Klötzle Blei«, murmelte der Professor.

»Ein Zungenbrecher?«

»Das ist aus ›Die Historie von der schönen Lau‹ von Eduard Mörike. Passend, nicht? Aber ich denke, dass das ein Zufall ist. Sylvia hat mir gesagt, dass sie gerne eine Zeit lang im Ausland forschen möchte. Und gerade in Afrika sind Bleikontaminationen ein großes Thema. Leider.«

»Warum?«

»In vielen afrikanischen Ländern sind Arbeitskräfte günstig und Umweltauflagen lax. Deshalb laufen da häufig unsaubere Geschäfte. Beispielsweise werden jedes Jahr tonnenweise ausgediente Autobatterien nach Ostafrika verfrachtet, um dort wiederaufbereitet zu werden. Dabei fallen Bleiabfälle an, die meist ohne Filter in die Luft geblasen oder ins Wasser gekippt werden.«

»Das ist doch nicht möglich!«, rief Linda.

»Leider ist vieles möglich, was verboten sein sollte. Ich habe neulich von einer Bürgerinitiative in Kenia gelesen, die sich erfolgreich gegen einen indischen Konzern gewehrt hat, der ein ganzes Viertel mit Blei vergiftet hat. Hunderte Menschen sind gestorben. Wissen Sie, Sylvia hatte ein großes Herz und einen ausgeprägten Sinn für Gerechtigkeit. Sie wollte die Welt zu einem besseren Ort machen. Nun lagen ihre Fähigkeiten nicht im medizinischen oder wirtschaftlichen Bereich. Aber sie war der festen Überzeugung, dass auch Biochemikerinnen dazu beitragen können, die Welt zu verbessern.«

»Hatte sie Kontakte nach Kenia?«

Der Professor zuckte mit den Achseln. »Ich weiß es nicht.«

»Hat sie einmal erwähnt, dass ihr Vater auf seinen Ackerflächen gegen Umweltauflagen verstoßen haben könnte?«

Der Professor seufzte. »Ja, das blieb aber unter uns. Sie hatte immer den Verdacht, dass ihr Vater sich nicht an die Vorschriften hält, vor allem hinsichtlich verbotener Düngemethoden. Er besitzt Äcker in der Nähe des Wettenberger Rieds. Das ist ein sehr sensibles Hochmoorbiotop.«

»Ist sie selbst einmal aktiv geworden?«

»Sie meinen, ob sie Proben genommen hat?«

»Beispielsweise.«

»Davon hat sie mir nichts erzählt. Aber wir haben auch nicht oft darüber gesprochen. Ich glaube, dass ihr das Thema unsäglich peinlich war. Sie wird sich wahrscheinlich vorgekommen sein wie ein Polizist, dessen Sohn Drogen nimmt.«

»Danke schön«, sagte Linda und erhob sich. »Sie haben mir sehr weitergeholfen.«

Auf dem Weg zurück zur Dienststelle ließ sie sich das Gespräch noch einmal durch den Kopf gehen. Hatte das Blei wirklich eine Rolle bei Sylvia Mayrs Tod gespielt? Der Zungenbrecher fiel ihr wieder ein. Als Kind hatte sie den oft aufgesagt. Hatte sie das Pseudonym der schönen Lau gewählt, weil sie sich für die Forschung an Blei begeistert hatte? Oder war es andersherum gewesen? Ein klassisches Henne-Ei-Problem. Die Frage war nur, ob das für ihre Ermittlungen überhaupt irgendeine Art von Relevanz hatte.

Linda schnaubte. Das war wieder einer dieser Fälle, in denen alles diffus blieb. Sie hatte das Gefühl, dass es lose Fäden gab, die überall herumhingen, aber sie konnte keinen einzigen davon wirklich greifen. Ihr Bauch sagte ihr jedoch, dass das Blei in diesem wirren Fall eine Rolle spielte.

Vielleicht sollte sie einmal überprüfen, ob Sylvia Verbindungen nach Afrika gehabt hatte. Was, wenn sie einem illegalen Geschäft auf die Spur gekommen war und dafür mit ihrem Leben bezahlt hatte? Andererseits erklärte das nicht, warum dann ausgerechnet ihr Ex-Freund sie vergiftet hatte. Als militanter Umweltschützer hatte der sicher nichts mit solchen Deals am Hut.

Ehe sie es sich versah, stand sie wieder vor der Dienststelle. Sie sah auf die Uhr. Unter den neun Minuten, die sie für den Rückweg gebraucht hatte, hätte sie es mit dem Auto nur geschafft, wenn sie direkt bei der FH einen Parkplatz gefunden hätte, was ziemlich illusorisch war. Vielleicht sollte sie doch öfter einmal zu Fuß gehen.

38

»Danke, Sie haben uns sehr weitergeholfen«, sagte Wellmann und legte auf. Er schaute zur Tür, in der Linda erschienen war.

»Gute Nachrichten von der Anwältin?«, fragte sie.

»Bei der ging leider nur die Mailbox ran. Das war Frau Ofenschlupfer, die Nachbarin von Herrn Wiegand. Offenbar hat er gestern und vorgestern nach Einbruch der Dunkelheit kurz seine Wohnung aufgesucht.«

»Dann sollten wir uns heute Abend dort auf die Lauer legen. Nehmen wir meinen Twingo?«, fragte sie.

»Ich würde den Subaru bevorzugen. Das letzte Mal waren wir mit deinem Auto da. Wenn Wiegand uns beobachtet hat, hat er sich das vielleicht gemerkt.«

Sie fuhren nach Hochdorf, Wellmann sagte seinem Vater Bescheid und holte den Schlüssel. Dann brachen sie nach Ringschnait auf.

Als sie vor dem Haus ausstiegen, das Sylvia Mayrs Ex-Freund bewohnte, zeigte sich das gleiche Bild wie letztes Mal. Die Jalousien waren heruntergelassen, und hinter den Ritzen war es dunkel.

Wellmann trat in den Hauseingang und läutete mehrfach. Doch niemand öffnete ihnen. Alles blieb ruhig. Sie gingen um das Haus herum und schauten durch die Ritzen der Rollläden. Die Wohnung wirkte genauso verlassen wie bei ihrem letzten Besuch.

»Hallo?«

Die Stimme kam von oben. Linda und Wellmann reckten ihre Köpfe gleichzeitig. Auf einem kleinen Balkon im ersten Stock stand Wiegands neugierige Nachbarin und sah zu ihnen herab.

»Was wollet Se?«, fragte sie.

»Guten Tag, Frau Ofenschlupfer. Wir suchen nach Herrn Wiegand«, erwiderte Wellmann. Er zückte seinen Ausweis und fügte hinzu: »Kriminalpolizei Biberach. Wir haben doch vorhin telefoniert.«

»Ja, stimmt, entschuldiget Se, i bin ziemlich kurzsichtig, ond deshalb hon i Se net glei erkannt«, sagte die Frau. »Wie gsagt, geschtern Abend war er kurz do. So gege zehne. Aber bloß fünf Minute. Und vorgeschtern au. Seltsamerweise kommt er immer zur selbe Zeit, koi Ahnung, warum.«

»Haben Sie mit ihm gesprochen?«

Die Frau schüttelte den Kopf.

»Hatte er etwas dabei?«, fragte Linda.

»En Rucksack über dr Schulter.«

Wellmann sah auf die Uhr. Es war kurz nach sechs. »Okay, danke schön«, sagte er.

Frau Ofenschlupfer zog sich wieder in ihre Wohnung zurück.

Er wechselte einen Blick mit Linda.

»Und nun?«, fragte sie.

»Wir suchen uns ein schattiges Plätzchen und warten darauf, dass Wiegand auftaucht. Wenn er die letzten Tage immer um zehn kam, besteht eine gewisse Wahrscheinlichkeit, dass das heute auch geschieht.«

»Dann hoffen wir mal, dass du recht hast. Ich habe nämlich keinen Bock, bei dieser Hitze umsonst in deinem Subaru zu schmoren.«

»Da hinten steht ein Baum«, sagte Wellmann und deutete auf eine Stelle etwa fünfzig Meter entfernt. »Wenn wir darunter parken und alle Scheiben öffnen, haben wir die Chance auf ein wenig Durchzug.«

Zwei Minuten später saßen sie im Subaru. Im Schatten des Baumes war es erträglich, und durch die geöffneten Fenster strich ein leises Lüftchen.

»Wo ist eigentlich Korbinian?«, fragte Linda.

»Der hat heute Nachmittag freigenommen. Er musste irgendetwas für seine Mutter erledigen.«

»Na, hoffentlich ist er stattdessen nicht mit dieser Anwältin beim Kaffeetrinken.«

»Ich hoffe, er hat inzwischen kapiert, dass er mit diesem Verhalten unsere Ermittlungen sabotiert.«

»Dein Wort in Gottes Ohr«, sagte Linda. »Wir können nur beten, dass die Anwältin nicht hinter dem Anschlag auf Sylvia Mayr steckt.«

»Das können wir wahrscheinlich ausschließen. Die beiden kannten sich und waren enger miteinander, als Frau Rimppach zugeben möchte. Und sie haben an gemeinsamen Projekten gearbeitet. Aber die Anwältin hatte weder ein Motiv noch die Mittel, Sylvia Mayr zu töten.«

Linda kratzte sich an der Stirn. »Da wäre ich mir nicht so sicher«, sagte sie. »Was ist mit dem ältesten Motiv von allen? Eifersucht?«

Wellmann sah sie aufmerksam an.

»Nun«, fuhr sie durch das Ausbleiben seiner Antwort ermuntert fort. »Nehmen wir einmal an, Frau Rimppach wäre unglücklich in den Ex-Freund von Sylvia Mayr verliebt gewesen. Das wäre ein Motiv. Die Gestalt auf dem Video, die die schöne Lau vergiftet hat, könnte Benedikt Wiegand gewesen sein. Was, wenn sie ihn dazu angestachelt hätte, seine Ex zu töten, um selbst zum Zug zu kommen?«

Er kniff die Augen zusammen. »Warum sollte sie Sylvia aus dem Weg räumen wollen? Die wäre doch wahrscheinlich froh gewesen, wenn Wiegand bei einer anderen Frau angedockt hätte.«

»Ach, ich weiß auch nicht. Das ist alles so kompliziert. Ich blicke da noch nicht durch.«

»Wir werden in dieser Frage nur weiterkommen, wenn wir Wiegand endlich befragen können. Denn selbst wenn Leni Rimppach nicht an Sylvias Tod beteiligt war, er hat ein Motiv.«

»Na, dann warten wir ab und hoffen, dass er heute vielleicht ein bisschen früher kommt.«

Leider verstrichen die Stunden nicht so rasch. Linda schaltete das Autoradio ein, aber die Musikauswahl war so unterirdisch, dass sie es nach einer Viertelstunde wieder abdrehte. Zwischendurch spielten sie ein paar Runden »Stadt, Land, Fluss« und später »Ich sehe was, was du nicht siehst«. Doch die Zeit zog sich träge dahin.

»So, jetzt wird es spannend«, sagte Wellmann, als das Display des Radios endlich fünf vor zehn anzeigte. Draußen war es inzwischen dunkel geworden. Am Horizont im Westen war noch ein Rest der Dämmerung zu sehen. Vor dem Haus, das Wiegand bewohnte, war eine Straßenlaterne angesprungen, die den Eingangsbereich beleuchtete.

Zunächst geschah nichts, und Wellmann befürchtete schon, sie könnten ausgerechnet den Tag erwischt haben, an dem Wiegand nicht in seine Wohnung kam, doch um Punkt zweiundzwanzig Uhr tauchte am anderen Ende der Straße eine Gestalt auf. Sie trug Tarnkleidung und hatte sich einen Rucksack über eine Schulter geworfen.

»Das muss er sein«, sagte Wellmann.

Linda wollte aussteigen, doch er hielt sie zurück.

»Lassen wir ihn reingehen. Wir empfangen ihn am Hauseingang.«

Gemeinsam warteten sie, bis er im Haus verschwunden war. Dann stiegen sie aus und gingen langsam auf die Tür zu. Sie verständigten sich mit Handzeichen und nahmen rechts und links vom Eingang Aufstellung. Wellmann bedeutete Linda, ihre Waffe bereitzuhalten, und holte seine eigene Pistole aus dem Holster, um sie jederzeit einsatzbereit zu haben.

Er bemerkte, dass er instinktiv die Luft angehalten hatte, und zwang sich zu einem regelmäßigen Atemrhythmus. Sein Herz pochte ihm bis zum Kieferknochen.

Wellmann schaute auf die Uhr. Es war fünf nach zehn. Ob Wiegend das Muster der letzten beiden Tage wiederholen und gleich auftauchen würde? Er spürte, wie sein Mund trocken wurde. Konzentriert lauschte er auf Schritte im Treppenhaus oder ein anderes Zeichen, dass der Mann sich näherte. Doch noch war alles ruhig. Da hörte er ein leises Ratschen.

Er schaute Linda an, die ihm mit einer Geste zu verstehen gab, dass sie das Geräusch ebenfalls gehört hatte. Er lauschte an der Haustür. Noch einmal erklang das Ratschen. Er nahm das Ohr wieder von der Tür weg, schüttelte den Kopf und deutete auf die Seite des Hauses.

Der Rollladen. Mit gezogener Waffe eilten sie zur Ecke und sahen gerade noch, wie eine Gestalt sich aus dem Wohnzimmerfenster auf den Rasen schwang und über den Zaun sprang. Fluchend setzte Wellmann Wiegand nach, der über eine Wiese davonrannte. Der Kommissar überlegte, ob er einen Warnschuss abgeben sollte, verzichtete aber darauf. Es war keine Gefahr im Verzug.

Wiegand legte ein Höllentempo vor. Er rannte auf den Waldrand zu. Wellmann musste ihn einholen, ehe er die Bäume erreichte, denn in seiner Tarnkleidung würde er mit dem Unterholz verschmelzen.

Der Kommissar legte einen Zahn zu. Seine Lungen schmerzten bei jedem Atemzug. Er kam näher. Wiegand war noch dreißig Meter vor ihm. Dann zwanzig. Er würde es schaffen. Gleich würde er ihn zu fassen bekommen. Da blieb sein Fuß an einer Erhebung hängen. Er knallte der Länge nach auf den Boden. Die Waffe fiel ihm aus der Hand.

Linda stürmte an ihm vorbei. Wellmann richtete sich auf und schaute in Richtung Wald. Wiegand konnte er nirgendwo entdecken. Er sah, wie Linda die erste Baumreihe passierte und im Unterholz verschwand.

39

Korbinian wälzte sich in seinem Bett hin und her. Der Schlaf kam und ging, doch er blieb nicht lange und war nie so tief, dass er erholsam gewesen wäre. Er schlug mit der Hand gegen das Nachtkästchen, und seine Smartwatch, die dort an einer Ladestation hing, meldete ihm die Uhrzeit zurück: fünf Uhr vier.

»Mist, verdammter«, brummte er. Er wälzte sich auf die andere Seite und versuchte, wieder in den Schlaf zu finden, doch es wollte ihm nicht gelingen. Zu viele Gedanken schwirrten ihm durch den Kopf, fuhren Karussell in seinem Hirn und ließen ihn nicht zur Ruhe kommen.

War es Leni Rimppach ernst gewesen mit ihrer Sorge, so zu enden wie Sylvia Mayr? Oder hatte sie ihn nur in ihre Wohnung locken wollen, um einmal mehr ihren Spott mit seiner Unbedarftheit zu treiben? Die Frage beschäftigte ihn seit gestern Nachmittag. Sie hatte ihn nicht losgelassen, als er mit seiner Tante die Einkäufe verstaut hatte, hatte ihn bedrängt, als er die Hand seiner Mutter gehalten hatte, während sie eine ihrer Atemkrisen durchlitten hatte. Und sie hatte sein Denken mehr in Beschlag genommen als die Klagen seiner Tante, die beim gemeinsamen Abendessen über das Gesundheitssystem gewettert hatte.

So richtig schlimm war es aber erst geworden, als er zu Bett gegangen war, seinen Gedanken schutzlos ausgeliefert, ohne die Chance, sich durch irgendwas abzulenken.

Alles drehte sich um eine zentrale Frage: War Leni Rimppachs Angst echt gewesen? Oder war das nur ein weiterer Versuch gewesen, mit ihm zu spielen, ihn zu manipulieren?

Wenn sie wirklich Todesangst hatte, warum in aller Welt kooperierte sie nicht mit der Polizei? Hatte sie etwas zu verbergen? Sich vielleicht selbst eines strafbaren Vergehens schuldig gemacht? Aber gerade dann musste sie als Anwältin doch wissen, dass es besser wäre, mit den Ermittlern zusammenzuarbeiten, um das Strafmaß zu drücken.

Vielleicht wurde sie auch erpresst? Vielleicht hatten die Leute, die hinter Sylvia Mayrs Tod steckten, ein Druckmittel gegen sie in der Hand? Vielleicht bedrohten sie einen Menschen, der ihr viel bedeutete?

Bei diesem Gedanken stellte Korbinian zu seinem Unbehagen fest, dass ein neues Gefühl auftauchte, das er nur zu gut kannte: Er war eifersüchtig. Eifersüchtig auf diese – möglicherweise fiktive – Person, die der Anwältin so sehr am Herzen lag, dass sie ihretwegen die Polizei belog.

Doch es gab noch eine andere Möglichkeit. Eine, die besser zu Leni passte. Zumindest redete Korbinians Verstand ihm das ein. Vielleicht war sie einfach nur eigensinnig, wollte die Fäden in der Hand behalten, ihr Ding machen. So wie er sie bisher erlebt hatte, durchaus plausibel.

Doch offenbar schien ihr die Kontrolle zu entgleiten. Denn warum sollte ihre Fassade sonst bröckeln? Bislang war sie stets die Coolness in Person gewesen, gestern aber hatten sich Risse in dieser Maske gezeigt. Sie hatte Angst. Das hatte er gespürt. Und mochte sie sein Gefühl noch so verspotten, er war sich sicher, dass es ihn in diesem Fall nicht getäuscht hatte.

Korbinians Herz raste. Verdammt, war sie in Gefahr? Er stieß noch einmal gegen das Nachtkästchen. Fünf Uhr vierzehn. Die Nacht war vorbei. Er musste zu ihr. Was Wellmann oder Linda darüber dachten, war ihm gleichgültig. Er durfte keine Zeit mehr verlieren.

Um Punkt halb sechs kam sein SUV vor dem Austragshäuschen zu stehen, in dem die Anwältin wohnte. Alles wirkte ruhig und friedlich. Der Morgen war noch kühl. In der Ferne zirpten Grillen. Der Geruch eines Misthaufens schlug ihm durch die frische Luft entgegen.

Vor dem Hauseingang hielt er kurz inne. Was, wenn er klopfte und erneut von einem bärtigen Typen begrüßt wurde, den Leni irgendwo aufgabelt hatte? Er schluckte. Noch eine

Demütigung würde er nicht ertragen. Dann dachte er wieder an ihre Verzweiflung am Ende des Telefonats und atmete tief durch.

Die Tür des Vorgartens quietschte leise, als er sie aufschob. Sie hatte einen Federmechanismus, der sie zurückschnappen ließ, und das Geräusch war so laut, dass er zusammenzuckte. Er ging auf den Hauseingang zu und griff nach dem Klopfer. Die Tür ging sachte auf. Verdutzt stand er da. Sie war gar nicht abgeschlossen.

Sein Mund wurde trocken. Hier stimmte etwas nicht. Er sah sich die Zarge an, die an mehreren Stellen zersplittert war. Das Schloss war aufgebrochen worden, daran gab es keinen Zweifel.

Er holte seine Pistole aus dem Holster und wappnete sich gegen die Bilder, die in der Wohnung der Anwältin auf ihn warten mochten.

40

Wellmann gähnte. Der Wecker um sechs hatte ihn aus einem angenehm ruhigen Schlaf geholt. Er wälzte sich aus dem Bett und tapste ins Bad. Sein linkes Knie schmerzte noch von dem unfreiwilligen Sturz während der Verfolgung von Benedikt Wiegand. Leider hatte Linda den Flüchtigen nicht mehr zu fassen bekommen. Seine Tarnkleidung war in der Dämmerung mit dem Unterholz verschmolzen, und als kurz darauf die stockfinstere Nacht eingebrochen war, hatten sie die Suche aufgeben müssen.

Nachdem Wellmann sich geduscht und sich die Zähne geputzt hatte, ging er die Treppe hinab in die Stube.

Sein Vater saß am Küchentisch und las die Zeitung.

»Und, was gibt's Neues?«, fragte Wellmann.

»Nix wirklich Wichtiges. So en Artikel über die tote Meerjungfrau ischt drin.«

Er reichte seinem Sohn den Regionalteil, und der überflog den Beitrag. Hier wurde auf Mermaiding allgemein und auf Sylvia Mayrs Rolle im Speziellen eingegangen. Am Schluss des Textes wurde darauf hingewiesen, dass die Polizei den Todesfall nach wie vor als ungeklärt einschätzte und weiterermittelte.

»Ja, du hast recht«, sagte Wellmann. »Da steht tatsächlich nichts Wichtiges drin.«

Er holte sich eine Tasse Kaffee und trank sie langsam, während er überlegte, wie er den Tag gestalten wollte. In der Ferne hörte er leises Donnergrollen.

»Oje, da kommt a Gwitter«, sagte Wellmann senior. »Da nimmscht du am beschte de Subaru. I mag net, dass du auf freiem Feld vom Blitz erschlage wirscht.«

»Vater, wir haben Corona überlebt, da werden wir auch ein Gewitter überstehen.«

»Darüber macht ma koine Witz. Du hoscht zwei Kinder, um die du dich kümmere muscht.«

Wellmann hob die Hände zu einer Ist-ja-gut-Geste. Sein Handy läutete. Es war Linda.

»Schon wach?«, fragte sie.

»Offenbar«, erwiderte Wellmann. »Was gibt es?«

»Leni Rimppach wird vermisst. Jemand ist in ihre Wohnung eingebrochen und hat dort ein Riesenchaos veranstaltet. Von ihr selbst fehlt jede Spur.«

»Wer hat den Einbruch gemeldet?«

Ein Zögern am anderen Ende der Leitung ließ seine Befürchtung wahr werden.

»Korbinian. Er wollte heute Morgen zu ihr, weil er sich Sorgen um sie gemacht hat.«

Wellmann seufzte. »Okay, treffen wir uns an der Wohnung?«

»Soll ich dich nicht lieber abholen?«, fragte Linda. »Du willst bei dem Wetter doch nicht mit dem Fahrrad fahren?«

»Ich nehme den Subaru. Wo wohnt diese Frau Rimppach?«

Sie gab ihm die Adresse. Er schlüpfte in seine Straßenschuhe, griff nach dem Schlüssel am Haken und ging hinaus auf den Hof. Prüfend sah er hinauf in den Himmel. Da braute sich ein fieses Gewitter zusammen. Der Wind hatte schon deutlich an Fahrt aufgenommen, und von Westen her waren tiefschwarze Wolken im Anmarsch.

Er setzte sich hinter das Steuer des Wagens und ließ den Motor an. In Hochdorf war noch wenig los, und auch als er auf der Kreisstraße in Richtung Schweinhausen fuhr, kam ihm kein Auto entgegen. Dafür konnte er auf der fernen B 30 einen Stau erkennen.

Plötzlich knallte etwas von links gegen die Frontscheibe. Ein schmieriger grüner Film legte sich innerhalb von Millisekunden über sein Sichtfeld. Wellmann reagierte instinktiv. Er hielt das Lenkrad gerade und stieg auf die Bremse. Dabei drückte er seinen Kopf gegen die Rückenlehne, um kein

Schleudertrauma zu erleiden, falls der Wagen hinter ihm in sein Heck krachte.

Die Reifen quietschten, es roch nach verbranntem Gummi. Im Rückspiegel sah Wellmann, dass auch sein Hintermann eine Vollbremsung hingelegt hatte. Sofort schaltete er die Warnblinkanlage ein und stieg aus. Er sah sich nach allen Richtungen um, konnte jedoch nirgendwo jemanden erkennen.

»Saget Se amol, send Se denn von alle guate Goischter verlasse?«, herrschte ihn eine Männerstimme an.

Wellmann drehte sich um. Vor ihm stand ein Mann im Alter seines Vaters. Er trug eine Soutane, deren weißer Kragen ihn als Priester auswies. Mit einem gichtgekrümmten Zeigefinger deutete er auf den Kommissar.

»Se könnet doch net einfach a Vollbremsung hinlege ohne Grund. Fascht wär i Ihne hinte draufgfahre.«

»Doch, das kann ich. Und das musste ich auch!«

Der Priester sah ihn verständnislos an.

Wellmann zeigte auf die Windschutzscheibe des Subaru.

»Jesus, Maria und Josef!«, rief der Mann und bekreuzigte sich. »Jetzt send de Terrorischte scho am helllichte Tag unterwegs.«

»Sieht ganz so aus«, sagte Wellmann. »Haben Sie jemanden gesehen?«

»Wo Se des saget. Als i ausgstiege bin, hon i an Ma über die Wiese da drübe ins Ried renne sehe. Der hot en Tarnanzug oder so was trage.«

»Danke, so etwas hatte ich mir schon gedacht. Sie können jetzt weiterfahren.«

»Aber mir müsset doch auf die Polizei warte!«, protestierte der Priester. Wellmann zückte seinen Ausweis.

»Die ist schon da.«

Der Kommissar holte sein Handy aus der Tasche und rief in der Dienststelle an, um die Kriminaltechniker anzufordern. Als er auflegte, fielen die ersten Regentropfen.

»Verdammt«, knurrte er. Er nahm ein Papiertaschentuch

aus der Ablage im Seitenfach und wischte über den Rand des etwa einen halben Quadratmeter großen Farbkleckses auf der Windschutzscheibe. Dann setzte er sich in den Wagen. Keinen Augenblick zu früh, denn nun brach die Hölle los.

Der Subaru stand auf freier Strecke zwischen den beiden Ortschaften und war dem Wetter schutzlos ausgeliefert. Zuerst rauschte der Regen so gründlich über das Auto hinab, dass er sich vorkam wie in der Waschanlage. Dann setzte Hagel ein. Kurz hatte Wellmann die Sorge, dass die Scheiben bersten könnten. Doch sie hielten stand. Das Gewitter dauerte nur zehn Minuten. Danach war die grüne Farbe komplett abgewaschen. Als die Kollegen von der KT nach einer guten halben Stunde bei ihm eintrafen, glänzten und funkelten die Sonnenstrahlen in den Pfützen auf dem bereits trocknenden Asphalt.

»Na, da haben Sie uns aber nicht mehr allzu viele Spuren übrig gelassen«, brummte Manfred Winter. Wellmann reichte ihm das Taschentuch.

»Das war umsichtig von Ihnen. So können wir immerhin feststellen, ob die Farbe dieselbe ist wie bei dem Anschlag von Freitag letzter Woche.«

»Der Täter ist über diese Wiese da geflüchtet«, sagte der Kommissar und deutete auf das weite, freie, nur gelegentlich von kleinen Baumgruppen durchsetzte Ried, das sich zu seiner Linken bis zur gegenüberliegenden Seite des Rißtales ausbreitete.

Auf Winters Gesicht erschien ein freudloses Lächeln.

»Ich werde zwei meiner Leute auf mögliche Spuren ansetzen, aber machen Sie sich keine allzu großen Hoffnungen. So ein heftiges Gewitter habe ich schon seit Ewigkeiten nicht mehr erlebt. Ihr Auto werden wir zum Dezernat schleppen lassen, vielleicht hat der Regen Reste der Paintball-Patrone in den Motorraum gespült.«

Zwei Männer in Schutzkleidung machten sich bereits auf den Weg in Richtung Wiese. Wellmann sah Lindas Twingo näher kommen und winkte ihr zu.

»Brauchst du eine Mitfahrgelegenheit?«, fragte sie, als sie neben ihm zum Halten kam und das Fenster herunterließ.

Er stieg ein. Linda wendete und fuhr in Richtung Biberach davon.

»Das muss krass sein, wenn man plötzlich nichts mehr sieht«, sagte sie. »Ich weiß nicht, ob ich da cool reagieren könnte.«

Wellmann zuckte mit den Achseln. »Ich habe Glück gehabt, dass das auf gerader Strecke ohne Gegenverkehr passiert ist und dass der hinter mir genügend Abstand gehalten hat. Aber ich verstehe auch jeden, der da den Lenker verzieht.«

»Bist du dir sicher, dass du jetzt arbeiten kannst oder willst?«, fragte sie.

»Was soll ich denn sonst tun? Mir einen Psychologen suchen, der in drei Monaten einen Termin für ein Krisengespräch frei hat und mich dann dazu beglückwünscht, dass ich das alles so gut weggesteckt habe? Mir geht es prima. Ich bin erschrocken, als die Farbe auf die Scheibe geknallt ist, aber ich werde kein Trauma davontragen. Ich will den Kerl schnappen, der mich da ins Visier genommen hat. Und ich will endlich herausfinden, wer für den Tod von Sylvia Mayr verantwortlich ist. Ich habe das Gefühl, dass die Zusammenhänge zwischen den beiden Fällen deutlich enger sind, als wir bisher angenommen haben.«

41

Die Straße dampfte. Nach dem Gewitter war die Sonne mit Macht durch die Wolken gebrochen, und nun kräuselte sich der Wasserdampf auf dem heißen Asphalt. Linda lenkte ihren Twingo die Rißegger Rampe hinauf. Sie passierten den kleinen Ort und gelangten schließlich nach Rindenmoos. Vor einem alten Bauernhof sah sie den zweiten Einsatzwagen der Kriminaltechniker stehen. Daneben parkte ein wohlbekannter SUV.

»Oje«, sagte Linda. »Hoffentlich hat Korbinian sich im Griff.«

Sie stellte den Twingo neben dem riesigen Gefährt ab und stieg aus. Wellmann folgte ihr durch den Vorgarten. Ein Kollege der KT stand an der Haustür. Er trug Schutzkleidung und war dabei, das Schloss zu untersuchen.

»Morgen«, sagte Wellmann. »Was haben wir denn da?«

Der Erkennungsdienstler schaute auf. »Aufgebrochen. Wahrscheinlich mit einem Stemmeisen.« Er deutete auf eine Stelle im hölzernen Türrahmen, die eingedellt war. Haardünne Splitter ragten in alle Richtungen.

Linda sah sich die Tür an, an der sie den Widerpart des Abdrucks entdeckte. »Kann man mit einem Stemmeisen eine Haustür aufbrechen?«, fragte sie. »Ich dachte, die wären solider gebaut.«

»In modernen Häusern schon«, entgegnete der Kollege. »Aber das hier ist das Austragshäuschen eines alten Bauernhofs, und meiner vorsichtigen Schätzung nach ist die Tür sicher sechzig Jahre alt. Das entspricht nicht unseren heutigen Standards. Trotzdem müssen die Täter ziemlich viel Gewalt angewendet haben.«

»Die Täter?«, fragte Wellmann.

»Die Kollegen haben Schuhabdrücke von mindestens zwei Personen gefunden. Gehen Sie rein. Aber ziehen Sie sich die da an.« Er zeigte auf eine Packung mit Plastiküberzügen, die verhindern sollten, dass ein Tatort durch die Ermittler kontaminiert wurde.

Aus einer Box zog Linda noch ein Paar Einmalhandschuhe. »Sind die Preise inzwischen wieder gesunken?«, fragte sie den Kollegen.

Der verdrehte hinter der Schutzbrille die Augen. »Ich verstehe die Leute echt nicht. Wir haben während der Pandemie teilweise bis zu vierzig Euro für eine Packung bezahlt. Im Großhandel kosten die drei Euro. Wahrscheinlich sitzen da immer noch Menschen auf einem Dutzend Boxen mit Einmalhandschuhen und warten auf die nächste Welle.«

Linda trat vorsichtig in den Flur. Es roch ein wenig modrig und nach Misthaufen, aber darunter nahm sie eine frische, zitronige Note wahr. Bergamotte.

An der Wand war eine Garderobe halb aus ihrer Verankerung gerissen worden. Neben einem umgestoßenen Schuhregal lagen drei Paar Doc Martens.

Linda stieg über den Schuhsalat hinweg und steuerte auf die nächste Tür zu. Sie gab den Blick auf ein kleines Bad frei. Der Boden war übersät mit Tampons, Parfümfläschchen, Abschminkpads und Waschlappen.

Im Wohnzimmer waren drei Kollegen der KT damit beschäftigt, das Chaos aufzunehmen, das die Eindringlinge angerichtet hatten. Zwei Schränke waren umgeworfen worden, und etliche Taschenbücher türmten sich auf einem Teppich zu einem beeindruckenden Haufen auf – zuoberst ein blaues Paperback, das Linda auch zu Hause hatte: »Siddhartha« von Hermann Hesse.

Korbinian saß auf dem Sofa, das Gesicht in den Händen vergraben. Als er sie eintreten hörte, sah er auf. Er war aschfahl.

»Wissen wir, wann der Einbruch stattgefunden hat?«, fragte Wellmann.

Korbinian reagierte nicht.

»Hast du schon mit der Vermieterin sprechen können?«

Korbinian schüttelte kaum merklich den Kopf.

Linda wechselte einen Blick mit Wellmann und erkannte, dass er dasselbe dachte wie sie. Es war sinnlos, den Kollegen mit einzubeziehen. Sie überließen die Räumlichkeiten den Kriminaltechnikern und traten hinaus ins Freie.

»Das Austragshäuschen gehört zu diesem Bauernhaus«, sagte Wellmann, während er sich die Schuhüberzüge abstreifte. Er deutete mit seinem markanten Kinn auf das gegenüberliegende Gebäude, eine Kombination aus Wohnhaus und Stall.

Sie gingen über den Hof, und Linda betätigte den Klopfer in Form eines Ziegenkopfes, der an einer Tür hing, die ebenso altmodisch wirkte wie die des Nachbarhauses.

Eine kleine alte Frau in einer Kittelschürze mit Siebziger-Jahre-Blumenmuster öffnete ihnen.

Linda stellte sich und Wellmann vor und fragte: »Ist Ihnen heute Nacht etwas Ungewöhnliches aufgefallen?«

Die Bäuerin nickte. »Ja, wisset Se, in meim Alter schläft ma nimmer so guat. I bin um halbe fünfe wach gwora und hons rumple ghört drübe im Austragshäusle. Guat, des ischt jetzt nix Neues. Die Frau Rimppach hot's gerne amol bis spät in die Nacht lauter ghabt. Deshalb hon i mir nix dabei dacht. Aber als i dann heut Morge um halbe siebene aus em Haus bin, um d' Henne zum füttere, hon i gsehe, dass die Haustür so komisch offe stoht. Und dann send auch scho die ganze Leit von der Polizei auftaucht.«

»Wie lange wohnt Frau Rimppach schon in dem Häuschen?«

»Seit drei Johr. Sie ischt als Mieterin a Traum. Klar hot sie viel Besuch, auch von Männern, aber sie ischt Anwältin, und sie zahlt zuverlässig ihre Miete. Und sie kümmert sich um ihren Garte. Ischt a Nette.«

»Ist Ihnen in letzter Zeit irgendetwas an ihr aufgefallen? War sie anders als sonst?«, fragte Wellmann.

Die Bäuerin legte den Kopf schief. »Ja, jetzt, wo Sie es saget. I hon den Eindruck ghabt, dass sie nimmer so fröhlich und unbeschwert war wie sonscht. Sie hot immer glächelt, wenn sie mi gsehe hot, und mir hont uns oft a bissle unterhalte. Über de Garte, über meine Hühner und so. Aber die letzte Woch hot se nimmer glächelt. Und sie war au kurz abunde.«

»Haben Sie irgendjemanden häufiger bei ihr gesehen?«

»Den Ma mit dem Geländewage da drübe. Der war a paarmal da. Oimal mit em alte Herrerad.«

Na super, sogar der Zeugin waren Korbinians Besuche aufgefallen.

Sie verabschiedeten sich und gingen in Richtung des Austragshäuschens zurück.

»Schade, dass die Bäuerin nicht aufgestanden ist, als sie den Lärm gehört hat«, sagte Wellmann.

»Meinst du, Leni Rimppach wurde entführt?«, fragte Linda.

»Möglicherweise. Vielleicht war sie aber auch gar nicht zu Hause, als das passiert ist.«

Die Kollegen von der KT waren inzwischen mit dem Wohnzimmer fertig und beschäftigten sich mit dem Schlafzimmer.

»Was ist dahinter?«, fragte Linda und deutete auf eine offen stehende Tür am Ende des Gangs.

»Das Arbeitszimmer«, sagte einer der KTler. »Da waren wir noch nicht drin. Also bitte keine Unordnung anrichten.«

Linda ging bis zur Türschwelle und spitzte in den Raum hinein. Hier herrschte dasselbe Chaos wie in der restlichen Wohnung. Die Schubladen des Schreibtischs waren herausgerissen worden. Überall lagen verstreute Aktenordner. Der Boden war weiß von Blättern. An der Wand entdeckte sie eine Pinnwand.

Lindas Blick fiel auf eine Postkarte, auf der in pinker Neonschrift die Worte »Poca loca« standen. Daneben hing eine Landkarte von Ostafrika. Eine einzelne rote Reißzwecke steckte darin. Sie sah genauer hin. Das Land war Tansania. Da waren der Kilimandscharo eingezeichnet und die Serengeti. Doch markiert war eine Stelle an der Küste. Sie las den Ortsnamen und erstarrte.

42

»Wir müssen mehr Druck aufbauen«, sagte Wellmann.

Linda nickte. Korbinian schaute auf die Tischplatte, deren grauweiße Oberfläche dieselbe Farbe hatte wie sein Gesicht.

»Wir sollten uns die Leute aus diesem Vogelschutzverein noch einmal vornehmen«, fuhr Wellmann fort. »Die haben bisher kollektiv geschwiegen, wahrscheinlich weil sie von Frau Rimppach dementsprechend gebrieft worden sind. Aber damit ist jetzt Schluss.«

»Gut, was schlägst du vor?«, fragte Linda. »Sollen wir alle einbestellen?«

»Nein, das dürfte nicht nötig sein. Korbinian, du hast da doch den Überblick. Gibt es so eine Art Stellvertreter im Verein? Eine rechte Hand von Frau Rimppach?«

»Vielleicht …« Korbinian räusperte sich. Seine Stimme klang brüchig. »Vielleicht dieser Bernd, mit dem ich im Abdera gesprochen habe? Keine Ahnung, wie der mit Nachnamen heißt.«

»Ich kümmere mich darum.« Linda ging hinaus.

Wellmann sah zu Korbinian hinüber. »Vielleicht wäre es besser, wenn du Feierabend machst.«

Er schüttelte den Kopf. »Mich wirst du nicht so schnell los.«

»Ich habe nicht vor, dich loszuwerden. Aber in diesem Zustand bist du uns keine Hilfe.«

Korbinian wollte etwas erwidern, doch Wellmann kam ihm zuvor.

»Das ist eine Anordnung. Geh nach Hause, schlaf dich aus! Die Fahndung nach Frau Rimppach läuft. Wir halten dich auf dem Laufenden.«

Korbinian erhob sich und tappte aus dem Raum, die Schultern hängend, den Kopf leicht gebeugt. An der Tür wäre er beinahe mit Linda zusammengeprallt, die ihm mit einer behänden Bewegung auswich.

»Bernd Grießer kommt in einer Viertelstunde vorbei«, sagte sie.

Grießer war ein hochgewachsener Mann mit schulterlangen dunkelblonden Haaren und einem wilden Vollbart, der seinen Mund beinahe komplett verbarg. Sein Alter war schwer zu schätzen, Wellmann nahm an, dass er zwischen vierzig und fünfzig Jahre alt sein musste. Als er die Personalien aufnahm, wurde seine Vermutung bestätigt. Grießer war achtundvierzig und arbeitete als Fahrer bei der städtischen Müllabfuhr in Biberach.

»Wie sind Sie zum Vogelschutzverein gekommen?«, fragte Wellmann.

Grießer zuckte mit den Schultern. Ein schmaler Spalt in seinem Bart öffnete sich, als er antwortete: »Na, i hon gsehe, wie viel die Leut wegschmeißet. Von wege Mülltrennung. Do hält sich koi Sau dra. Do muaß dringend was passiere. Aber I wüsst net, warum Sie des intressiere sollt. Was wollet Sie von mir?«

»Leni Rimppach ist verschwunden«, sagte Wellmann. »Ihre Wohnung wurde verwüstet.«

Die Augen des Mannes weiteten sich. »I … i hon nix damit zu tun.«

»Das vermuten wir auch gar nicht«, sagte Linda in beruhigendem Ton. »Wir suchen nur nach Hinweisen darauf, wer dahinterstecken könnte.«

Grießer raufte sich die Haare. »I woiß es it«, sagte er.

»Haben Sie mitbekommen, ob Frau Rimppach zuletzt irgendwelche Projekte am Laufen hatte, die ihr gefährlich werden konnten?«, fragte Wellmann.

Grießer kraulte sich die Spitze seines Bartes. »Na ja, da war scho was. Aber i hon net so viel Ahnung davon ghabt. Des hot die Leni selber gmacht. Zusamme mit der Sylvia Mayr.«

»Worum ging es?«

»Die zwoi hont Kontakt zu einer Aktivischtin aus Tansania ghabt. Es ging um Blei.«

»Wohnt die Frau zufällig in Tanga?«, fragte Linda.

Grießer nickte. »Ja, des stimmt. I hon mir des gmerkt, weil i den Name so luschtig fand.« Die Haut über seinem Bart rötete sich.

»Haben Sie vielleicht die Kontaktdaten der Aktivistin?«, fragte Wellmann.

Grießer zog sein Handy aus der Tasche. »I hon Zugriff auf die offizielle E-Mail-Adress vom Verein«, sagte er. Sein großer, grober Zeigefinger scrollte über den Bildschirm. Dann drehte er das Gerät um und zeigte es Wellmann.

»›Unity Kwanzi‹«, las der Kommissar vor. »Eine Handynummer steht auch dabei.«

Linda notierte sich die Daten.

»Gut, Sie haben uns sehr weitergeholfen«, sagte Wellmann, als er Grießer hinausbegleitete.

»Bitte findet Sie die Leni«, erwiderte der Zeuge. »Sie ischt des Herz und die Seele von unserem Verein.«

Als Wellmann zu Linda zurückkehrte, saß diese vor dem Telefon, den Zettel mit der Nummer vor sich.

»Na, das klingt doch einmal nach einer heißen Spur« sagte sie. »Mein Englisch ist zwar ein wenig eingerostet, aber ich bin gespannt darauf, was uns diese Frau Kwanzi zu berichten weiß.«

Wellmann nickte. »Gut, dass du die Verbindung zwischen dem Zettel in Sylvia Mayrs Wohnung und der Markierung auf der Karte im Büro der Anwältin erkannt hast. Mir wäre das nicht aufgefallen.«

Linda wählte die Nummer und schaltete das Telefon in den Freisprechmodus. Es knackste in der Leitung, dann erklang ein fremdartiges Piepsen.

»Hello?«, fragte eine raue Frauenstimme.

»This is Linda Keller. I'm calling from Germany.«

Die Gegenseite blieb kurz still, und Wellmann befürchtete schon, dass Frau Kwanzi aufgelegt haben könnte. Doch dann sagte sie in beinahe akzentfreiem Deutsch: »Womit kann ich Ihnen helfen?«

Der Kommissar wechselte einen verblüfften Blick mit seiner Kollegin.

»Ich, äh, ich rufe wegen Frau Leni Rimppach an«, sagte sie. »Mir wurde zugetragen, dass Sie Kontakt mit ihr hatten.«

»Das ist korrekt.«

Linda erklärte ihr, dass die Anwältin nach einem Einbruch in ihre Wohnung verschwunden sei und dass sie in ihrem Arbeitszimmer den Hinweis auf Tanga gefunden hätten.

»Wir haben gemeinsam an einem Umweltschutzprojekt gearbeitet«, sagte Frau Kwanzi. »Allerdings ist das schon ein ziemlicher Euphemismus. Eigentlich wäre der Begriff ›Umweltskandal‹ viel passender.«

»Worum ging es?«

»Um vierzehn Tonnen Autobatterien, die im Lauf von zwei Jahren illegal aus Ihrem Landkreis nach Tansania verschifft wurden, um dort billig wiederaufbereitet zu werden. Leider wurde dabei der Umkreis der Fabrik in Tanga systematisch kontaminiert. Wir rechnen damit, dass bis zu fünftausend Menschen betroffen sein könnten.«

Lindas Augen weiteten sich. »Wie haben Sie und Leni Rimppach zueinandergefunden?«, fragte sie.

»Ich habe in Tübingen studiert. Geologie. Sylvia war eine Kommilitonin von mir. Als wir hier in Tansania Hinweise dafür entdeckt haben, dass die Batterien aus Deutschland stammen könnten, habe ich Kontakt zu ihr aufgenommen. Sie hat dann Leni mit eingeschaltet.«

»Haben Sie den Ursprung der Batterielieferungen zurückverfolgen können?«

»Ja, Leni und Sylvia waren sich ziemlich sicher, dass ein Autohändler in Biberach mit der Sache zu tun hat. Lassen Sie mich kurz nachsehen.«

Wellmann hörte, dass das Telefon abgelegt wurde. Nach etwa einer halben Minute meldete sich Frau Kwanzi wieder.

»Es handelt sich um einen gewissen Werner Hellberger.«

»Die SUVs!«, rief Linda.

»Bitte?«, fragte Frau Kwanzi.

»Bei Hellberger wurden Autos mit Farbe beschmiert«, erklärte sie. »Kann es sein, dass Frau Rimppach und Frau Mayr das als Ablenkung genutzt haben, um nach belastendem Material zu suchen?«

»Darüber kann ich Ihnen keine Auskunft geben.« Die Aktivistin klang plötzlich sehr vorsichtig. »Ich weiß nur, dass es eine Meinungsverschiedenheit zwischen den beiden gab. Leni wollte das Umweltamt einschalten, notfalls auch über eine anonyme Anzeige. Sylvia wollte erst noch weitere Beweise sammeln.«

Linda bedankte sich bei ihr.

»Ich hoffe, Sie finden Leni«, sagte Unity Kwanzi. »Sylvias Tod war ein schwerer Schlag für mich. In meinem Land ist es leider an der Tagesordnung, dass unbequeme Menschen spurlos verschwinden. Bislang hatte ich immer gedacht, Deutschland wäre diesbezüglich ein sicherer Hafen. Da habe ich mich wohl geirrt.«

Sie verabschiedeten sich.

»Das klingt doch schon einmal vielversprechend«, sagte Linda und griff nach ihrer Jacke.

Wellmann erhob sich. »Ja, so langsam verdichten sich die Spuren«, sagte er. »Dann wollen wir dem Herrn Hellberger mal auf den Zahn fühlen.«

43

»Hast du schon einmal ein Auto bei Hellberger gekauft?«, fragte Linda. Sie steuerte den Twingo auf die Waldseer Straße. Wellmann schüttelte den Kopf. »Vorletzte Woche war ich mit meinem Vater dort, aber die hatten nichts, was seinen Vorstellungen entsprochen hätte.«

»Das wird wohl auch schwierig bis unmöglich sein«, sagte Linda.

Wellmann lachte leise vor sich hin. »Ja, das ist tatsächlich eine Herausforderung für ihn. Ich vermute mal, dass es ihm am liebsten gewesen wäre, wenn der Subaru ihn überlebt hätte, aber danach sieht es glücklicherweise nicht aus.«

»Habt ihr denn schon einen Ersatz gefunden?«

»Wir waren beim Subaru-Händler, und der hatte einen Jahreswagen auf dem Hof stehen, der meinem Vater zwar sehr gut gefallen hat, aber leider zu teuer war. Da werde ich wohl noch ein bisschen Überredungsarbeit leisten müssen.«

Inzwischen hatten sie den Kreisverkehr erreicht, und Linda bog nach links in das Industriegebiet ab. Sie passierten einen Discounter und einen Gartenmarkt und gelangten zu dem Autohaus.

»Es sieht schon ein bisschen versifft aus, findest du nicht?«, sagte Linda angesichts der blinden Fenster der Werkstatt und der moosigen Fugen zwischen den Pflastersteinen.

»Na ja, hier in der Gegend würde man wahrscheinlich nicht versifft sagen, sondern ›gmiatlich‹.«

Eine Frau in einem Hosenanzug stand vor einem orangen SUV, der sogar noch ein bisschen größer war als der von Korbinian, und beriet ein Pärchen. Er Mitte dreißig, zurückgegelte schwarze Haare und extrem sonnengebräunt, die Augen hinter einer Brille mit getönten Gläsern verborgen, sie auf High Heels in einem bunten Sommerkleid und mit einem wagenradgroßen

Strohhut auf dem Kopf, unter dem ihre weizenblonden Haare hervorströmten.

Die Verkäuferin rief ihnen zu: »Ah, Sie schon wieder. Einen Moment.«

»Sind die hier alle so unfreundlich?«, flüsterte Linda.

»Das ist Hellbergers Schwester. Die hat Haare auf den Zähnen«, erwiderte Wellmann leise.

Linda deutete auf ein knallrotes Cabrio mit weißen Ledersitzen. »Das wäre doch was für dich«, sagte sie.

Er verzog das Gesicht. »Weißes Leder? Wenn ich verschwitzt vom Sport komme? Nein, danke. Ich habe keine Lust auf Schweißränder. Außerdem brauche ich Platz für die Kinder. Und Dominik mit seiner Schokoladensucht sollte dieses Auto nicht einmal aus der Ferne anschauen dürfen.«

Linda lachte. »Also ich könnte mir das Teil gut vorstellen. Der Twingo ist nett, aber das hier …«

»Eine gute Wahl«, sagte Frau Hellberger, die inzwischen zu ihnen getreten war. »Nur ein Vorbesitzer, topgepflegt, frischer TÜV. Ich kann Ihnen einen fairen Preis machen.«

Die Frau war Linda instinktiv unsympathisch.

»Ich bin leider nicht hier, um ein Auto zu kaufen«, sagte sie und zückte ihren Ausweis. »Meinen Kollegen kennen Sie ja schon.«

Frau Hellberger stöhnte. »Das wäre ja auch zu schön gewesen. Was kann ich für Sie tun?«

»Vielleicht besprechen wir das besser drinnen?«, schlug Linda vor.

Die Verkäuferin führte sie durch den klimatisierten Ausstellungsraum in ein dahinterliegendes Büro. An der Tür waren einige Stellen frisch lackiert worden.

»Ist das bei einem Einbruch passiert?«, fragte Linda.

Frau Hellberger drehte sich zu ihr um und fixierte sie mit verengten Augen. »Ich weiß nicht, wovon Sie reden. Hier hat kein Einbruch stattgefunden.«

»Wirklich?«

»Sie verschwenden Ihre Zeit. Ich wüsste nicht, mit welchen Auskünften ich Ihnen von Nutzen sein könnte.«

»Das entscheiden wir selbst«, sagte Wellmann. »Wir würden gerne über den Handel mit Altbatterien sprechen.«

Sie kniff ihre Lippen zusammen. »Darüber kann ich Ihnen nichts sagen. Wir verkaufen hier Gebrauchtwagen.«

»Aber Sie werden mir doch nicht ernsthaft erzählen wollen, dass Sie nicht ab und an alte Batterien entsorgen müssen?«

Sie wiegelte ab: »Das mag sein. Aber das fällt nicht ins Gewicht. Das sind Peanuts.«

»Können wir die Entsorgungsbescheinigungen sehen?«, fragte Linda.

»Haben Sie einen Durchsuchungsbefehl?«

»Nein, aber wir können gerne einen organisieren.«

Linda und Frau Hellberger standen sich gegenüber wie zwei Revolverheldinnen in einem Duell. Wer als Erste zuckte, hatte verloren.

»Was ist hier los?«

Ein ziemlich großer Mann schob sich in ihr Blickfeld. Linda wandte sich ihm zu.

»Hellberger«, stellte er sich vor. »Ich bin der Besitzer dieses Ladens.«

Er bat sie, mit in sein Büro zu kommen. Seine Schwester warf ihnen einen feindseligen Blick zu und ging wieder hinaus zu dem Pärchen.

»Was kann ich für Sie tun?«, fragte der Autohändler, während er auf seinem Schreibtischstuhl Platz nahm. Linda und Wellmann setzten sich auf zwei Hocker.

»Wir kommen wegen des Einbruchs«, begann Linda.

»Wie haben Sie davon erfahren?«, fragte er.

»Es hat also ein Einbruch stattgefunden?«

Er nickte. »Nachdem diese Ökoterroristen meine Autos beschmiert hatten, haben sie die Tür zu den Büros aufgebrochen und Chaos angerichtet. Da aber nichts Wichtiges gefehlt hat oder zu Bruch gegangen ist, hielt ich es nicht für nötig, das anzuzeigen. Die bekommen ohnehin schon viel zu viel Aufmerksamkeit.«

»Sagt Ihnen das Wort ›Tanga‹ etwas?«, fragte Linda.

Hellberger sah sie mit großen Augen an. Sie meinte, eine Unsicherheit in seinem Blick zu erkennen, doch leider verschwand dieser Eindruck sofort, als der Autohändler in ein schallendes Gelächter ausbrach.

»Na ja, ich habe schon davon gehört. Wissen Sie, in meinem Alter trägt man so etwas ja nicht mehr. Aber Ihnen könnte das stehen.«

Linda spürte, wie eine heiße Röte in ihr Gesicht schoss. Am liebsten hätte sie dem Kerl eine gescheuert. »Es geht mir nicht um die Unterwäsche«, sagte sie, mit Mühe ihre Emotionen unter Kontrolle bringend. »Ich meine die Küstenstadt in Tansania.«

»Ich war bisher nur in Thailand«, sagte Hellberger und schmunzelte dabei. »Mit dem Rest von Asien kenne ich mich nicht aus.«

»Das liegt in Afrika«, sagte Linda, die den Eindruck hatte, dass der Autohändler genau wusste, wo Tansania zu verorten war. Er spielte mit ihr. »Ostafrika, um genau zu sein.«

»Das mag sein«, erwiderte er. »Ich war auch noch nie in Ostafrika.«

»Haben Sie Geschäftsbeziehungen nach Tansania?«, fragte Wellmann.

»Ich habe vor Jahren ein paar uralte Diesel nach Marokko verscherbelt. Die benutzen die dort noch mindestens zehn Jahre lang als Taxis. Aber ansonsten beschränken sich meine Geschäfte doch eher auf Oberschwaben.«

»Handeln Sie auch mit Schrottautos und Autoteilen?«, wollte Linda wissen.

Er sah sie mit zusammengekniffenen Augen an. »Ich nehme teilweise Fahrzeuge in Zahlung, die nur noch gut genug zum Ausschlachten sind. Die Teile verkaufe ich dann weiter.«

»Wie sieht es mit Autobatterien aus?«, fragte Wellmann.

Hellberger legte die Finger aufeinander. »Die gebe ich ordnungsgemäß zum Recycling«, sagte er in einem Ton, der nun nichts Spielerisches oder Überlegenes mehr hatte. Linda hatte das Gefühl, dass er genau wusste, dass sie ihm auf die Spur gekommen waren. Leider hatte sie keine Ahnung, wie sie ihn festnageln sollten.

»Prima, dann können Sie uns ja sicher auch die entsprechenden Quittungen zeigen«, sagte Wellmann.

Hellberger schüttelte den Kopf. »Die Ordner, die die Belege enthalten, wurden bei dem Einbruch gestohlen. Aber ich glaube kaum, dass Sie das interessieren wird. Wenn es hochkommt, habe ich im letzten Jahr vielleicht zwanzig Batterien zum Recycling gegeben. Worauf wollen Sie eigentlich hinaus?«

»Nun«, sagte Wellmann. »Wir haben Anhaltspunkte dafür, dass Sie in illegale Recyclinggeschäfte mit Autobatterien verwickelt sind. Konkret handelt es sich um Exporte nach Tansania und Reimporte im Anschluss an die Wiederaufbereitung dort.«

»Und worin bestehen Ihre Hinweise?«

»Das können wir Ihnen aus ermittlungstaktischen Gründen nicht mitteilen«, sagte Wellmann. Das Gesicht des Autohändlers färbte sich rot.

»Das ist ja wohl die Höhe! Sie kommen da so mir nichts, dir nichts mit irgendwelchen zusammengeschusterten Vorwürfen an. Ich verticke keine Autobatterien nach Afrika. Und jetzt darf ich Sie bitten zu gehen. Ich habe Kundschaft.«

Linda erhob sich, doch Wellmann blieb sitzen.

»Was wurde denn noch gestohlen bei dem Einbruch?«, fragte er.

»Nichts weiter«, sagte Hellberger.

Wellmann stand auf. Er nickte dem Autohändler zu und verließ gemeinsam mit Linda das Büro. Im Ausstellungsraum kam ein Mann zur Tür herein, bei dessen Anblick Linda stutzte. Auch Wellmann schien ihn erkannt zu haben. Es war Sylvia Mayrs Bruder. Linda handelte geistesgegenwärtig. Sie packte den Kollegen am Ärmel und zog ihn vor das nächste Auto, sodass sie Mayr den Rücken zuwandten.

»Hallo, Werner«, hörten sie ihn rufen. »Du, wir müssen wegen dieser Lieferung aus Münsingen noch mal reden. Mit dem Zwischenlagern wird es schwierig, jetzt, wo –«

Aus dem Büro klang ein leises Zischen, dann sagte jemand: »Scheiße.«

Linda wechselte einen Blick mit Wellmann. Er nickte ihr zu. Gemeinsam gingen sie zurück zu Hellberger. Der Autohändler und Peter Mayr schauten sie an wie zwei Teenager, die beim Rauchen erwischt worden waren.

»Der Herr Mayr«, sagte Linda. »Ich wusste gar nicht, dass Sie beide Geschäftspartner sind.«

»Wir sind keine Geschäftspartner«, brummte Hellberger, während Peter Mayr zu Boden schaute, das Gesicht weiß wie ein Bettlaken.

»Das klang aber gerade ganz anders«, sagte Wellmann. »Sie haben von einer Lieferung aus Münsingen gesprochen, die zwischengelagert werden muss. Worum ging es da?«

»Ach, wissen Sie«, erwiderte der Autohändler, der seine Fassung relativ rasch wiedergefunden zu haben schien. »Wir sind im Angelverein, und Peter wollte mir nur sagen, dass die neuen Köder angekommen sind. Auf die warten wir seit Ewigkeiten. Die müssen unter acht Grad gelagert werden, aber sein Kühlschrank scheint voll zu sein.«

»Das können Sie jemand anderem erzählen«, sagte Linda. »Herr Mayr wird uns in die Dienststelle begleiten, und dann werden wir schon herausfinden, worum es sich bei dieser Lieferung handelt.«

44

»Woher kennen Sie und Hellberger sich?«, fragte Wellmann.

»Man kennt sich eben«, erwiderte Mayr. Er hatte sich auf seinem Stuhl zurückgelehnt und die Arme vor der Brust verschränkt. Die Vernehmung dauerte schon eine halbe Stunde, aber bislang hatte der Kommissar nichts Wesentliches aus dem Verdächtigen herausgebracht.

»Hören Sie«, sagte Wellmann. »Wir können das hier auf zwei Arten angehen. Sie können weiterhin auf stur schalten, und ich werde Sie mit meinen Fragen nerven. Ich habe Zeit, ich werde dafür bezahlt, das zu tun. Und glauben Sie mir, ich habe Ausdauer. Die zweite Möglichkeit wäre, dass Sie mir verraten, in welchem Verhältnis Sie zu Hellberger stehen und welche Geschäfte Sie zusammen treiben. Das würde uns beiden viel Zeit ersparen.« Wellmann lächelte Mayr betont freundlich zu, doch der verzog keine Miene.

»Was für Geschäfte sollte ich denn mit Hellberger treiben? Ich bin Landwirt, er ist Autohändler. Da gibt es nicht allzu viele Berührungspunkte.«

»Die Erfahrung hat mich gelehrt, dass es zwischen Menschen vor allem einen Berührungspunkt gibt: Geld.«

»Sehen wir so aus, als ob wir heimlich Reichtümer scheffeln würden?«

Auch auf diese Frage war Wellmann vorbereitet. »Vielleicht haben Sie mitbekommen, dass wir vor zwei Jahren einen Drogenring im Landkreis ausgehoben haben. Den Mitgliedern – allesamt respektable Persönlichkeiten – hat man nicht angesehen, dass sie ihren Lebensunterhalt mit der Herstellung und dem Verkauf von Crystal Meth aufbessern.«

»Ich habe nichts mit Drogen am Hut«, sagte Mayr. »Hatte ich noch nie. Ich rauche nicht mal.«

»Wir haben auch weniger den Verdacht, dass Sie im Drogengeschäft sind, als vielmehr, dass Sie Teil eines international operierenden Netzwerks von Autobatterieschiebern sind«, sagte Linda.

Sie hatte bislang geschwiegen, doch diesen Einwurf hatte sie punktgenau platziert. Die Farbe von Mayrs Gesicht glich sich dem Grau der Tischplatte an.

»Ich weiß nicht, was Sie da reden«, sagte er. Sein Ton war nicht mehr so selbstsicher wie noch Sekunden zuvor. Er mied den Blickkontakt mit den Kommissaren.

»Wir wissen, dass tonnenweise alte Autobatterien aus Deutschland nach Tanga in Tansania verschifft werden, um dort wiederaufbereitet zu werden. Das ist eine Goldgrube«, fuhr sie fort.

»An der ich keinen Anteil habe. Wie sollte ich an so viele Batterien kommen?«

»Dafür wird Ihr Geschäftspartner zuständig gewesen sein«, sagte Wellmann. »Sie werden den Stauraum für die Zwischenlagerung zur Verfügung gestellt haben. In Ihrer Scheune dürfte doch genügend Fläche übrig sein, um immer mal wieder ein paar Paletten zwischenzulagern.«

Mayr schluckte schwer. »Sie haben eine blühende Phantasie«, sagte er. »Noch einmal: Ich habe nichts mit der Sache zu tun.«

»Aber Ihre Schwester schon«, erwiderte Linda. »Sie hatte Kontakt zu den tansanischen Aktivisten. Und sie hat den Vogelschutzverein auf die Angelegenheit angesetzt.«

Mayr hielt kurz den Atem an.

»Wollen Sie meine Theorie dazu hören?«, fragte Wellmann, ohne auf die Antwort zu warten. »Sylvia ist Ihren schmutzigen Geschäften mit dem Autohändler auf die Schliche gekommen. Mit Hilfe des Vogelschutzvereins ist sie in das Büro von Hellberger eingedrungen und hat dabei belastende Dokumente entwendet. Daraufhin haben Sie Ihre Schwester umgebracht, um sie zum Schweigen zu bringen. Sie sind in ihre Wohnung eingebrochen, um die Beweismittel sicherzustellen. Als Sie nichts fanden, haben Sie beschlossen, auch noch Leni Rimppach aus dem Weg zu räumen.«

»Wer ist das?«, fragte Mayr, klang dabei aber wenig überzeugend.

»Die Vorsitzende des Vogelschutzvereins.«

Mayr schüttelte den Kopf.

»Das ist nicht wahr. Nichts von dem, was Sie da gesagt haben, ist wahr.«

Es klopfte an der Tür, und die Sekretärin des Dienststellenleiters steckte den Kopf herein. Sie zeigte Wellmann ein Schriftstück mit dem Siegel des Amtsgerichtes und nickte ihm zu.

»Den Wahrheitsgehalt meiner Theorie werden wir wohl relativ rasch herausfinden«, sagte der Kommissar. »Wir werden uns gemeinsam zu Ihrem Hof begeben. Und dann werden unsere Kollegen von der Kriminaltechnik alles auf den Kopf stellen. Glauben Sie mir, wenn wir auch nur das kleinste Klötzle Blei finden, sind Sie geliefert.«

Vor dem Hof der Mayrs stand schon der Wagen der KT. Die Kollegen streiften sich ihre weißen Schutzanzüge über. Wellmann trat auf Winter zu, der eine Gasmaske in der Hand hielt.

»Wir können nicht vorsichtig genug sein«, sagte dieser. »Blei ist ein Teufelszeug.«

»In Tansania leiten die das ungeklärt ins Wasser oder blasen es in die Luft«, ergänzte Linda.

Winter knurrte. »Solchen Leuten gehört das Handwerk gelegt.«

»Wir sind gerade dabei«, sagte Wellmann.

Ein weiteres Auto fuhr die schmale Zufahrtsstraße herauf. Der Tesla hielt geräuschlos neben Lindas Twingo an, und Professor Weizengruber stieg aus.

»Schön, dass Sie es einrichten konnten«, sagte Wellmann.

Der Professor nickte. »Wenn ich etwas dazu beitragen kann, den Fall aufzuklären, würde mich das sehr freuen.«

Er ging zum Tesla und holte einen Koffer sowie ein weißes Päckchen heraus. Die Schutzkleidung zog er sich mit geübten Bewegungen über. Auch eine Gasmaske war dabei.

Sie gingen gemeinsam zu Winter, und Wellmann stellte den Professor unter seinem weiblichen Namen vor.

»Wunderbar!«, rief der Chef der KT. »Es freut mich sehr, dass wir eine so ausgewiesene Expertin für diese Analysen gewinnen konnten. Schwermetalle im Boden nachzuweisen, ist nicht unbedingt das Spezialgebiet unserer Abteilung – wenn es sich nicht gerade um bleihaltige Projektile handelt.«

Weizengruber quittierte seinen Scherz mit einem schmalen Lächeln. »Gut, dann gehen wir mal rein, oder?«, sagte er und schob sich die Maske über das Gesicht.

Wellmann und Linda warteten vor der Scheune, Mayr stand neben ihnen. Er wirkte unruhig und zappelig, aber weniger nervös als zuvor.

Kaum waren die weiß gekleideten Gestalten in dem Gebäude verschwunden, als sich die Tür des Wohnhauses öffnete. Mayrs Vater erschien im Türrahmen. Er wirkte noch älter und gebrechlicher als bei ihrem letzten Besuch. Eine Hand lag auf seinem Bauch, sein Gesicht war seltsam gelblich, und seine Züge waren schmerzverzerrt.

»Was soll no des?«, fragte er.

Wellmann reichte ihm den Durchsuchungsbeschluss.

»Und was genau suchet Sie?«

»Autobatterien. Mehrere Paletten.«

»Davon wüsst i. Mir hont sicher koine Batterie in der Scheun. Warum sollet mir des au do lagere?«

Wellmann berichtete ihm kurz und knapp von ihren Erkenntnissen hinsichtlich des internationalen Batterieschieberrings.

Der Alte lachte, doch der Laut ging rasch in ein Grunzen über. Er beugte sich nach vorn und hielt sich den Bauch. »Verdammt no amol!«, stöhnte er.

»Warum haben Sie gelacht?«, fragte Wellmann, als Mayr sich wieder ein wenig beruhigt hatte.

»Weil Sie mein Sohnemann für clever genug haltet, dass er do mitgmacht habe könnt.«

»Sie scheinen keine besonders hohe Meinung von Ihrem Sohn zu haben«, sagte Wellmann.

»Er hot mir bislang koin Anlass gegebe, andersch übr ihn zum denke. Der schafft's mit Müh und Not, den Hof zum bewirtschafte. Aber Batterie nach Afrika verchecke? Nie und nimmer.«

In der geöffneten Scheunentür erschien eine vermummte Gestalt. Sie nahm ihre Maske ab: Es war Professor Weizengruber.

»Und?«, fragte Wellmann. »Haben Sie etwas gefunden?«

»Die Scheune ist leer. Ihre Kollegen suchen nach Spuren, die darauf hindeuten könnten, dass dort einmal größere Paletten gelagert wurden, aber bislang sieht es nicht danach aus.«

»Haben Sie Bodenproben nehmen können?«

Er nickte. »Ich werde die auch noch im Labor analysieren. Die Schnelltests waren aber leider negativ.«

Wellmann sah zu Mayrs Sohn hinüber. Auf dem bleichen Gesicht des Mannes prangte ein breites, hämisches Grinsen.

45

Wellmann hatte große Lust, gegen etwas zu treten. So frustriert war er lange nicht mehr gewesen. Warum befanden sich auf dem Bauernhof der Mayrs keine Spuren der Autobatterien? Selbst nachdem die Kollegen von der KT jeden Strohhalm in der Scheune zweimal umgedreht hatten, hatten sie nichts Verdächtiges entdeckt.

Am schlimmsten war die Genugtuung der Mayrs gewesen. Es war ausgemacht, dass Vater und Sohn sich nicht mochten, aber dieser Moment hatte die beiden in ihrer Schadenfreude vereint.

Seine Laune verdüsterte sich weiter, als sich das zweite Team der KT meldete. Die Kollegen hatten das Autohaus von Hellberger durchsucht, aber nicht den geringsten Hinweis auf Bleikontaminationen gefunden. Und zudem fehlte von Leni Rimppach weiterhin jede Spur.

Linda war genauso angefressen wie er. Sie hatte diesen verkniffenen Zug um den Mund, der ihm verriet, dass sie an etwas zu knabbern hatte.

»Tja, klarer Fall von ›dumm gelaufen‹«, sagte Wellmann zum Abschied.

»So leicht lassen wir den doch nicht entkommen, oder?«

Wellmann zuckte mit den Achseln. »Ohne Beweise wird es schwierig werden, die Anschuldigungen gegen Mayr und Hellberger aufrechtzuerhalten.«

»Und wenn Frau Kwanzi aussagt?«

Wellmann seufzte. »Ich habe nicht so viel Vertrauen in unser Justizsystem, um anzunehmen, dass es einer Frau aus Tansania mehr glaubt als einem soliden Gewerbesteuerzahler aus Oberschwaben. Und zudem haben wir gar nicht die Zeit, darauf zu warten, bis sie eine Aussage machen kann. Wir müssen die Anwältin finden.«

Linda schnaubte. »Ich gehe die Ermittlungsakten noch einmal durch. Irgendetwas müssen wir übersehen haben.«

»Mach das. Ich werde trotzdem in den Feierabend gehen. Es war ein langer Tag, und ich brauche dringend ein wenig Sport und danach eine Mütze Schlaf.«

Sie verabschiedeten sich, und Wellmann zog die Sportklamotten an, die er in seinem Spind aufbewahrte. Dann joggte er los.

Als er eine Stunde später das Haus seines Vaters betrat, drang der Lärm einer Fußballübertragung aus dem Wohnzimmer. Er versuchte, sich heimlich an der Tür vorbeizuschleichen, doch Arnold hatte ihn gesehen.

»Komm her, nimm dir a Bier«, sagte er.

Wellmann wollte zunächst ablehnen, dann entschied er sich aber anders. Die Alternative wäre, in seinem Zimmer zu sitzen und Maulaffen feilzuhalten. Dort lag noch immer die kleine Dose mit den Benzodiazepinen in der Schublade seines Kleiderschranks. Und an Tagen wie diesem traute er sich nicht so recht über den Weg, der Versuchung zu widerstehen und seine Frustration in der Beruhigungsmittelwolke zu ertränken.

Er holte sich eine Flasche Bier aus dem Kühlschrank. Nachdem er mit dem Flaschenöffner den Kronkorken entfernt hatte, nahm er einen Schluck und fühlte sich sofort erfrischt. Er ging ins Wohnzimmer und ließ sich in den Sessel neben seinem Vater fallen.

»Wer spielt?«, fragte er.

»DFB-Pokal. FC Bayern gege irgend so en Drittligischte.«

Wellmann verzog das Gesicht. »Warum machen die sich die Mühe, das Spiel auszutragen? Es ist doch eh klar, wer gewinnt.«

Der Vater stieß ein kehliges Lachen aus. »Na ja, vielleicht kann dr Kleine heut mal wieder de Große ärgre. Des ischt doch des Schöne am Fußball. Ab und zu geschieht no amol a Wunder. Dr Ball ischt rund, und des Spiel dauert neunzig Minute.«

»Ja, ich weiß, wir sollten den Sand nicht in den Kopf stecken, weil das alles von den Medien hochsterilisiert wird«, brummte Wellmann. »Leider treffen diese Fußballerweisheiten im echten Leben nie zu.«

»Ischt dir a Laus über dr Leber glaufe?«, fragte der Vater. Wellmann winkte ab und nahm noch einen Schluck.

»Lass mi rate. Ihr kommet mit dem Fall et vora?«

»Mit beiden Fällen. Ich dachte, ich hätte ein Verbindungsglied zwischen dem Mord an Sylvia Mayr und dem Anschlag auf Dr. Kugelmann gefunden. Aber heute haben wir einen Rückschlag erlitten. Und ich war mir so sicher, dass wir einen großen Schritt vorankommen würden.«

»Tja, schau, du bischt in Kriminalerkreisen doch au so e Art FC Bayern. Au du kanscht amol en schlechte Tag hon.«

Wellmann lachte. »Also das ist ja jetzt maßlos übertrieben.«

Der Vater zuckte mit den Achseln. »Deine Kollege haltet große Stück auf di. Ond einige Fäll hascht au scho glöst, an dene andere sich die Zähn ausbisse hont. So abwegig ischt der Vergleich gar net.«

»Na ja, wenn ich so viel verdienen würde wie der Kader des FC Bayern, wäre das okay.«

»Wer ischt denn der Drittligischt, der dich heut geärgert hot?«, fragte der Vater. »Oder darf ma des net wisse?«

»Wir haben den Hof der Mayrs durchsucht.«

»Wege dem Mord an der Sylvia?«

»Kanntest du sie?«

»Kenne ischt a bissle viel gsagt. Sie war bei de Minischtrantinne früher. A nettes Mädle.«

»Was ist mit ihrem Bruder? Kennst du den auch?«

Die Miene seines Vaters verdüsterte sich. »Der war a Bombeleger. Hot em Weinberger Karle d' Scheib vom Gwächshaus eigschmisse aus Luscht an der Freud. Ond später hot er sei Lehrstell beim Liebherr verlore. Ma hot gmunkelt, dass er gstohle hätt. Der hot Glück ghabt, dass ihn dr Hellberger no als Lehrling gnomme hot.«

Wellmann verschluckte sich beinahe an seinem Bier vor Überraschung. »Der junge Mayr hat seine Lehre beim Hellberger gemacht?«

»Ja, als Kfz-Mechaniker. Des war ja au vernünftig, bloß von der Landwirtschaft ka doch heut koiner mehr lebe. Ond dr Hellberger ond die Luisa Mayr waret zamm auf der Schul. Der hot den Ausbildungsplatz sozusage über Vitamin B bekomme.«

Wellmann nickte. Daher wehte also der Wind. Die beiden Männer kannten sich schon lange. Und Sylvias Bruder hatte eine einschlägige Ausbildung im Kfz-Bereich. Die Indizien für eine Beteiligung an den Batterieschiebereien häuften sich. Doch was ihnen fehlte, war ein Beweis.

Wellmann sah auf den Bildschirm. Eben hatte einer der Roten – er nahm an, dass es sich um einen Spieler des FC Bayern handeln musste – vier Gegner ausgetanzt und den Ball mit einem trockenen Schuss im rechten Eck versenkt.

»Sauber«, sagte Wellmann senior und machte sich noch eine Flasche Bier auf. »Des ka ma au als VfB-Fan neidlos anerkenne. Die Gegner müsset sich scho a bissle mehr anstrenge mit ihrer Abseitsfalle. Des klappt no net so recht, der Stürmer ischt viel zu flexibel.«

Etwas an Arnolds Worten hatte ihn aufhorchen lassen. Er versuchte zu begreifen, was es gewesen war, doch dann läutete das Telefon. Sein Vater wollte sich erheben, aber er bedeutete ihm, sitzen zu bleiben.

»Ja, Wellmann?«, meldete er sich.

»Hallo, Herr Kommissar«, hörte er Linda sagen. »Warum gehst du denn nicht an dein Handy?«

Wellmann zog das Gerät aus der Tasche und stellte fest, dass das Display schwarz blieb, egal, auf welchen Knopf er drückte. »Der Akku ist leer. Was gibt es denn?«

»Ich glaube, ich habe etwas gefunden.«

»Autobatterien?«, fragte Wellmann hoffnungsvoll.

»Nein, die tote Lau«, erwiderte Linda. »Ich habe mir die

Videoaufzeichnungen aus dem Parkbad noch einmal angesehen, und dabei ist mir etwas aufgefallen.«

»Mach es nicht so spannend.«

»Ich denke, das solltest du dir am besten selbst anschauen.«

Wellmann seufzte. Er hatte keine große Lust darauf, sich auf sein Fahrrad zu setzen und nach Biberach in die Dienststelle zu fahren. Aus dem Wohnzimmer ertönte erneut ein Torjubel, und sein Vater rief: »Sechs zu null. Fallrückzieher. Herrgottsakrament!«

Wenn er ehrlich zu sich war, hatte Wellmann auch keine Lust darauf, dabei zuzusehen, wie das Ergebnis zweistellig wurde. Er trank sein Bier aus, sagte seinem Vater Bescheid, dass er noch einmal zur Dienststelle fahren musste, schlug dessen Angebot aus, den Subaru zu nehmen, und ging hinaus in den Schuppen, wo er sein Fahrrad schnappte und sich auf den Sattel schwang.

Er fand Linda in ihrem gemeinsamen Büro. Sie saß im Schein der Schreibtischlampe vor dem Bildschirm und sah sich die unscharfen Videoclips der Überwachungskamera aus dem Parkbad an.

»Du machst dir deine Augen kaputt, das ist dir schon klar?«, sagte er zur Begrüßung.

»Ja, Papa«, erwiderte Linda, ohne den Blick vom Display zu nehmen.

»Also, was gibt es?«, fragte er, rückte seinen Stuhl neben sie und schaute erwartungsvoll auf den Bildschirm.

»Das hier«, sagte Linda, deutete auf einen Bildausschnitt und startete eine Aufzeichnung.

In dem Video waren zwei Jungs zu erkennen, die vor einem Mann hergingen.

»Wo ist das?«, fragte Wellmann.

»Hinter dem Schwimmerbecken. Da ist ein Reinigungsbereich.«

Der Mann trug eine Schirmmütze.

»Ist das der Typ, der Sylvia Mayr das Morphin in den Kaffee gekippt hat?«

»Er könnte es sein.«

Einer der beiden Jungen zeigte auf eine Tür. Der Mann öffnete sie und trat ein. Als sie sich wieder geschlossen hatte, nahm der Junge einen Besenstiel, der an der Wand daneben lehnte, und verkantete ihn unter der Türklinke. Daraufhin rannten die Kinder davon.

»Wann war das?«, fragte Wellmann.

»Neun Uhr dreiundzwanzig. Neun Minuten bevor der Fotograf Sylvia Mayr aus dem Wasser gezogen hat.«

Das Video lief weiter. Der Besenstiel vibrierte. Offenbar versuchte der Eingeschlossene, die Tür zu öffnen. Die Minuten vergingen. Um neun Uhr fünfunddreißig gelang es ihm schließlich. Der Stiel krachte zu Boden, und der Mann stürmte hinaus. Linda hielt das Bild an. Das Gesicht war gut zu erkennen.

»Das ist Sylvias Ex-Freund«, sagte sie. »Ich habe das Videomaterial mit dem Dienstausweis seines Arbeitgebers und dem Phantombild verglichen.«

»Warum haben die Jungs ihn eingesperrt?«, fragte Wellmann.

»Das werden wir sie morgen früh persönlich fragen. Ich habe sie ausfindig gemacht und einbestellt.«

»Wie hast du die beiden so rasch aufgetrieben?«

Linda zwinkerte ihm zu. »Das sind meine geheimen Superkräfte als Ermittlerin. Nein, Spaß beiseite. Ich bin vorhin noch schnell ins Parkbad gefahren und habe dem Personal Ausdrucke des Filmmaterials gezeigt. Und siehe da. Der Haustechniker spielt mit dem Vater von Jonas Tischtennis.«

»Manchmal ist es ganz praktisch, dass hier jeder jeden kennt«, sagte Wellmann. »Wie haben die Eltern der Jungs reagiert?«

»Na ja, das kannst du dir sicher vorstellen. Hier ist niemand begeistert, wenn plötzlich die Kripo anruft und verlangt, dass man die Sprösslinge doch bitte pronto zur Befragung in die Dienststelle karrt. Der Vater von Jonas war ganz verständig. Die Mutter dieses Yannick dagegen war übertrieben schockiert. Ich hoffe mal nicht, dass ihr Sohn allzu viele Probleme deswegen bekommt.«

»Sehr gute Arbeit«, sagte Wellmann. »Und jetzt machst du Feierabend. Das ist eine Dienstanweisung!«

46

Linda hatte schlecht geschlafen. Immer wieder hatte sie sich in ihrem Bett hin und her gewälzt, während wirre Gedanken und Traumfetzen durch ihren Kopf gejagt waren. Sie kannte das von früheren Fällen. Wenn die Ermittlungen in die heiße Phase eintraten, wurde sie unruhig.

Als sie in die Dienststelle kam, schaltete sie die Kaffeemaschine ein und schenkte sich die erste Tasse bereits ein, während das Gerät noch damit beschäftigt war, das Getränk aufzubrühen.

Wellmann erschien um kurz vor neun im Büro.

»Wann und in welcher Reihenfolge hast du die Zeugen einbestellt?«, wollte er wissen.

»Yannick kommt um neun mit seiner Mutter, Jonas wird um halb zehn von seinem Vater gebracht.« Sie sah auf ihre Uhr. »Es wird Zeit«, sagte sie.

Vor dem Vernehmungsraum warteten bereits Yannick und seine Mutter. Der Junge wirkte klein und schmächtig für seine elf Jahre. Er sah zu Boden und hatte ganz rote Ohren. Hoffentlich hatte ihm die Mutter die nicht lang gezogen, ging es Linda durch den Kopf.

Sie führten die beiden in den Verhörraum und nahmen die Personalien auf.

»Also«, begann Linda und lächelte Yannik aufmunternd zu. Der Junge mied jedoch jeden Blickkontakt. »Erst einmal danke, dass du so schnell zu einer Befragung kommen konntest. Das ist sehr wichtig für uns.«

»Was bleibt uns denn anderes übrig?«, fragte die Mutter, die eine sauertöpfische Miene aufgesetzt hatte.

Linda ignorierte den Kommentar. »Ich möchte dir jetzt einen kurzen Filmausschnitt zeigen und dir danach einige Fragen dazu stellen. Ist das okay?«

Er nickte, sah ihr aber immer noch nicht in die Augen.

Linda holte ein Tablet hervor, wischte und tippte auf dem Display herum und legte es vor dem Zeugen auf den Tisch. Das Gerät spielte den Ausschnitt aus dem Überwachungsvideo ab, auf dem die beiden Kinder mit dem Mann zu sehen waren, in dem Linda Sylvias Ex-Freund zu erkennen geglaubt hatte. Wiegand verschwand in dem Technikraum, und Jonas verriegelte die Tür mit dem Besenstiel, während Yannick nach allen Seiten Ausschau hielt.

»Ihr habt den Mann da eingesperrt!«, rief seine Mutter.

»Ja«, sagte er leise. Seine Ohren wurden noch eine Spur röter.

»Woher kanntet ihr den Mann?«, fragte Linda.

»Ich gar nicht«, flüsterte Yannick. »Jonas ist zu mir gekommen. Er hat mir gesagt, dass jemand ihm zehn Euro dafür gegeben hat, dass er dem Typen einen Streich spielt. Er meinte, dass er das aber nicht alleine kann und dass ich ihm helfen soll. Ich wollte erst nicht, aber dann hat er mir fünf Euro geboten.«

»Schäm dich!«, rief seine Mutter. »Dich einfach so kaufen zu lassen.«

Linda hob die Hand. »Sie können später mit Ihrem Sohn über die moralischen Aspekte dieser Sache reden. Jetzt geht es darum, was geschehen ist.«

Die Mutter erwiderte nichts, warf Yannick aber einen scharfen Seitenblick zu.

»Wie ging es weiter?«, fragte Linda.

»Na ja, der Jonas hat mir gesagt, dass wir den Mann in eine Besenkammer locken und die Tür für eine Viertelstunde verriegeln sollen.«

»Hat er auch erwähnt, warum ihr das tun solltet?«

Yannick schüttelte den Kopf. »Ich fand das ein bisschen komisch. Und ich hatte Schiss, dass das nicht klappen würde. Aber Jonas meinte, er weiß, wie er den Typen in die Besenkammer locken kann.«

»Wie hat er das angestellt?«

»Ich hab nicht mitbekommen, was er zu ihm gesagt hat. Aber der Typ ist ihm sofort gefolgt.«

»Woher wusste Jonas, wie er die Tür verriegeln sollte?«, fragte Linda.

»Keine Ahnung. Als er drin war, hat Jonas den Besenstiel genommen und ihn unter die Klinke gedrückt. Der hat perfekt daruntergepasst. Der Typ hat zwar versucht, die Tür aufzubekommen, aber das hat nicht geklappt.«

»Und ihr solltet den Mann nach einer Viertelstunde wieder rauslassen?«

Yannick nickte. »Das war aber nicht nötig. Der hat sich nach zehn Minuten schon selbst befreit.«

»Was hat er dann gemacht?«

»Er ist zu dem großen Becken gerannt. Da, wo sie die Leiche herausgezogen haben. Und da ist er eine Weile gestanden und hat zugeschaut. Wir haben ihn aus einem Versteck beobachtet. Ich hatte echt Schiss, dass der uns erwischt. Aber dann ist er einfach gegangen.«

»Ich zeige dir jetzt ein paar Fotos, und du sagst mir, ob du darauf den Mann erkennst, den ihr eingesperrt habt.« Sie legte das Tablet auf den Tisch und startete eine kleine Präsentation, die fünf Porträts enthielt.

»Der war es«, sagte der Junge und deutete auf das Bild, das sie der Personalakte von Wiegand entnommen hatte.

»Bist du dir sicher?«, fragte Linda.

»Hundert Prozent.«

»Und jetzt?«, fragte seine Mutter, als sie die Befragung beendet hatten. »Bekommt er eine Anzeige?«

»Von uns nicht«, sagte Linda. »Wie der Mann darüber entscheidet, den die beiden eingesperrt haben, kann ich aber nicht beurteilen.«

Sie verabschiedeten sich. Im Hinausgehen redete die Frau leise auf ihren Sohn ein.

Das Telefon läutete, und der Diensthabende kündigte an,

dass Jonas mit seinem Vater eingetroffen sei. Wenig später saß ein tätowierter Bodybuildertyp mit einem pummeligen Jungen vor den beiden Ermittlern.

»So, Jonas, dann erzähl der Frau Kommissarin mal, was du ausgefressen hast«, sagte der Vater und klopfte seinem Sohn aufmunternd auf die Schulter.

Jonas grinste. »Mir hat so eine Frau zehn Euro geboten, wenn ich den Typen in die Besenkammer locke und ihn einsperre.«

»Wie sah sie aus?«

Jonas zuckte mit den Achseln. »Schon älter. Mindestens dreißig, würde ich sagen. Sie hatte Falten im Gesicht.«

Linda unterdrückte ein Seufzen. Kinder das Alter einer Person schätzen zu lassen war die pure Katastrophe. »An was kannst du dich sonst noch erinnern?«

»Sie hatte eine Schwimmbrille und eine Bademütze an. Keine Ahnung. Ich kann die nicht beschreiben.«

»Wie solltest du den Mann in die Besenkammer locken?«, fragte Wellmann.

»Na ja, die Frau hat gesagt, ich soll ihm sagen, dass da ein Axolotl oder so was liegt.«

»Ein Axolotl?«

»Oder so ähnlich. Ich weiß es nicht mehr. Aber ich fand das lustig.«

»Woher wusstest du, wie du die Tür verriegeln solltest?«, fragte Linda.

»Die Frau hat gesagt, dass ein Besenstiel an der Wand lehnt, den man genau unter die Klinke klemmen kann. Es hat alles super geklappt. Yannick hat Schmiere gestanden. Der Typ ist in die Besenkammer gegangen, und ich habe die Tür hinter ihm zugeschlagen und sie verbarrikadiert.«

»Yannick hat gesagt, dass ihr ihn eine Viertelstunde später rauslassen solltet.«

Jonas kratzte sich am Kopf. »Ja, das war ein bisschen schwierig. Der hätte uns sicher erwischt. Zum Glück hat er sich selber befreien können.«

»Ihr habt die Tür beobachtet?«, fragte Wellmann.

Jonas nickte. »Wir sind bei der Kabine vom Bademeister gestanden. Da hat man einen guten Blick und kann sich notfalls verstecken. Ich hab auf die Uhr geschaut. Er hat dreizehn Minuten gebraucht, bis er die Tür aufhatte. Hat so lange an der Klinke gerüttelt, bis der Besenstiel zur Seite gefallen ist. Dann hat er die Tür aufgerissen und ist zu dem Becken hingerannt, wo der Fotograf diese Meerjungfrau herausgeholt hatte. Drei so Typen haben versucht, sie wiederzubeleben. Voll krass war das.«

»Hast du mitbekommen, was der Mann, den ihr eingesperrt hattet, gemacht hat?«

»Der stand nur da und hat ausgesehen, als ob ihm ein Geist begegnet wäre. Geschwitzt hat er, und bleich war er. Seine Hand hat gezittert. Und dann hat er angefangen zu plärren. Nicht laut. Ganz still. Dem sind nur die Tränen runtergelaufen. So hat er ein paar Minuten lang dagestanden. Dann hat er sich umgedreht und ist aus dem Bad gerannt. Ich war so froh, dass ich dem nicht mehr begegnen musste. Das hätte sicher Prügel gesetzt.«

Jonas' Vater strich seinem Sohn über den Kopf. »Ist ja noch mal gut gegangen«, sagte er.

Linda verkniff sich eine bissige Antwort. War sie eben noch besorgt gewesen, dass Yannicks Mutter zu streng war, befürchtete sie hier eher das Gegenteil. Sie zeigte Jonas die Fotos, und auch er deutete sofort auf das Porträt von Wiegand.

Sie verabschiedeten sich, und Linda führte die beiden nach draußen. Als sie zurückkam, hatte Wellmann sein Handy gezückt und wischte und tippte auf dem Display herum.

»Alles okay?«, fragte sie.

»Ja.«

»Kannst du dir einen Reim auf die Sache machen?«, fragte sie.

»Ich denke, ich weiß, was passiert ist. Das war eine sorgfältig geplante und perfekt ausgeführte Abseitsfalle.«

47

Das Team hatte sich im Besprechungsraum versammelt. Linda saß neben Wellmann, die Hände auf dem Tisch verschränkt. Sie wirkte angespannt.

Korbinian starrte die Tischplatte an. Sein Gesicht war grau, die Augen gerötet.

»Ich habe eine Theorie zum Mord an Sylvia Mayr«, sagte Wellmann. »Dazu gleich mehr, vorher bringe ich dich noch kurz auf Stand, Korbinian. Linda hat sich dankenswerterweise noch einmal die Überwachungsbänder der Kameras im Parkbad vorgenommen und dabei Folgendes entdeckt.«

Er bewegte die Maus, die vor ihm auf dem Tisch lag, und der Beamer an der Decke projizierte den Film an die Wand. Korbinian hob den Kopf und schaute mit müden Augen zu.

»Wir sehen hier Benedikt Wiegand, den Ex-Freund von Sylvia Mayr, der von zwei Jungs in eine Abstellkammer gelockt und dort eingeschlossen wird. Nach dreizehn Minuten kann er sich wieder befreien. In diesen dreizehn Minuten wurde der leblos im Becken treibende Körper von Sylvia Mayr gefunden und mit der Reanimation begonnen.«

»Warum sollten die Jungs den Mann in der Besenkammer einsperren? Soll das ein Alibi darstellen? Das wäre doch hirnrissig, immerhin haben wir auf Band, wie der Kerl das Morphin in den Kaffeebecher kippt«, sagte Korbinian.

»Eine uns unbekannte Frau hat den beiden den Auftrag gegeben, Wiegand dort einzusperren«, sagte Linda.

»Aber wozu?«, fragte Korbinian.

»Um Wiegand die Gelegenheit zu nehmen, Sylvia Mayr das Leben zu retten«, sagte Wellmann.

»Warum sollte er ihr das Leben retten, wenn er doch zuvor ihren Kaffee vergiftet hat?«

»Wenn ich mit meiner Theorie richtigliege, musst du das

umgekehrt denken. Er hat den Kaffee vergiftet, damit er ihr das Leben retten konnte.«

Korbinian verschränkte die Arme vor der Brust. »Wie kommst du denn darauf? Das klingt ziemlich weit hergeholt.«

»Wir haben die beiden Jungs befragt, die Wiegand eingesperrt haben. Die Frau, die sie für diesen Streich bezahlt hat, hat ihnen aufgetragen, dass sie ihm sagen sollen, der Axolotl befinde sich in der Abstellkammer.«

Korbinian kniff die Augen zusammen. »Axolotl? Ist das nicht so ein Lurch? Ich verstehe nicht –«

»Jonas hat sich nicht mehr an das Wort erinnern können und dann eines genannt, das ähnlich klingt. So wie Bruno Labbadia, der einmal in einem Interview ›hochsterilisiert‹ statt ›hochstilisiert‹ gesagt hat.«

»Und was soll der Junge dann stattdessen für ein Wort gemeint haben?«

»Naloxon«, sagte Wellmann.

»Was ist das?«

»Das ist das Gegenmittel zu Morphin. Wenn es ihm gelungen wäre, Sylvia Mayr das Naloxon rechtzeitig einzuflößen, hätte er ihr möglicherweise das Leben retten können. Aber die Frau hat ihn durch die beiden Jungs effektiv ins Abseits gestellt.«

Korbinians Augen weiteten sich. »Das heißt, er hat das alles geplant? Ihr zuerst das Medikament zu verabreichen und sie dann mit dem Naloxon zu retten?«

Wellmann nickte. »Ja, für diesen Ablauf spricht einiges. Wiegand war mit der Trennung nicht einverstanden. Er hat Sylvia gestalkt. Er hätte alles unternommen, um sie wiederzugewinnen. Das hat er ihr auch so geschrieben. Und als er Sylvias Mutter auf dem Markt getroffen hat, hat er sich ihr gegenüber ähnlich geäußert.«

Korbinian schüttelte den Kopf. »Das ist doch Wahnsinn. Kein Mensch, der noch über einen letzten Rest Vernunft verfügt, käme auf die Idee, seine Ex zu vergiften, um sich als ihr

Lebensretter aufzuspielen und sie so dazu zu bewegen, die Beziehung wiederaufzunehmen!«

»Wie es aussieht, hat Wiegand den letzten Rest Vernunft schon lange über Bord geworfen«, sagte Linda.

»Okay, nehmen wir mal an, deine Theorie trifft zu«, sagte Korbinian. »Dann verstehe ich nicht, warum das dann so gelaufen ist. Warum wollte diese Frau, dass er weggesperrt wird?«

»Ist das nicht klar?«, fragte Linda. »Sie wollte, dass er Sylvia zwar vergiftet, aber dann den zweiten Teil seines Plans, die Rettung, nicht in die Tat umsetzen konnte. Die Frau wollte Sylvias Tod.«

»Wer könnte sie gewesen sein?«, fragte Korbinian.

»Uns sind im Laufe der Ermittlungen abgesehen von Professor Weizengruber drei Frauen begegnet«, sagte Wellmann. »Sylvias Mutter, Leni Rimppach und Frau Hellberger.«

»Leni hätte nicht –«, rief Korbinian. In seine bleichen Wangen war ein wenig Farbe zurückgekehrt.

Wellmann hob die Hände. »Ich sehe weder bei Frau Mayr noch bei Frau Rimppach ein Motiv. Ganz im Gegensatz zu Frau Hellberger. Wenn sie von den Batterieschiebereien ihres Bruders wusste oder selbst darin verstrickt war, hätte sie einen Grund gehabt, Sylvia Mayr aus dem Weg zu räumen.«

»Dann sollten wir die beiden Jungs noch einmal einladen und sie Frau Hellberger gegenüberstellen. Vielleicht erkennen sie sie wieder«, sagte Linda.

Korbinian schlug mit der flachen Hand auf den Tisch. »Das dauert viel zu lang. Wir müssen Leni finden, ehe Hellberger und Mayr sie …« Er brach ab.

»Wir haben leider nichts gegen die beiden in der Hand. Noch nicht.«

»Na und, es ist doch klar, dass die Dreck am Stecken haben. Wer sollte Leni sonst entführt haben? Wir müssen Hellberger und Mayr observieren.«

»Die Kollegen von der Schupo suchen bereits mit allen

verfügbaren Kräften nach Leni Rimppach. Wir wissen ja noch gar nicht, ob sie entführt wurde oder ob sie sich irgendwo versteckt. Vergiss nicht, dass ein weiterer Mörder frei herumläuft und Schaden anrichten kann. Diesen Wiegand müssen wir dringend aufhalten.«

»Ich habe da vielleicht eine Idee, wie wir ihn fassen könnten«, sagte Linda.

Alle Augen richteten sich auf sie.

»Bislang waren wir nur auf den Tod von Sylvia Mayr fokussiert. Wir müssen aber auch betrachten, was er danach getan hat. Da war zunächst einmal der Anschlag auf Dr. Kugelmann. Es ist wahrscheinlich, dass Wiegand dahintersteckt. Er dürfte den Notruf abgesetzt haben, der den Arzt zum Einsatz in Barabein beordert hat. Und er war nach Frau Rimppach der beste Paintball-Schütze der Vogelschützer.«

»Und dann gab es da noch den Anschlag auf mich«, sagte Wellmann.

Linda nickte. »Habt ihr euch schon einmal gefragt, warum Wiegand ausgerechnet Dr. Kugelmann und dich ausgesucht hat?«

»Ja«, sagte Wellmann. »Gefragt habe ich mich das. Aber ich habe keine schlüssige Antwort darauf gefunden.«

»Dr. Kugelmann und du, ihr habt eine Gemeinsamkeit«, sagte Linda. »Ihr wart am Reanimationsversuch von Sylvia Mayr beteiligt. Die beiden Jungs haben ausgesagt, dass er beobachtet hat, wie ihr euch an ihr abgemüht habt.«

»Du meinst, er wollte Rache an uns nehmen, weil wir … versagt haben?«, fragte Wellmann.

»Möglicherweise. Vielleicht hatte er aber auch nur eine gewaltige Wut auf euch, weil ihr ihm im Weg standet und verhindert habt, dass er seinen Wiederbelebungsplan mit dem Naloxon ausführen konnte. Das exakte Motiv werden wir nur von ihm selbst erfahren.«

»Wir drehen uns im Kreis«, sagte Korbinian matt. »Dafür müssen wir ihn erst einmal in die Finger bekommen.«

»Ja, aber ich habe ehrlich gesagt keinen Plan, wie wir das bewerkstelligen sollen«, sagte Wellmann.

Er sah in die Runde. Korbinian starrte ihn feindselig an. Linda leckte sich über die Lippen.

»Ich habe wie gesagt eine Idee«, sagte sie.

»Na, da bin ich aber gespannt«, sagte Korbinian, lehnte sich zurück und verschränkte die Arme vor der Brust.

»An der Reanimation waren vier Menschen beteiligt. Der Fotograf, der Sylvia aus dem Wasser gezogen hat, hat genauso mitgeholfen wie der Bademeister, der Notarzt und Tobias.«

»Dann sind der Bademeister und der Fotograf seine nächsten Ziele«, sagte Korbinian.

Linda schüttelte den Kopf. »Den Bademeister hatte er wahrscheinlich schon im Fokus. Ich habe in Erfahrung gebracht, dass er vom Rad gefallen ist, nachdem er in einer Kneipe über den Durst getrunken hatte. Was, wenn Wiegand ein wenig nachgeholfen und ihm dort Morphin in sein Bier geschüttet hat?«

»Das werden wir nicht mehr nachweisen können«, sagte Korbinian.

»Ja, es ist ein Risiko, den Bademeister auszuschließen. Trotzdem würde ich alles auf den Fotografen setzen«, sagte Linda.

»Du willst den Mann als Lockvogel benutzen?«, fragte Wellmann.

»Im Grunde genommen schon«, sagte sie. »Allerdings so, dass zu keinem Zeitpunkt Gefahr für Leib und Leben besteht.«

»Und wie willst du das anstellen?«, fragte Korbinian.

Sie erklärte es. Wellmann zog anerkennend die Augenbrauen nach oben. Lindas Ansatz war gewagt. Aber sie hatten keine Alternative.

»Dein Plan hat mehr Löcher als ein Schweizer Käse«, brummte Korbinian. »Wiegand muss die Initiative ergreifen, damit die Aktion ins Rollen kommt. Was, wenn er sich ein oder zwei Wochen Zeit lässt?«

»Ja, er wird uns Ort und Zeit diktieren. Aber ich glaube nicht, dass er noch viel länger warten wird. Die Uhr läuft gegen ihn. Er weiß, dass wir ihm auf den Fersen sind. In seine Wohnung kann er nicht mehr zurück, weil er befürchten muss, dass wir ihn dort erwarten. Er ist gezwungen zu handeln, wenn er den Fotografen kaltstellen will, ehe wir ihn fassen. Deshalb müssen wir sofort mit den Vorbereitungen beginnen. Ich setze mich mit Fabian Weiß in Verbindung und gehe seine Termine mit ihm durch.«

»Und ich rufe im Präsidium an und frage, ob die uns einen Spezialisten schicken können«, ergänzte Wellmann.

Ihre Blicke richteten sich auf Korbinian.

Er stand auf. »Das dauert mir alles zu lang. Lenis Leben ist wichtiger.«

»Korbinian«, sagte Wellmann in drohendem Ton. »Mach keine Dummheiten!«

Doch der Kollege ging wortlos an ihm vorbei und verließ das Büro.

48

Korbinian kochte vor Wut. Die Kollegen kapierten es nicht. Da stellte Linda in aller Seelenruhe einen Plan vor, der vielleicht erst in ein paar Tagen funktionieren würde. Und Leni überließ sie einfach ihrem Schicksal.

Nein, das durfte nicht geschehen. Wenn die anderen nicht in der Lage waren, Verantwortung zu übernehmen, würde Korbinian das eben erledigen müssen. Er würde die Anwältin finden und sie befreien. Sollten Wellmann und Linda sich doch auf die Lauer legen und diesen Wiegand schnappen.

Er ging zu seinem SUV, ließ ihn an und steuerte ihn auf die Waldseer Straße. Es gab zwei Möglichkeiten: Er konnte den Hof der Mayrs im Auge behalten oder Hellbergers Autohaus. Korbinian entschied sich für den Autohändler. Den Hof hatten die Kollegen lang und breit durchsucht, da würden sie Leni sicher nicht verstecken. Wenn sie noch am Leben war. Der Gedanke schnürte ihm die Kehle zu.

Korbinian bog am Kreisverkehr links ab und stellte seinen SUV auf dem Parkplatz des Discounters neben dem Autohaus ab. Er holte das Fernglas, das er immer mit sich führte, aus dem Kofferraum. Von seiner Position hinter dem Lenkrad hatte er einen guten Überblick über das Gelände. Zu seiner Linken befand sich die Werkstatt mit dem Verkaufsraum, rechts waren die Gebrauchtwagen aufgereiht.

Er schaltete das Radio ein und lehnte sich zurück. Nach ein paar Minuten erschien ein Kunde, der sich von Hellbergers Schwester beraten ließ. Sie standen etwa eine Viertelstunde lang vor einem grässlichen pinken Kleinwagen. Ob es im Ernst Leute gab, die so etwas freiwillig durch die Gegend kutschierten? Schließlich holte die Verkäuferin zwei Überführungskennzeichen aus der Werkstatt und befestigte sie an dem Auto, woraufhin der Mann zu einer Probefahrt aufbrach.

Dann geschah nichts mehr. Es war brütend heiß, und Korbinian ließ die Fenster herunter, um etwas frische Luft abzubekommen. Doch da sich kein Windhauch regte, schwitzte er in der Schwüle vor sich hin. Er musste gegen eine bleierne Müdigkeit ankämpfen.

Was ihn wach hielt, war die Sorge um Leni. Hoffentlich war sein Entschluss richtig gewesen, sich die Werkstatt auszusuchen und nicht den Hof der Mayrs. Er überlegte, ob er sich doch noch einmal umentscheiden sollte, und hatte bereits den Zündschlüssel in der Hand, als eine bekannte Gestalt auf dem Verkaufsgelände des Autohändlers erschien.

Peter Mayr eilte auf die Verkaufsräume zu. Noch ehe er die Eingangstür erreicht hatte, trat Hellberger heraus. Korbinian hörte, dass sie lautstark miteinander stritten, konnte den Inhalt des Gesprächs aber nicht verstehen. Mayr fuchtelte wild mit den Armen, während Hellberger offenbar versuchte, ihn mit entsprechenden Gesten zu beruhigen. Was hätte Korbinian in diesem Moment für ein Richtmikrofon gegeben!

Er überlegte, ob er aussteigen sollte, doch dann nahmen ihm die beiden Männer diese Entscheidung ab. Sie fuhren in einem Cabrio los.

Korbinian startete den Wagen. Er wartete, bis sie die Einfahrt des Discounters passiert hatten, dann setzte er zurück und fuhr hinterher. Am Kreisverkehr ließ er bewusst ein Auto vor. Die Gefahr, im Rückspiegel erkannt zu werden, war zu groß, vor allem weil die neu eingesetzte Scheibe an seinem SUV noch blitzblank sauber war.

Am Jordankreisel fuhr Hellberger geradeaus in Richtung Memmingen, nahm dann aber die Abzweigung nach Ummendorf. Ob sie zu Mayrs Hof unterwegs waren?

Sein Verdacht hielt so lange an, bis sie den Ort passiert hatten, ohne die Abzweigung zu nehmen, die zu der Hochebene führte. Stattdessen fuhren sie nach Fischbach und bogen mitten im Dorf rechts ab.

Korbinian vergrößerte den Abstand. Die Straße nach Wettenberg war für den allgemeinen Verkehr gesperrt, und so würde es wohl die Aufmerksamkeit der beiden Männer erregen, wenn ein SUV ihnen zu dicht auffuhr. Er hielt am Ortsende an. Das Cabrio verschwand im Wald. Er gab Gas und fuhr die Steigung hoch bis zu der Stelle, an der er das Auto zuletzt gesehen hatte. Hier begann ein Forstweg.

Korbinian parkte am Straßenrand und stieg aus. Die Kartenapp seines Handys verriet ihm, dass der Weg einige hundert Meter in den Wald hineinführte.

Er atmete tief durch und rannte los.

49

Linda hatte die Schirmmütze tief in die Stirn gezogen. Wellmann saß neben ihr auf dem Beifahrersitz des Twingo. Er hatte einen Schlapphut auf und sah aus wie ein gemütlicher Spießer auf dem Weg zum Fußballtraining seines Sohnes.

»Glaubst du, Wiegand taucht hier auf?«, fragte er.

Sie verneinte. »Ich vermute, dass er sich schon lange in Position begeben hat und auf der Lauer liegt. Das ist seine Masche. Er lockt die Opfer zu einer Stelle, an der er freie Schussbahn hat. So hat er es bei Dr. Kugelmann gemacht und auch bei dir. Er muss von Leni Rimppachs Entführung gewusst haben und hat darauf spekuliert, dass du dich beeilen würdest, zum Tatort zu fahren.«

»Warum veranstalten wir dann die Scharade hier, wenn Wiegand ganz woanders wartet?«, fragte Wellmann.

»Weil wir nicht zu hundert Prozent sicher sein können, dass er uns nicht doch beobachtet. Und dann wäre die ganze schöne Falle beim Teufel.«

Wellmann nickte. »Wir hatten ein Schweineglück«, sagte er.

Linda zuckte mit den Achseln. »Ja, das kann man so sagen. Falls wir Wiegand schnappen, muss er uns verraten, warum er sich so viel Zeit zwischen den Anschlägen lässt.«

»Und warum er immer mit derselben Masche arbeitet.«

Nachdem Linda ihren Plan dargelegt hatte, hatte sie bei Fabian Weiß angerufen, um nachzuforschen, ob er einen Auftrag von einer ihm unbekannten Person angenommen hatte. Und tatsächlich hatte sich tags zuvor ein Mann bei ihm gemeldet, mit dem er einen Außentermin in Ringschnait vereinbart hatte. Es hatte Lindas ganzer Überredungskunst bedurft, um den Fotografen von ihrem Plan zu überzeugen, aber schließlich hatte Weiß zugestimmt, seine Rolle darin zu spielen.

»Da ist er«, sagte Linda. Sie musste sich zwingen, nicht mit dem Finger auf den Fotografen zu deuten, der eben aus seinem Studio kam und in einen knallorangefarbenen Kleinbus stieg. Sie wartete eine Minute, ehe sie dem Auto folgte.

»Keine Menschenseele weit und breit«, sagte Wellmann. »Wenn du recht hast, lauert Wiegand irgendwo an der Straße auf sein nächstes Opfer.«

Linda lenkte den Twingo auf den Ring. Der Kleinbus parkte vor einer Bäckerei. Weiß trat gerade aus dem Laden. Er hielt eine Tüte mit Gebäck in der Hand und trug eine Schirmmütze auf dem Kopf. Erst beim zweiten Hinsehen bemerkte sie, dass es sich bei dem Mann schon nicht mehr um den Fotografen handelte, sondern um den speziell ausgebildeten Kollegen, den ihnen das Präsidium in Ulm zu diesem Zweck ausgeliehen hatte.

Der Polizist setzte sich hinter das Steuer des Kleinbusses und fuhr los. Linda hielt in einer Parkbucht, um das Auto vorbeizulassen, und scherte dahinter wieder in den Verkehr ein. Wellmann wandte sich um.

»Also ich kann nicht erkennen, dass uns jemand folgen würde. Entweder hat Wiegand eine Objekt- und Personen- überwachungsausbildung beim KGB absolviert, oder er ist tatsächlich nirgendwo.«

Linda war zu angespannt, um zu lachen. Bislang war alles planmäßig verlaufen. Aber das gefährlichste Stück hatten sie noch vor sich.

Sie fuhren durch den Jordankreisel und mussten an der Ab- zweigung nach Ummendorf anhalten, weil die Ampel rot war.

»Was wäre, wenn er nicht an der B 312, sondern an der Kreisstraße nach Ringschnait auf der Lauer liegt?«, fragte Well- mann.

Linda schüttelte den Kopf. »Er hat sich sicher genau über- legt, wo er das Attentat verüben wird. Die Bundesstraße ist da wesentlich besser geeignet. Ich schätze, dass es in dem Wald- stück passieren wird, ehe die Straße ansteigt. Es ist doch wahrscheinlicher, dass der Fotograf den direkten Weg nimmt, als dass er einen Umweg durch Ummendorf fährt.«

»Na, dann hoffen wir mal, dass Wiegand genauso denkt wie du.«

Die Ampel schaltete auf Grün, und der Kleinbus fuhr los. Linda tat so, als ob sie sich verschaltet hätte, und folgte ihm mit einer Verzögerung von gut zehn Sekunden, was den Autofahrer hinter ihr zu einem wütenden Hupen veranlasste.

»Dem würde ich jetzt gerne einen fetten Strafzettel verpassen«, knurrte sie.

»Schau lieber, dass er dich nicht überholt«, sagte Wellmann.

Der Kleinbus war gut einhundert Meter vor ihnen. Linda gab Gas. Die Reifen des Twingo quietschten. Im Rückspiegel sah sie, dass der SUV hinter ihr ebenfalls beschleunigte und sich schon relativ weit links hielt. Glücklicherweise war der Gegenverkehr zu dicht, sodass er wieder einscheren musste. Inzwischen hatten sie die beiden Häuser beim Reichenbach erreicht. Der Lockvogel war noch fünfzig Meter vor ihnen. Er steuerte auf das Waldstück zu.

»Da«, rief Wellmann, und Linda hätte beinahe das Steuer verrissen.

Plötzlich begann der Kleinbus vor ihnen zu schlingern. Seitlich sprühte eine Farbfontäne von der Windschutzscheibe weg. Der Kollege vom Präsidium fing den Wagen gekonnt ab und setzte ihn in den Straßengraben, wo er mit einem Ruck anhielt. Linda überholte ihn. Es war gegen ihre Instinkte, den Unfall zu ignorieren, aber so war es besprochen.

»Fahr rechts ran!«, rief Wellmann. »Da ist er. Er flüchtet in den Wald.«

Linda sah einen Mann über einen Forstweg rennen, der sich am Waldrand entlangschlängelte. Sie parkte den Twingo quer in der Einmündung des Weges. Kies und Rindenstücke spritzten auf. Noch ehe der Wagen zum Stehen gekommen war, riss Wellmann die Beifahrertür auf und stürmte hinaus.

Sie zog den Schlüssel ab, machte den Anschnallgurt los und

folgte ihm. Er hatte schon etwa zwanzig Meter Vorsprung, war jedoch noch ein gutes Stück hinter Wiegand.

Sie holte ihr Handy aus der Tasche. Linda war fit, aber beim Laufen konnte sie nicht mit Wellmann mithalten, dessen Körper durch den täglichen Sport mit einer ausgezeichneten Kondition gesegnet war.

Sie tippte und wischte auf dem Display herum und wählte die Nummer des Kollegen von der Schutzpolizei, POM Wanner, der den Einsatz der Fahndungsgruppe Wiegand leitete.

»Status?«, fragte der.

»Wir verfolgen den Verdächtigen auf dem Waldweg Richtung Ummendorf. Er ist zu Fuß unterwegs.«

»Gut, ich werde die Streifenwagen verständigen. Wir machen alles dicht.«

»Was ist mit dem Kollegen im Bus?«

»Alles gut«, erwiderte Wanner. »Der hat den Schützen schon von Weitem bemerkt und konnte sich vorbereiten.«

Linda spürte, wie ihr eine Last von der Seele fiel. Sie legte auf und schob das Handy wieder in die Tasche. Der Abstand zu Wellmann war ein wenig größer geworden, dafür hatte der Kommissar Boden auf den Flüchtigen gutgemacht. In diesem Moment drehte der Mann sich um, und sie erkannte Benedikt Wiegand.

Konditionell schien er es durchaus mit Wellmann aufnehmen zu können. Wiegand legte einen Zahn zu und stob davon. Der Weg stieg inzwischen leicht an, und Linda merkte, dass ihre Füße schwer wurden. Sie fluchte leise vor sich hin. Zuletzt hatte sie mehr Zeit Serien schauend auf dem Sofa als joggend im Wald verbracht, und das rächte sich nun.

Immerhin schien Wellmann keine Fitnessprobleme zu kennen. Er beschleunigte, und während der Abstand zu ihr immer größer wurde, schrumpfte der zwischen dem Kommissar und dem Flüchtenden langsam, aber sicher zusammen. Spätestens wenn sie die Kuppe erreicht hätten, würde er ihn eingeholt haben.

»Bleiben Sie stehen!«, rief Wellmann. »Es ist vorbei. Sie sind verhaftet.«

Der Mann drehte sich nicht einmal um. Er rannte weiter. In einiger Entfernung sah Linda etwas, das ihr den Magen umdrehte. Ein Mofa. Verdammt, wenn das Wiegand gehörte, hatte er doch eine Chance zu entkommen! Wellmann schien das Gefährt auch gesehen zu haben, denn er zog noch weiter das Tempo an.

Wiegand erreichte das Mofa. Er griff sich im Laufen den Lenker, sprang auf den Sattel und startete das Fahrzeug mit einem Tritt. Der Zweitakter dröhnte auf. Wellmann war bis auf zehn Meter an ihn herangekommen, und Linda hoffte noch, dass der Flüchtige vielleicht den Motor abwürgen würde. Dann aber stob er davon und verschwand in einer stinkenden Abgaswolke.

50

Korbinian suchte Deckung hinter einer Fichte. Er atmete ruhig und presste sich mit dem Rücken gegen den Stamm. Hoffentlich hatten sie ihn nicht entdeckt.

Er war den Spuren gefolgt, die das Cabrio in dem von dem Gewitter matschigen Boden hinterlassen hatte. Als er eine Kuppe überquert hatte, hatte er das Auto entdeckt. Mayr und Hellberger waren gerade ausgestiegen und auf eine Hütte zugelaufen, die an einer Wegkreuzung stand. Der Landwirt sah sich dabei nervös nach allen Seiten um, und Korbinian wusste sich nicht anders zu helfen, als hinter einen Busch zu springen. Dann war er zu der Fichte gekrochen, in deren Schutz er darauf wartete, dass die beiden Männer die Hütte betraten.

Er lauschte auf Geräusche. Auf Schritte. Auf das Knacken von trockenen Zweigen oder Ästen. Doch er hörte nur das Knarren einer widerspenstigen Tür, die nach ein paar Sekunden schwer ins Schloss fiel.

Vorsichtig spitzte er um den Baumstamm herum. Niemand war mehr da. Mayr und Hellberger mussten in dem Schuppen verschwunden sein.

Korbinian beschloss, sich dem Gebäude zu nähern. Hinter weiteren Bäumen Deckung suchend, schlich er sich heran, so schnell es ging. Er kam sich ein wenig vor wie in einem der Computerspiele, mit denen er sich früher gern seine Zeit vertrieben hatte. Darin hatte er einen Attentäter verkörpert, der sich ungesehen an sein Ziel anschleichen musste. Nur dass hier die Rollen vertauscht waren. Er war der Gute, nicht der Bösewicht. Und er würde das unschuldige Opfer befreien.

Korbinian war sich sicher, dass Leni Rimppach in der Hütte war. Es war ein ideales Versteck. Unauffällig und abgelegen. Das Gebäude maß vielleicht sieben Meter im Quadrat und wirkte alt und vernachlässigt. Der Eingang bestand aus einer großen Doppeltür. Er war ebenerdig vom Forstweg aus zu erreichen. Wahrscheinlich hatten sie dort die Batterien zwischengelagert.

Inzwischen war er bis auf zehn Meter an das Gebäude herangekommen. Im Schutz eines Busches analysierte er die Gegebenheiten. Die beiden Fenster an den Seiten waren mit hölzernen Läden verrammelt. Er überlegte, ob er um die Hütte herumschleichen sollte. Es wäre wichtig zu wissen, ob es einen Hintereingang gab.

Da ertönte ein Schrei. Der Ton ging Korbinian durch Mark und Bein. Es war kein Laut des Unwillens oder der Wut, sondern des Schmerzes. Und ausgestoßen hatte ihn eine Frau.

Er griff nach seiner Waffe und entsicherte sie. Dann stürmte er auf den Eingang der Hütte zu. Ein weiterer Schmerzensschrei drang zwischen den Balken des Gebäudes hervor. Ohne noch nachzusehen, ob es einen Hintereingang gab, rannte er auf die Tür zu und stieß einen der Flügel auf.

In der Hütte war es dunkel, der Raum wurde nur von einer schwachen Petroleumlampe und dem spärlichen Licht erhellt, das durch Ritzen in den Läden fiel. Seine Augen benötigten einige Momente, um sich an die Sichtverhältnisse zu gewöhnen. Die Luft war muffig, ein metallischer Geruch lag im Raum.

»Kriminalpolizei! Hände hoch!«

Er erkannte die Umrisse zweier Personen, die in der Mitte der Hütte standen. Dann wurde die Silhouette einer weiteren Gestalt sichtbar. Sie saß auf einem Stuhl und gab schluchzende Laute von sich.

Korbinian sah, dass einer der Männer eine glühende Zigarette zwischen zwei Fingern hielt. Es war Hellberger. Hatte er Leni etwa damit gefoltert?

»Treten Sie von der Frau zurück an die Wand«, sagte er zu den Männern. »Und heben Sie dabei die Hände hoch.«

Der Autohändler und Mayr taten wie geheißen. Korbinian

machte einen Schritt auf Leni Rimppach zu. Sie hob den Kopf, und im Schein der Petroleumlampe glitzerten die Tränenspuren auf ihren Wangen.

»Ich werde Sie gleich losmachen«, sagte er.

Hellberger bewegte sich, und sofort richtete Korbinian die Waffe auf ihn.

»Stehen bleiben!«

»Lassen Sie uns reden«, sagte der Autohändler »Es ist nicht so, wie Sie denken.«

Korbinian funkelte ihn wütend an. »Nicht so, wie ich denke?«, rief er. »Sie haben Frau Rimppach entführt und sie gefoltert. Das erscheint mir ziemlich eindeutig.«

»Gefoltert ist ein starkes Wort«, sagte Hellberger langsam. Er wirkte gelassener, als er es in dieser Situation sein sollte, und das machte Korbinian nervös.

»Sie haben sie mit einer Zigarette verbrannt. Wie soll man das anders bezeichnen als Folter?«, zischte er.

»Sie haben keine Ahnung von Folter«, sagte Mayr. »Wenn Sie mit meinem Vater zusammengelebt hätten, wüssten Sie, dass es Schlimmeres gibt, als mit einer Zigarette verbrannt zu werden.«

»Ich werde ganz bestimmt nicht mit Ihnen über Ihre Kindheit diskutieren.« Er holte sein Handy aus der Tasche, wobei er die Waffe immer noch mit einer Hand auf Hellberger gerichtet hatte. Dann sprach er einen Befehl, und die Sprachassistentin wählte Lindas Nummer. Er hielt sich das Gerät ans Ohr und wartete.

»Ja, was ist?«, fragte sie. Sie klang ungehalten.

»Ich habe Leni Rimppach gefunden. Sie –«

»Passen Sie auf!«, schrie die Anwältin. Ihre Augen waren auf einen Punkt hinter ihm gerichtet.

Er drehte sich um, doch es war schon zu spät. Der Umriss einer Gestalt stürmte auf ihn zu und warf ihn um. Als er auf den Boden krachte, wurde die Luft aus seiner Lunge gepresst. Er versuchte, sich frei zu machen, doch jemand hielt seine

Arme fest wie ein Ringer, der wartet, bis sein Gegner angezählt ist. Leni schrie weiter, das Telefon plärrte, und dann schlug etwas gegen Korbinians Kopf, und alles um ihn herum versank in Schwärze.

51

»Verdammt!«

Wellmann sah dem Mofa hinterher und trat mit dem Fuß gegen den gefällten Baumstamm, an dem das Gefährt gelehnt hatte. Schwer atmend beugte er sich nach vorn und stützte sich mit den Händen auf den Oberschenkeln ab. Inzwischen hatte Linda ihn eingeholt. Sie keuchte.

»Der kommt nicht weit«, sagte sie und zückte ihr Mobiltelefon. Während sie die Kollegen von der Schupo informierte, setzte sich Wellmann auf den Baumstamm.

»Warum hast du keinen Warnschuss abgegeben?«, fragte sie, nachdem sie ihr Handy weggesteckt hatte.

»Das erschien mir nicht verhältnismäßig. Gefahr geht von Wiegand keine mehr aus.«

»Und wenn er einem Streifenwagen die Windschutzscheibe zukleistert?«

»Das wird er nicht tun. Er hat die Anschläge methodisch vorbereitet und ausgeführt. Spontaneität ist nicht so sein Ding.«

»Na, wenn du meinst. Wollen wir zum Auto zurückkehren, während die Kollegen Wiegand in die Enge treiben?«

Der Kleinbus hing noch immer im Straßengraben fest. Zwei Beamte von der KT waren damit beschäftigt, Spuren zu sichern. Der Fahrer stand daneben und rauchte eine Zigarette.

»Alles okay?«, fragte Wellmann.

Der Mann grinste. »Das war ein leichter Job. Ich habe den Typen schon ein paar Sekunden vor dem Schuss gesehen und konnte mir aussuchen, wo ich in den Graben fahren will. Haben Sie ihn geschnappt?«

Wellmann verzog das Gesicht. »Mofa«, sagte er.

Der Kollege zuckte mit den Achseln. »Der hat keine Chance.«

Lindas Handy klingelte.

»Eine Zivilstreife hat ihn entdeckt. Sie folgen ihm unauffällig. Er scheint in Richtung Ummendorf unterwegs zu sein.«

»Gut, dann nichts wie hinterher«, sagte Wellmann. Er verabschiedete sich von den Kollegen und stieg in Lindas Twingo. Dort schaltete er das Funkgerät ein, das sie zu diesem Zweck mitführten.

»Verdächtiger fährt in hohem Tempo durch Ummendorf«, hörte er die schnarrende Stimme der Streifenpolizistin. »Sollen wir ihn stoppen?«

Wellmann nahm das Funkgerät und drückte auf den Sprechknopf. »Negativ. Folgen Sie ihm weiter möglichst unauffällig. Vielleicht führt er sie zu seinem Unterschlupf.«

Linda startete den Wagen, steuerte auf die B 312 und fuhr in Richtung Jordanbad los. Wellmann hörte weiterhin die Statusmeldungen der Streife, die auf dem Weg nach Fischbach war.

»Mist! Wir haben den Sichtkontakt verloren«, sagte die Kollegin kurz darauf.

»Wo?«, fragte Wellmann.

»In Fischbach.«

»Wir kommen.«

Fünf Minuten später hatten sie den Ort erreicht. Der Streifenwagen der Kollegen parkte am »Gasthaus zum Hirsch«.

»Er ist uns entwischt«, begrüßte ihn die junge Polizistin mit zerknirschter Miene.

Lindas Handy klingelte erneut.

»Was ist?«, fragte sie und formte mit den Lippen das Wort »Korbinian«.

Wellmann seufzte. Hoffentlich hatte er nicht wieder irgendeine Dummheit begangen.

»Korbinian?«, rief Linda. »Korbinian? Scheiße!«

Wellmann sah sie irritiert an. »Was ist los?«

»Er hat Leni Rimppach gefunden. Dann gab es einen Mordslärm. Eine Frau hat geschrien, und jetzt ist die Leitung tot«, rief Linda.

»Hat er mit seinem Diensthandy angerufen?«, fragte Wellmann.

Sie nickte.

Er holte sein eigenes Gerät heraus und tippte rasch darauf herum. »Okay. Das ist nicht weit von hier.« Er hielt Linda eine Karte der Umgebung unter die Nase. »Korbinian hat die Ortungsapp installiert, die vom Präsidium vorgeschrieben wurde.«

Die Kollegin von der Schupo trat hinzu. »An der Stelle ist eine Hütte. Da komme ich beim Joggen immer vorbei.«

»Na, dann los«, sagte Wellmann. »Wir dürfen keine Zeit verlieren!«

Zwei Minuten später steuerte Linda ihren Wagen in einen Waldweg, wo ein SUV parkte.

»Korbinians Auto«, sagte sie. »Wir sind richtig.«

Der Twingo quälte sich durch den morastigen Untergrund, das Fahrzeug schlingerte hin und her, doch sie hielt es in der Spur. Endlich kam eine Hütte in Sicht. Ein Moped parkte davor. Die Tür war geschlossen. Geistesgegenwärtig drückte Linda auf die Bremse.

»Hoffentlich hat er uns nicht gehört«, sagte sie.

»Auf jeden Fall müssen wir jetzt leise sein.«

Sie stiegen aus und ließen die Türen des Twingo offen stehen. Wellmann signalisierte den Kollegen im Streifenwagen, es ihnen nachzutun, und eilte mit gezogener Waffe an Lindas Seite auf die Hütte zu. Als sie an dem Gebäude ankamen, verständigten sie sich mit Zeichen. Wellmann bedeutete der Polizistin, linksherum zu gehen und nach einem weiteren Ausgang zu suchen, während Linda die rechte Seite überprüfte. Er selbst wartete am Eingang, die Waffe erhoben, bereit, die Tür einzutreten. Drinnen war alles ruhig.

Nach drei sehr langen Minuten kamen Linda und die junge

Kollegin zurück. Sie hoben beide die Daumen. Wiegand saß in der Falle.

Linda zog ihr Handy hervor und schrieb eine kurze SMS, in der sie ihren Standort an den Einsatzleiter schickte. Dann schob sie das Gerät wieder ein und nickte ihm zu. Er holte tief Luft und trat mit voller Wucht gegen die Tür.

»Stehen bleiben, Hände hoch!«, rief Wellmann. Er konnte eine Gestalt erkennen, die am Boden kauerte. Seine Augen hatten sich noch nicht gänzlich an das Dunkel im Innern der Hütte gewöhnt. Etwas Helles kippte von einem Tisch. Gleich darauf züngelte eine Stichflamme vom Boden her auf und tauchte den Raum in ein gespenstisches Licht.

In der Mitte saß Leni Rimppach auf einem Stuhl. Die Anwältin war gefesselt und geknebelt. Hinter ihr stand Wiegand. Er hielt ein langes Messer an ihre Kehle und starrte die Polizisten mit einem halb wütenden, halb wahnsinnigen Blick an. Auf dem Boden vor ihm lag eine reglose Gestalt: Korbinian.

»Lassen Sie das Messer fallen!«, rief Linda, die die Waffe auf den Flüchtigen gerichtet hatte.

»Legen Sie Ihre Pistolen weg!«, brüllte Wiegand. »Sonst schneide ich der Schlampe hier die Kehle durch.«

Wellmann hörte Korbinian stöhnen.

»Es ist vorbei«, sagte der Kommissar mit fester Stimme, jedes Wort nachdrücklich betonend. »Sie können nicht entkommen. Sie haben bereits ein Menschenleben auf dem Gewissen. Mit mehr Glück als Verstand wird Ihnen das als Totschlag angerechnet. Wenn Sie Frau Rimppach oder meinen Kollegen Mächle töten, werden Sie wegen Mordes verurteilt.«

»Das ist mir egal.«

»Warum haben Sie Sylvia umgebracht?«, fragte Wellmann.

Wiegands Finger schlossen sich noch enger um den Messergriff. Seine Knöchel traten weiß hervor. »Unterstehen Sie sich!«, rief er. »Ich habe Sylvia nicht umgebracht. Kein Mensch hat sie so geliebt wie ich. Sie wissen nicht, wie es ist, wenn einem von einem Herzschlag auf den anderen der Sinn des

Lebens genommen wird. Ich …« Seine Worte gingen in einem Hustenanfall unter.

Der Kommissar beobachtete mit Sorge, wie sich die Flammen immer weiter ausbreiteten. Der hintere Teil der Hütte war komplett verraucht, und das Feuer leckte bereits an der linken Außenwand. Er spürte ein Kratzen im Hals. Bald würde die Atemluft verbraucht sein.

»Mal abgesehen davon, dass ich durchaus nachvollziehen kann, wie es sich anfühlt, einen Menschen zu verlieren, den man liebt: Warum haben Sie Sylvia das Morphin in den Becher geschüttet? Ihnen muss doch klar gewesen sein, dass Sie sie damit in Lebensgefahr bringen würden.«

»Sie haben doch keine Ahnung!«, schrie Wiegand. »Ja, ich habe Sylvia das Morphin verabreicht. Aber nicht, um sie zu töten. Sondern um unsere Liebe zu retten.«

»Eine seltsame Art, das zu zeigen«, sagte Wellmann. »Offenbar verstehe ich da wirklich etwas nicht. Sie wollten Sylvia dazu bewegen, die Beziehung zu Ihnen wiederaufzunehmen, indem Sie sie zuerst vergiften, um sie dann wiederzubeleben?«

Wiegand schüttelte den Kopf. »Sie stellen mich wie einen Wahnsinnigen hin. Aber das bin ich nicht. Ich liebe Sylvia. Kein Mensch kann sie so lieben wie ich. Und das wollte ich ihr zeigen. Indem ich sie von den Toten zurückhole. Wenn sie erkannt hätte, wozu meine Liebe in der Lage ist, wäre sie zu mir zurückgekehrt.«

»Wahnsinn pur«, meinte Korbinian, immer noch am Boden liegend.

An der Rückwand der Hütte löste sich ein Balken und fiel krachend zu Boden. Wiegand zuckte zusammen. Die Messerklinge schnitt in Leni Rimppachs Haut, und ein Blutstropfen rann ihr den Hals hinab. Sie wimmerte leise.

»Warum musste Dr. Kugelmann sterben? Und warum haben Sie versucht, Weiß und mich zu töten? Wir haben unser Möglichstes getan, um Sylvia zu reanimieren.«

Wiegand schnaubte. »Ihr Möglichstes war nicht gut genug.

Sie sind schuld an Sylvies Tod! Und der Arzt. Und der Bademeister und dieser Fotograf. Ich hätte Sylvia retten sollen. Ich war der Einzige, der dazu in der Lage gewesen wäre. Nur meine Liebe wäre stark genug dazu gewesen. Sie haben mich daran gehindert, Sylvia zurückzuholen. Und dafür sollen Sie in der Hölle schmoren. Sie alle.«

Die Anwältin schrie auf. Eine der Flammen hatte ihre Hose angesengt. Gleich würde sie lichterloh brennen. Es musste etwas geschehen. Wellmann beschloss, seine Strategie zu ändern.

»Sie wurden benutzt. Von Hellberger und Peter Mayr. Die wollten Sylvia aus dem Weg räumen, und Sie waren das perfekte Werkzeug zu diesem Zweck. Das ist Ihnen schon klar, oder? Kommen Sie mit nach draußen, lassen Sie uns das in Ruhe besprechen!«

Die Anwältin schrie wie am Spieß. Der Saum ihres linken Hosenbeins brannte, und in ihrer Panik schlug sie die Unterschenkel gegeneinander, um die Flammen zu ersticken.

»Halt's Maul!«, brüllte Wiegand und holte mit dem Messer aus. Wellmann hatte schon den Finger am Abzug, um ihn zu stoppen, als der noch immer am Boden liegende Korbinian schrie: »Nein, nimm das, du Drecksack!«

Wellmann sah, dass der Kollege ein seltsam geformtes Gewehr in den gefesselten Händen hielt, die Mündung auf Leni Rimppachs Peiniger gerichtet.

Er schaute nach unten, und gleichzeitig betätigte Korbinian den Abzug. Etwas prallte mit Wucht gegen Wiegands Kopf und überzog sein Gesicht mit einem grünen Farbfilm.

Er ließ das Messer fallen, jaulte auf und stolperte zurück. Im selben Moment gab das Dach der Hütte nach, und brennende Balken stürzten krachend herab.

52

Rauch biss Korbinian in die Augen und blendete ihn. Etwas Hartes traf sein Gesicht. Schmerz zuckte ihm durch die Wange. Er hob den rechten Arm, um sich zu wehren. Die Hitze war kaum auszuhalten. Flammen leckten an seinen Hosenbeinen. Er hustete. Sein Verstand war erstaunlich klar. Er sagte ihm, dass er es hier nicht mehr lange aushalten würde. Der Sauerstoffgehalt hatte rapide abgenommen. Und was noch schlimmer war: Kohlenmonoxid flutete in seine Lungen. Gleich würde er ohnmächtig werden und langsam ersticken. Das wäre wenigstens ein gnädiger Tod im Vergleich zu der Alternative, bei vollem Bewusstsein zu verbrennen.

Da spürte er, wie jemand ihn unter den Achseln packte und mit sich zog. Er versuchte, seine Augen zu öffnen, doch der Rauch brannte noch immer darin, und so ließ er sie geschlossen. Hinter sich hörte er ein Brausen. Ein feuriger Luftzug traf ihn im Rücken. Dann krachte und rumpelte es, und Korbinian verlor endlich das Bewusstsein.

Als er erwachte, trug er eine Atemmaske. Das Plastikteil war mit einem Gummiband über seinem Mund befestigt worden. Kühler, köstlicher Sauerstoff strömte in seine Lungen. Er versuchte, die Lider zu öffnen, und dieses Mal gelang es ihm, ohne dass es brannte.

Er lag auf einer Trage. Neben ihm kniete ein Sanitäter.

»Ah, simmer wieder da. Prima«, sagte der junge Mann und zwinkerte ihm zu. »Dann simmer ja jetzt transportfertig.«

»Transportfertig?«, wollte Korbinian sagen, doch aus seiner Kehle kam nur ein Krächzen. Er schüttelte den Kopf. Ehe er nicht wusste, was aus Leni geworden war, konnte er hier nicht weg. Er versuchte, sich die Maske vom Gesicht zu reißen, doch er war zu schwach, um die Arme zu heben.

»Jetzt seien Sie nicht so widerständig, Herr Kommissar«, hörte er eine leise Stimme neben sich sagen. Mühsam drehte er seinen Kopf, und da sah er sie. Leni Rimppach lag wie er auf einer Trage, etwa zwei Meter von ihm entfernt. Ihr Gesicht war noch bleicher als sonst, ihre so strahlend leuchtenden Haare wirkten seltsam stumpf. Neben ihr standen Wellmann und Linda. Beide wirkten mitgenommen.

»Also, Frau Rimppach, wir haben noch ein paar Fragen an Sie, dann überlassen wir Sie den Kollegen vom Sanitätsdienst«, sagte Wellmann.

»Dann schießen Sie mal los. Ich bin Ihrer Kollegin dankbar dafür, dass sie mich aus der Hütte gezogen hat. Aber ich glaube, wir sollten schnell ins Krankenhaus. Vor allem Herrn Mächle scheint es schlimm erwischt zu haben.«

Sie wandte sich wieder Korbinian zu und lächelte ihn an.

»Gut, dann beginnen wir von vorne. Wir wissen inzwischen, dass Sie und Sylvia Mayr Batterieschiebern auf der Spur waren und mit Frau Kwanzi in Tansania Kontakt hatten.«

»Sauber. Da haben Sie ja ganze Arbeit geleistet, Sie und Ihr Team. Ich hätte nicht gedacht, dass Sie da so schnell draufkommen würden. Aber es ist ja nur zu meinem Vorteil. Wenn Sie begriffsstutzig gewesen wären, hätte ich jetzt den Salat.«

»Kommen wir noch einmal auf die Batterieschieber zurück. Haben Sie die Attentate auf die SUVs von Hellberger inszeniert, um Ihren Einbruch in sein Büro zu decken?«

»Soll ich Sie Sherlock nennen?« Ihr Ton war neckisch, aber ihre Miene blieb ernst.

»Haben Sie belastendes Material sicherstellen können?«, fragte Linda.

»Ja. Wir haben manipulierte Dokumente gefunden, die mit denen übereinstimmen, die Unity Kwanzi in Tansania in die Finger bekommen hat. Das war der Beweis, dass die beiden da drinsteckten.«

»Mit den beiden meinen Sie Hellberger und Sylvias Bruder?«

Sie nickte.

»Wo sind die Dokumente jetzt?«

Leni seufzte. »Das haben mich die Typen auch gefragt, nachdem sie bei mir eingebrochen waren und alles auf den Kopf gestellt hatten.«

»Wer war an Ihrer Entführung beteiligt?«, wollte Wellmann wissen.

»Nur Hellberger und Peter Mayr.«

»Was ist mit Wiegand?«

Sie schüttelte den Kopf. »Der hatte mit der ganzen Sache gar nichts zu tun. Und jetzt ist er tot. Ein armes Schwein war das. Die beiden haben ihn benutzt, um Sylvia aus dem Weg zu räumen.«

»Von wem wissen Sie das?«

»Ihr Bruder hat sich vor mir damit gebrüstet, als er …«

Sie brach ab, und Korbinian wurde es mit einem Mal flau im Magen. Was hatten die beiden Männer mit Leni angestellt?

»Diese Brandspuren an Ihrem Arm«, sagte Linda. »Haben Ihnen Hellberger und Mayr die zugefügt?«

»Ja, man kann das wohl als Folter bezeichnen.«

»Hat Peter Mayr Wiegand eingeredet, er könne Sylvia wiedergewinnen, wenn er eine lebensgefährliche Situation inszeniere, aus der er sie dann retten könne?«

»Ein kreativer, aber zugleich auch infernalischer Plan, finden Sie nicht? Bene war vor lauter Verliebtheit so neben sich, dass er keine Sekunde darüber nachgedacht hat, wie verrückt das ist, was er da durchziehen wollte.«

»Wie kam es, dass Wiegand Sie hier gefunden hat?«

»Hellberger und Mayr haben die Batterien hier zwischengelagert. In die Hütte passen gut und gerne zwanzig Paletten. Sie sollten einmal den Boden in der Umgebung analysieren lassen. Da finden Sie sicher Blei ohne Ende. Drinnen hat es jedenfalls nach Gift gestunken. Vielleicht haben die Bleidämpfe dazu beigetragen, dass Benedikt nicht mehr ganz zurechnungsfähig war. Mir ist auch noch schwummrig, aber das mag vom Rauch kommen. Bene hat sich hier versteckt. Als Hellberger und Mayr mich hierhergebracht haben, gab es Streit zwischen ihnen und Bene. Er wollte mich nicht hierhaben. Doch sie haben ihn nicht einmal ausreden lassen und sind wieder abgezogen. Wie lange war ich denn eigentlich hier gefangen?«

»Zwei Tage«, sagte Wellmann.

»Krass. Es hat sich viel länger angefühlt. Na ja, die Unterhaltungen mit Bene waren auch nicht allzu ergiebig. Ich wollte ihn dazu bewegen, mich laufen zu lassen, aber er gab mir eine Mitschuld an der Trennung. Er war der Meinung, ich hätte Sylvia gegen ihn aufgehetzt. Als ob das nötig gewesen wäre. Sie hat schon selbst erkannt, was für ein Weirdo das war. Na ja, jedenfalls hat er mich nicht freigelassen. Und ehe Hellberger und Sylvias Bruder zurückkamen, um Informationen aus mir herauszupressen, hat er sich aus dem Staub gemacht.«

»Warum hat Hellberger Sie gefoltert?«, fragte Linda.

»Ist das nicht offensichtlich? Er wollte wissen, wo die Daten sind, die wir gestohlen haben.«

»Und wo befinden sich die Daten?«, fragte Wellmann.

Leni grinste. »Wissen Sie, Herr Kommissar, Ihnen würde ich die Frage liebend gerne beantworten. Die Wahrheit ist aber: Ich weiß es nicht. Leider. Sylvia hatte den USB-Stick, auf den wir die Daten gespielt haben. Ich weiß, wo sie ihn verborgen hat. In einem ihrer Pokale war ein Hohlraum. Im Innern der goldenen Meerjungfrau. Da wollte sie das Teil verstecken. Poetisch, finden Sie nicht? Leider habe ich keine Ahnung, wo der Pokal abgeblieben ist. Was ist denn mit Ihnen, Herr Kommissar?«

Wellmann war einen Schritt zurückgetreten. Er hielt sich eine Hand an die Schläfe. Sein Gesicht war kalkweiß. Mit bebender Stimme fragte er: »Haben Sie das den beiden verraten? Als sie Sie gefoltert haben?«

»Ja«, erwiderte Leni. »Wissen Sie, es gab keinen Anlass, die Heldin zu spielen. Wozu auch? Ich wollte nur, dass der

Schmerz aufhört. Also habe ich geredet. Hätten Sie anders gehandelt?«

Wellmann blieb ihr eine Antwort schuldig. »Linda, wir müssen los«, sagte er.

»Wohin?«, fragte sie.

»Zu meinem Vater. Er ist in Lebensgefahr!«

53

»Fahr schneller«, drängte Wellmann.

»Ich kann nicht.«

Sie hingen hinter einem Lkw fest, der mit sechzig auf der Straße von Fischbach nach Ummendorf dahintuckerte. Immer wieder kamen ihnen Autos entgegen.

»Scheiße«, brummte er.

»Vielleicht schaffen wir es vor den beiden«, sagte Linda.

Wellmann rechnete es ihr hoch an, dass sie ihn aufmuntern wollte. Hellberger und Mayr hatten einen halbstündigen Vorsprung. Er konnte nur hoffen, dass sein Vater noch am Leben war.

»Jetzt geht es«, sagte er.

Linda scherte aus und drückte das Gaspedal bis zum Anschlag durch. Auf der Gegenfahrbahn raste ein tiefergelegter Audi auf sie zu. Der Fahrer betätigte hektisch die Lichthupe. Linda war erst halb an dem Lkw vorbei. Das Auto kam immer näher.

»Scheiße«, rief sie. »Das schaffen wir nicht!«

Da bremste der Lkw ab, und sie zog geistesgegenwärtig nach rechts. Sekunden später zischte der andere Wagen vorbei. Der Mann im Audi zeigte ihnen den Vogel.

Wellmann sah auf sein Handy. Endlich hatte er wieder Netz. Er wählte Arnolds Nummer.

Mit pochendem Herzen wartete er, dass sich jemand meldete. Es tutete sechs-, siebenmal. Dann nahm sein Vater ab. Wellmann atmete tief durch.

»Ja, was ischt denn, Bua?«, fragte er, als er verstanden hatte, wen er da am Apparat hatte.

»War Peter Mayr bei dir?«

»Noi, aber er hot agrufe. Hot gfrogt, ob i den Pokal no hätt, den i auf em Flohmarkt kauft hon. Er tät ihn wiederhabe wolle.«

»Was hast du geantwortet?«, fragte Wellmann.

»Na, dass i den Pokal et zrückgebe ka, weil i ihn meiner Enkelin geschenkt hon.«

Der Kommissar schloss die Augen. Seine Lippen bebten. »Okay, danke«, flüsterte er und legte auf.

»Was ist los?«, fragte Linda.

»Die gute Nachricht ist, dass mein Vater lebt. Die schlechte, dass er Mayr verraten hat, dass er Lisa den Pokal geschenkt hat.«

»Mist!«, rief sie.

Der Twingo brauste am Ortsschild von Ummendorf vorbei.

»Bringst du das Blaulicht an?«, fragte Wellmann.

»Keine Zeit«, sagte Linda. »Wenn ich geblitzt werde, teilen wir uns die Strafe, okay?«

Er winkte ab. Das war seine geringste Sorge. Linda bog in Richtung Ummendorfer Weiher ab und fuhr unter der B 30 hindurch. Dann raste sie die Rampe nach Rißegg hoch. Die Häuser des Dorfes zogen an ihnen vorbei. Wellmann fühlte einen Kloß in seinem Hals. Hoffentlich war den Kindern nichts passiert! Oder Evelyn. Oder Max.

Der Twingo jagte auf das Wohngebiet Rißegger Steige zu. Schon von Weitem sah Wellmann die modernen Häuser in Würfelform. Linda nahm die Abzweigung mit quietschenden Reifen, musste dann aber rapide abbremsen, weil zwei Jungs mit Fahrrädern die Straße überquerten. Die beiden schauten sie mit großen Augen an.

Sie bog um eine weitere Kurve und stellte den Twingo schließlich in einer der Parkbuchten in der Nähe von Evelyns Haus neben einem knallroten Cabrio mit weißen Ledersitzen ab.

»Das sieht genauso aus wie der Wagen, der bei Hellberger auf dem Hof stand«, sagte Linda.

Wellmann schloss die Augen und atmete tief durch.

»Sollen wir nicht lieber das SEK dazuholen?«, fragte sie.

»Nein, dafür haben wir keine Zeit mehr. Wir müssen das selbst erledigen.«

Sie stiegen aus. Er holte seine Pistole aus dem Halfter und überprüfte sie. Den Sicherungshebel ließ er vorerst an Ort und Stelle. Mit gezückter Waffe ging er voran.

Noch ehe er Evelyns Haus erreicht hatte, sah er, dass etwas nicht stimmte. Die Tür stand einen Spaltbreit offen. Er hob die Hand, hielt an und entsicherte seine Pistole.

Er trat auf die Tür zu und schob sie mit einer raschen Bewegung seines Fußes auf. Im Flur war es dunkel. Auf dem Boden lag eine Gestalt. Wellmann hielt den Atem an. In seinen Ohren rauschte es. Dann erkannte er, dass es sich um Max handelte. Er kniete sich neben ihn und legte ihm zwei Finger an den Hals. Es dauerte ein paar Sekunden, doch dann konnte er einen schwachen Puls fühlen. Eine große Beule an der Schläfe deutete darauf hin, dass er niedergeschlagen worden war.

Wellmann wechselte einen Blick mit Linda, die mit der Pistole zum Obergeschoss hinaufzeigte. Er schüttelte den Kopf. Aus der Richtung des Wohnzimmers hörte er ein Geräusch, das ihm die Haare zu Berge stehen ließ. Es war kein Schrei oder Schmerzenslaut, sondern ein leises Wimmern.

Vorsichtig öffnete er die nächste Tür, und die Szene, die er vor sich sah, ließ seine schlimmsten Befürchtungen wahr werden. Evelyn, Dominik und Lisa drängten sich vor der Fernsehwand eng aneinander, die er installiert hatte, als sie hier als Familie zusammengelebt hatten. Zwei Männer mit schwarzen Sturmhauben über den Gesichtern standen ihnen gegenüber. Sie hielten lange Messer in den Händen.

»Schluss jetzt mit dem Gejammer«, herrschte der größere der beiden Lisa an. »Wo ist der Pokal? Wenn du nicht sofort antwortest, schneid ich dem Kleinen hier ein Ohr ab.«

Der Mann streckte die Hand aus, griff nach Dominik und zerrte ihn zu sich heran.

»Sie werden ihm kein Haar krümmen«, sagte Wellmann. Er bemühte sich, das Zittern in seiner Stimme zu verbergen.

Die Kerle drehten sich um.

Lisa und Dominik riefen gleichzeitig: »Papa!«, während Evelyn ein »Tobias!« entfuhr.

Der Mann zog Dominik enger an sich heran und hielt ihm das Messer an die Kehle. »Keinen Schritt weiter, sonst stirbt er!«

»Herr Hellberger, Herr Mayr«, sagte Wellmann. »Wir haben die Hütte im Wald gefunden. Leni Rimppach hat gegen Sie ausgesagt. Es ist vorbei. Machen Sie nicht alles noch schlimmer!«

Der Kleinere, bei dem es sich um Peter Mayr handeln musste, ließ das Messer sinken.

Doch Hellberger brüllte: »Verschwinden Sie! Sonst setzt es Leichen!«

»Drei Tote sind genug.«

Der Mann wirkte irritiert. »Drei?«

»Benedikt Wiegand ist in der Hütte gestorben, in der Sie ihn zurückgelassen haben.«

»Na, den haben dann wohl Sie auf dem Gewissen.«

Wellmann schüttelte den Kopf. »Mein Gewissen ist rein. Wie sieht es mit Ihrem aus?«

Peter Mayr zitterte am ganzen Körper. Das Messer fiel ihm aus der Hand. »Lass es gut sein«, sagte er.

»Halt dein dummes Maul«, fuhr Hellberger ihn an. »Das hier ist noch nicht vorbei.«

»Doch, Hellberger«, sagte der Kommissar mit betont ruhiger Stimme. »Es ist vorbei.«

»Das sehe ich anders. Ich kann noch immer Ihren Sohn abstechen.«

Dominik wimmerte, und Wellmann spürte, wie eine eiskalte Welle der Angst durch seinen Körper strömte.

»Was würden Sie damit erreichen?«, fragte er.

Hellberger schnaubte. »Sie werden alles tun, um das zu verhindern. Und das ist meine Chance, mich hier rauszuwinden.«

»Sie werden nicht weit kommen«, sagte Wellmann.

»Darauf würde ich nicht wetten. Sie werden uns nie finden.«

»Ich gehe davon aus, dass Sie mit ›uns‹ nicht nur Mayr und sich selbst gemeint haben?«, fragte Wellmann.

Hellbergers Augen verengten sich. »Doch, natürlich.«

»Nein, das haben Sie nicht. Sie verfolgen einen perfiden Plan. Ich habe das Puzzle lange nicht zusammensetzen können, aber gerade eben hat sich das letzte Stück eingefügt. Seit wann sind Frau Mayr und Sie ein Paar?«

Der Autohändler schnaubte, blieb ihm jedoch eine Antwort schuldig.

»Er weiß es! Verdammt!«, rief Peter Mayr.

»Er weiß gar nichts«, zischte Hellberger. »Er hat keine Beweise.«

»Konkrete Beweise haben wir nicht«, sagte Wellmann, um den Mann ein wenig zu beruhigen. Sein massiger Körper zitterte, und der Kommissar fürchtete eine katastrophale Kurzschlussreaktion.

»Also, dann sage ich Ihnen, wie wir das machen«, erwiderte Hellberger. »Sie lassen uns gehen, und wir krümmen hier niemandem ein Haar.«

»Und wohin sollen wir Sie gehen lassen?«, fragte Wellmann.

»Das braucht Sie nicht zu kümmern.«

»So einfach ist das leider nicht. Ich fordere Sie noch einmal auf, Ihre Waffen fallen zu lassen. Sonst werde ich von meiner Gebrauch machen.«

»Sie werden mich nicht vor den Augen Ihrer Kinder erschießen«, sagte Hellberger.

Mayr hatte sich offenbar von der Chuzpe seines Kumpans anstecken lassen, denn er hob das Messer vom Boden auf und sagte: »Genau. Verpissen Sie sich!«

Wellmann spürte, wie sein Mund austrocknete, während gleichzeitig Bäche von Schweiß seinen Rücken hinabliefen. Er musste verhindern, dass die Situation eskalierte. Aber wie? Da kam ihm eine Idee. »Okay, dann verhandeln wir über Ihren Abzug. Ich muss zunächst kurz telefonieren, um das SEK daran zu hindern, die Wohnung zu stürmen.«

»Keine Tricks«, sagte Hellberger. »Sonst schneide ich Ihrem Sohn die Kehle durch.«

Wellmann nickte. »Gib mir bitte dein Handy«, sagte er zu Linda.

Sie reichte es ihm. Er öffnete die zuletzt gewählten Nummern und tippte auf die vierte in der Liste.

Zu seinem Erstaunen tutete es nicht nur in seinem Ohr. Auch aus dem Treppenhaus war ein Klingeln zu vernehmen.

»Was ist das?«, fragte Hellberger und führte die Klinge näher an Dominiks Hals. »Sind die Typen vom SEK schon im Haus?«

»Bleiben Sie ruhig«, sagte Wellmann.

»Hört auf den Kommissar!«

Aus den Augenwinkeln sah er, dass eine kleine, magere Gestalt neben ihn trat. Es war Frau Mayr. Sie hielt den Pokal in der Hand, der von einer goldenen Meerjungfrauenfigur gekrönt wurde.

»Er hat recht. Das Spiel ist aus«, sagte sie.

»Aber Mutter …«, sagte Mayr.

Sie schüttelte den Kopf. Und diese Geste war es, die ihren Sohn entwaffnete. Er ließ das Messer fallen. Auch Hellberger schien der Widerstandsgeist zu verlassen. Seine Waffe fiel ebenfalls zu Boden. Dominik entwand sich dem Griff des Autohändlers und lief zu seiner Mutter, die ihn in ihren Armen barg. Wellmann und Linda legten den Männern Handschellen an, die es ohne Gegenwehr geschehen ließen.

»Ich komme freiwillig mit«, sagte Frau Mayr. »Mich brauchen Sie nicht zu fesseln.«

Linda rief in der Dienststelle an und bat um Verstärkung. Dann dirigierte sie Frau Mayr und ihre Komplizen mit gezogener Waffe in eine Ecke des Wohnzimmers, um sie in Schach zu halten, bis die Kollegen eintrafen. Wellmann stand da und zitterte. Er sah zu seinen Kindern hin. Beide weinten hemmungslos. Und dann gab es kein Halten mehr, und sie lagen sich in den Armen.

54

Wellmann setzte sich Frau Mayr gegenüber und startete das Aufnahmegerät. Er hatte sich beruhigt, das Zittern war verschwunden. Es war schwer gewesen, die Kinder zurückzulassen, auch wenn Evelyn ihm versichert hatte, dass es in Ordnung sei, dass sie jetzt in Sicherheit seien und dass er jederzeit wieder zurückkehren könne, um sie zu sehen und mit ihnen zu sprechen.

Er riss sich von seinen Gedanken los und begann damit, Frau Mayrs Personalien aufzunehmen.

»Ich möchte ein Geständnis ablegen«, sagte sie.

»Dann fangen Sie mal an«, erwiderte er und lehnte sich zurück.

»Ich habe Ihnen schon von meiner Ehe erzählt. Da war nichts übertrieben. Mein Mann ist ein Scheusal. Er hat mich geschlagen und misshandelt. Auch den Kindern gegenüber war er extrem aggressiv, obwohl er sich vor allem bei Sylvia deutlich besser im Griff hatte. Ich habe diese Hölle neunundzwanzig Jahre lang mitgemacht.«

Wellmann hatte das schon so oft gehört. Frauen, die ihre Männer nicht verließen. Die sich keine Hilfe von außen holten. Die keine Freunde hatten. »Warum sind Sie nicht früher gegangen? Sie hätten sich und Ihren Kindern vieles ersparen können.«

Ihr Blick war eiskalt. »Sie kennen meinen Mann nicht. Er hätte zuerst die Kinder und dann mich umgebracht, wenn ich es gewagt hätte, mich ihm zu entziehen. Walter war nicht immer das körperliche Wrack, das er heute ist. Er war kräftig, viel stärker als ich. Er hätte mich totgeschlagen.«

»Was hat Sie vor vier Wochen dazu bewogen auszuziehen? Das war kein spontaner Einfall nach einem Gewaltexzess Ihres Mannes, oder?«

»Nein, ich habe Werner Hellberger auf dem Wochenmarkt getroffen. Vor etwa einem halben Jahr. Als wir beide jung waren, hatten wir mal eine Zeit lang was miteinander. Irgendwie hat das aber nicht funktioniert. Damals. Als wir uns auf dem Markt wieder begegnet sind, ist mir blöderweise der Ärmel hochgerutscht, und er hat einen Bluterguss gesehen, den mein Mann mir verpasst hatte. Werner wusste sofort Bescheid. Sauwütend ist er geworden. Hat gesagt, dass er ihm das mit gleicher Münze heimzahlen will. Ich habe ihn nur mit Mühe bremsen können. Aber es hat mir imponiert, dass er sich so bedingungslos auf meine Seite gestellt hat nach all den Jahren. Das hat gutgetan.«

»Sie haben also eine Affäre mit ihm begonnen?«, fragte Linda.

Frau Mayr zuckte mit den Achseln. »Wenn Sie es so nennen wollen, ja, dann war es eine Affäre. Für mich waren es die sieben fetten Wochen nach den neunundzwanzig mageren Jahren der emotionalen Hungersnot. Wir haben geplant, zusammen abzuhauen. Irgendwo neu anzufangen.«

»Hatte Ihnen Hellberger da schon von den Batterieschiebereien erzählt?«, fragte Wellmann.

»Er war absolut ehrlich, und das hat mich beeindruckt.«

»Fanden Sie das nicht daneben? Sie als ehemalige Biobäuerin?«, fragte Linda.

»Wenn Sie an meiner Stelle durch die Hölle gegangen wären, wären auch bei Ihnen Ideale auf der Strecke geblieben. Glauben Sie mir.«

»Welche Rolle spielte Ihr Sohn bei der ganzen Geschichte?«

»Ich habe Werner vorgeschlagen, Peter einzuweihen. Er hatte ein Problem mit dem Zwischenlagern der Batterien, und mir ist die alte Hütte im Wald eingefallen. Da mein Sohn bei ihm gelernt hatte und die beiden ein sehr gutes Verhältnis miteinander hatten, waren wir uns rasch einig. Wir haben genau geplant, wie viele Batterien wir noch verschiffen mussten. Unser Ziel war, genügend Geld auf der Seite zu haben, damit wir unseren Lebensabend irgendwo im Süden verbringen konnten.«

»Doch dann hat Ihnen Ihre Tochter dazwischengefunkt«, sagte Wellmann.

Über das Gesicht von Frau Mayr legte sich ein dunkler Schatten. Sie sah zu Boden. »Sylvia war ein gutes Mädchen. Selbstbewusst und clever. Sonst hätte sie es nicht so weit gebracht. Aber sie hat nie verstanden, in welcher Lage ich war. Immer wieder hat sie auf mich eingeredet, meinen Mann zu verlassen. Als ob das so einfach gewesen wäre. Sie hatte gut reden, nachdem sie den Absprung so erfolgreich geschafft hatte.«

»Wie ist sie Ihnen auf die Spur gekommen?«

Frau Mayr seufzte. »Ich war zu unvorsichtig. Nachdem ich im Internet zu den Folgen von Autobatterienrecycling recherchiert hatte, habe ich beschlossen, meinen Mann mit Blei zu vergiften. Er sollte leiden. Unbeschreiblich leiden. Mein Sohn hat es übernommen, ihm kleine Mengen von dem Zeug ins Essen zu mischen. Es hat fabelhaft gewirkt, das haben Sie sicher gesehen.«

Wellmann nickte, auch wenn er das Wort »fabelhaft« in diesem Zusammenhang unangemessen fand.

»Leider hat Sylvia den Braten gerochen. Sie hatte wenig Kontakt mit ihrem Vater, irgendwann muss sie ihn aber mal zu Gesicht bekommen haben. Da hat sie wohl eins und eins zusammengezählt. Und dann hat mein Sohn sie dabei erwischt, wie sie Bodenproben genommen hat. Dabei hat sie Blei gefunden. Das muss bei den Batterietransporten ausgelaufen sein. Sie kam damit erst zu mir, um mich um meine Meinung zu fragen. Sie wollte ihren Vater damit konfrontieren, weil sie dachte, er und Werner würden hinter den Batterieschiebereien stecken. Ich habe ihr mit Mühe und Not das Zugeständnis abgerungen, noch etwas zu warten. Sie hat mir gesagt, dass sie mit einer Aktivistin aus Tansania zusammenarbeitet. Da ist mir ganz anders geworden.«

»Und da haben Sie beschlossen, dass Sylvia sterben muss?«
Frau Mayr schaute zu Boden. »Ich habe Panik bekommen
und sah meine Felle davonschwimmen. Ich weiß schon, was
Sie denken. Wie kann eine Mutter den Tod ihres Kindes auch
nur in Erwägung ziehen? Aber Sie sind nicht durch all das gegangen. Und diese Hölle habe ich Sylvia zu verdanken. Wenn
ich damals nicht mit ihr schwanger geworden wäre, wäre mein
Leben ganz anders verlaufen. Vielleicht hätte ich studiert,
wäre Anwältin geworden oder Psychologin. Stattdessen habe
ich diesen Bauern geheiratet und mich für meine Kinder auf-
geopfert. Nur um dann von Sylvia verraten zu werden. Sie
hatte doch schon alles erreicht, was ich mir immer gewünscht
hatte. Ein Studium, einen interessanten Job und dann noch
der sagenhafte Erfolg mit ihren Mermaiding-Fotos. Warum
musste sie mir ausgerechnet dann ein Bein stellen, als ich zum
ersten Mal seit so vielen Jahren eine Chance hatte, glücklich
zu werden? Ich war so wütend auf Sylvia. Sie war kurz davor,
mich in das Höllenloch von Leben zurückzustoßen, dem ich
gerade erst entkommen war. Und das konnte ich nicht zu-
lassen.«

»Wie sind Sie darauf gekommen, Wiegand den Mord in die
Schuhe zu schieben?«, fragte Linda.

»Wieder so eine Begegnung auf dem Wochenmarkt. Ich
habe ihn zufällig dort getroffen. Er war wahnsinnig vor Verzweiflung, hat mich angefleht, ein gutes Wort bei Sylvia einzulegen, damit sie ihn zurücknimmt. Er hat gesagt, dass er
alles für sie tun würde, wie ein Prinz im Märchen. Und da
ist mir die Idee gekommen. Er war begeistert von dem Plan,
weil er eine Möglichkeit darin gesehen hat, Sylvia endlich zu
beweisen, wie groß und einzigartig seine Liebe zu ihr ist. Ich
habe gesagt, dass ich dabei sein will und dass ich mich um das
Gegenmittel kümmern würde. Natürlich hatte ich gar kein
Naloxon besorgt. Er sollte nur glauben, dass er sie einfach
wiederbeleben konnte, indem er ihr ein paar Tropfen einflößte.
Und das hat wunderbar funktioniert. Er hat ihr das Morphin

verabreicht, und im richtigen Moment habe ich ihn von diesen beiden Jungs kaltstellen lassen. Ich wusste ja nicht, dass er danach Amok laufen würde.«

»Hat er Ihnen keine Vorwürfe gemacht?«

Sie schüttelte den Kopf. »Er war so geschockt nach Sylvias Tod, dass er mir alles geglaubt hat. Ich habe die Schuld auf die Erstretter geschoben. Die hätten den perfekten Plan vereitelt. Ehrlich gesagt hatte ich gehofft, dass er sich selbst umbringen würde. Aber dann hat er den letzten Rest Verstand verloren und diesen Notarzt getötet. Ich musste umdisponieren und habe versucht, Sie und Ihre Kollegen auf Benedikts Fährte zu setzen. Als Peter und Werner Sylvias Wohnung nach ihrem Laptop und dem USB-Stick durchsucht haben, habe ich sie angewiesen, die Tür aufzubrechen, obwohl ich einen Schlüssel hatte, damit es so aussah, als ob Benedikt bei ihr eingebrochen wäre. Und als die beiden diese Anwältin entführt haben, habe ich ihn angerufen und ihm gesagt, er solle sich zwischen Hochdorf und Fischbach auf die Lauer legen, weil Sie dort vorbeifahren würden. Sie waren uns zu dicht auf den Fersen. Im Nachhinein muss ich wohl froh sein, dass Sie nicht auch zu Tode gekommen sind. Polizistenmorde kommen vor Gericht wahrscheinlich nicht so gut an.«

Wellmann sah die Frau aufmerksam an. Ihr hatte er zu verdanken, dass sein Auto beinahe von der Straße abgekommen war. Und für den Tod des Notarztes war sie letztendlich auch mitverantwortlich.

»Wie hoch wird die Strafe ausfallen?«, fragte sie.

»Lebenslang, würde ich schätzen. Mindestens fünfzehn Jahre.«

Sie lächelte. »Fünfzehn Jahre im Gefängnis sind zwar furchtbar, wenn ich daran denke, dass ich beinahe den Rest meiner Tage im Süden verbracht hätte. Aber zu wissen, dass ich nun für immer vor meinem Mann sicher sein werde, ist großartig. Wenn ich freikomme, wird er schon lange den Löffel abgegeben haben.«

Wellmann legte ihr das Geständnis zur Unterschrift vor und ließ sie von den Kollegen der Schupo in die JVA fahren. Er sah vom Eingang der Dienststelle aus zu, wie sie in den Wagen stieg. Klein und schmächtig und voller bitterböser krimineller Energie.

»Krass, oder?«, sagte Linda.

Er nickte. »Ja. Krass.«

Mariä Himmelfahrt

»Papa, beeil dich!«

Lisa Wellmann zerrte an der Hand ihres Vaters, der daraufhin lächelnd sein Tempo anzog.

»Wir werden nicht zu spät kommen, ganz bestimmt«, sagte er.

Lisa erwiderte das Lächeln und verlangsamte ihre Schritte.

»Und du brauchst dir auch keine Sorgen zu machen, dass ich mich heute irgendwie peinlich verhalte«, fügte er hinzu. »Ich muss in einer halben Stunde schon wieder aufbrechen, weil ich ein lange gegebenes Versprechen einlöse und den Wochenenddienst für meinen Kollegen Korbinian übernehme. Der hat für heute einen Ausflug mit seinem neuen Schwarm geplant und redet seit Tagen von nichts anderem. Leni hier, Leni da, Leni vorne, Leni hinten. Ich kann es nicht mehr hören.« Er rollte mit den Augen.

Lisa grinste. »Na, daran solltest du doch inzwischen gewöhnt sein. Nur dass ich nicht von einer Leni schwärme, sondern vom Mermaiding.«

Sie kauften zwei Eintrittskarten und gingen durch die Sperre.

»Ich schlüpf dann mal in mein Kostüm«, sagte sie und verschwand in der Umkleidekabine.

Mit zitternden Händen streifte sie sich das T-Shirt über den Kopf. Sie hatte den blaugrünen Bikini mit den Seepferdchen und den goldenen Korallen erst einmal getragen, an jenem furchtbaren Tag, als Sylvia Mayr ertrunken war. Und heute würde sie ihn zum zweiten Mal tragen, weil sie ihr Geschenk endlich einlösen konnte.

Sie stopfte ihre Straßenklamotten in den Rucksack und trat aus der Kabine. Vor sich sah sie eine lange Reihe von Spinden. Sie packte ihre Sachen in eine der Boxen, schloss die Tür und zog das Armband mit dem Schlüssel ab.

»Na, aufgeregt?«, fragte eine Stimme neben ihr. Sie drehte sich um und erblickte Linda vor sich, Papas Kollegin.

»Sie kommen echt mit heute?«

Linda hob eine Augenbraue. »Warum sollte ich nicht?«

»Ich dachte, Sie finden das blöd. Papa hat so was gesagt.«

»Ja, als ich zum ersten Mal davon gehört habe, dass Mädels in deinem Alter sich Fischschwänze anziehen und sich als Meerjungfrauen fotografieren lassen, habe ich das tatsächlich erst einmal blöd gefunden. Ich habe gedacht, dass das ein schlechtes Klischee ist, dass junge Frauen sich keinen Gefallen damit tun, wenn sie sich so in Szene setzen.«

»Und was hat Ihre Meinung geändert?«

»Sylvia Mayr. Sie war eine moderne Frau. Eine Wissenschaftlerin. Eine engagierte Kämpferin für die Umwelt. Und eine Mermaid. Sie scheint sich in ihrem Körper sehr wohlgefühlt zu haben.«

Lisa nickte. »Ja, das sieht man auf ihren Fotos. Ich möchte mich auch so wohlfühlen wie sie.«

Linda lächelte. »Ich auch, und deshalb schaue ich mal, ob mir ein Fischschwanz dabei helfen kann.«

»Das freut mich. Und nicht nur, weil ich mit Papa gewettet habe, dass Sie kommen. Er hat zehn Euro dagegen gesetzt.«

»Die hast du dir verdient«, sagte Linda und lachte. Sie trug einen dunkelblauen Bikini mit grünen Streifen, die aussahen wie Algen.

»Der steht Ihnen super«, sagte Lisa.

»Danke. Ich bin mal gespannt, wie ich mit dem Schwanz zurechtkomme.«

»Ja, davor habe ich auch ein bisschen Schiss«, gab Lisa zu.

Linda zwinkerte ihr zu. »Na, das sollten wir doch hinbekommen, oder?«

Sie gingen zusammen in die Dusche und brausten sich ab. Als sie das Bad betraten, war keine Menschenseele zu sehen. Am fernen Ende des Beckens stand ein Mann, der sich mit Papa unterhielt.

»Wo sind denn alle?«, fragte Lisa.

»Vielleicht fragen wir mal den Fotografen.«

Der Mann lächelte ihnen zu.

»Wo ist denn die Mermaid-Schule?«, fragte Lisa.

»Die findet erst morgen statt«, sagte der Fotograf.

Lisa schluckte. Sie hatte sich doch so darauf gefreut. Sie schaute ihren Vater an, Verzweiflung im Blick.

»Die Schule findet morgen statt«, sagte Wellmann. »Der Privatunterricht heute.« Er deutete auf eine Gestalt, die am Beckenrand saß. Goldbraune Locken fielen ihr über die Schultern. Sie trug einen Fischschwanz.

»Das ist Ariana Marvic. Sie wird euch eine Privatstunde geben. Und danach machen wir Fotos«, sagte der Fotograf.

Lisa war sprachlos vor Glück. Sie sah erst die Mermaid an, dann ihren Vater. Und schließlich konnte sie sich nicht mehr zurückhalten. Sie sprang ihn an und umarmte ihn stürmisch.

»Danke«, sagte sie leise in sein Ohr. »Du bist der beste Papa der Welt.«

Danksagung

Wieder hat es drei Jahre in Anspruch genommen, aus einer einzelnen Szene, in der eine tote Meerjungfrau in einem Schwimmbecken treibt, den vorliegenden Roman zu entwickeln. Das wäre nicht möglich gewesen ohne die Unterstützung einer Reihe großartiger Menschen, denen ich von Herzen danken möchte.

Mein Cousin Stephan Ernst hat mich in die Welt der Unterwasserfotografie und des Mermaidings eingeführt und meine Frau und mich mit viel Geduld bei einer Unterwasser-Session im Parkbad in Laupheim fotografiert. Ihm verdanke ich die Idee zu diesem Roman.

Martin Wiedemann hat das Manuskript gelesen und mich nicht nur bei medizinischen Fragen unterstützt. Es war ein ganz besonderes Erlebnis, mit einem Anästhesisten die passende Vergiftungsmethode auszutüfteln.

Mein Writing Buddy Julia Hartmann hat die Rohfassung gelesen und mir wertvolle Impulse für die erste Überarbeitung gegeben.

Die Dialektpassagen sowie geografische und kulturelle Besonderheiten Oberschwabens hat wie immer meine Native Speakerin Christine Mayer geprüft.

Christiane Geldmacher hat auch dieses Manuskript durch ihre klugen Anmerkungen zu einem viel besseren Text reifen lassen.

Das Team des Emons Verlages hat erneut das Kunststück vollbracht, aus einer schmucklosen Textdatei ein wunderschön anzusehendes Taschenbuch zu zaubern.

Mein besonderer Dank geht nach Ottobeuren: an Martin, Horst, die beiden Bettinas, Ulrike, Gaby, Andi, Melli, Johanna, Katja, Andrea, Martina, Tanja, Steffi und JoJo. Ich vermisse euch!

Und last, but not least: Wie immer hat mir meine Familie mit viel Verständnis den Rücken freigehalten, damit ich Tobias Wellmann auf einen weiteren Fall loslassen konnte. Vielen Dank dafür!

Matthias Ernst
MORD IM DÖRFLE
Broschur, 304 Seiten
ISBN 978-3-7408-0621-7

Eigentlich will Kommissar Wellmann seinen wohlverdienten Ski-
urlaub genießen, als während der Fasnet ein totes Liebespaar
aufgefunden wird – genau dort, wo vor mehr als zwanzig Jahren
Wellmanns große Liebe starb. Die Spur führt ihn zu einem Drogenring, der den Landkreis Biberach im Griff hat. Und Wellmann
erkennt: Um den Fall zu lösen, muss er sich den Dämonen seiner
Vergangenheit stellen ...

»Gut konstruiert, spannend erzählt und gut geschrieben.«
Südwest Presse

www.emons-verlag.de